幸田露伴の「知」の世界

Nishikawa Atsuko
西川貴子

春風社

幸田露伴の「知」の世界　目次

第二部　合理的ならざるものへの眼差し

第三部　「幻」をめぐる談《はな》し

凡例

・幸田露伴のテクストの引用は、原則として『露伴全集』全四一巻および別巻上下巻（昭和五三〜昭和五五、岩波書店）に拠った。それ以外に拠る場合は、註で引用元を明記した。
・引用文の漢字や変体仮名は、原則として現在通行の字体に改め、仮名遣いは原文のままとした。ただし、固有名に関しては、原文通りにしているものもある。
・引用文の振り仮名や圏点は適宜省略した。
・引用文の傍線や傍点は、特に明記のない限り、引用者による。それ以外は、その都度、明記した。
・引用者による省略は〔…〕、改行は「／」で示し、引用者による註記は（引用者註／）で示した。
・単行本の書名および新聞・雑誌のタイトル、歌舞伎や浄瑠璃、謡曲等の演目は『　』、作品名および記事名は「　」で示した。
・年代の表記は原則として元号を用い、必要に応じて西暦を補った。

はじめに
——書を読むは猶文を作るが如し

書を読むは猶《なほ》文を作るが如し。速《すみやか》なる人あり、遅き人あり。各《おのおの》其性の然らしむるといふべし。
（幸田露伴「読書の法[1]」『創元』昭和二五・九）

書を読むことは文を書くことと同じようなものだ。——幸田露伴は「読書の法」という文章の中で、書を読むことと文を書くことを類似する行為として捉えている。「読書の法」では厳密にいえば速度について述べられており、書を読むのも文を書くのも同じように自分のリズムに従って、気を散らさず熱心に行なえばよいといっているのだが、しかし、露伴が読書を受動的なものではなく、能動的で創造的な行為として捉えていたことは、読書について語った小文「読書」（「話苑」『讕言』明治三四・九、春陽堂）の指摘からも間違いないだろう。

露伴はいう。昔の事蹟、古人の発言と思って本を読むのでは面白くない。今ある事、今ある人がいっているのだと思って読むと、古人の説も「心に映るもの」となる。しかし、もしそうやって読んでも心に映らないところがある場合は、無理矢理わかったことにするのではなく、疑いを持っておくべきだ、と。露伴にとっては、本を読むとは、他者の言葉と出会うことであり、そうした他者の言葉との出会いを通じて、自分の心に映るもの、すなわちイメージを編み、自身の言葉を紡ぎ出していくことだったと見てよいだろう。

これは、露伴のテクストが多種多様な他のテクストを〈読み／書きかえること〉で成立しており、読者にもそのような読みかえの仕掛けを考えさせるように作られているという特徴にも通じる。実際、谷崎潤一郎は「露伴の文章は古典の趣味が豊富であつたので、読みながらその出典を考へるのが一つの興味であり、たまたまそれを捜しあてると、自分もたいさう学者になれたやうな気がした」（「饒舌録」『改造』昭和二・一二）と、少年時代の自らの読書体験を語っている。ただし、本書で見ていく先行テクストとは谷崎が指摘した古典のテクストに限らない。古典のテクストや類型（話型）のみならず、同時代の小説や評論、議論等もそこには含まれている。露伴はそうしたテクストの読みかえを発表の時期、また発表メディアを意識して行なっていたと思われる。そのため、露伴のテクストを見る上では、先行するテクストのみならず、テクストが発表された時代と同時期の言説との関わりを見ていく必要がある。

もちろんこうした特徴を抱えるのは露伴のテクストだけではない。他の作家のテクストにも同様な傾向は見られる。

しかし、露伴は慶応三（一八六七）年に生まれ、明治二〇年代はじめから世を去る直前の昭和二二（一九四七）年まで作品を発表し続けた活動期間の長い作家であり、小説に限らず、戯曲・史伝・随想・評論・考証・紀行文・詩・俳句・評釈など多岐にわたる作品を数多く発表している。これは明治半ばから執筆活動をはじめた作家としては稀である。その作品全てを網羅的に見ていくことは至難のわざであり、なおかつ、露伴のテクストは読者に他のテクストの言葉との関わり合いを考えさせる仕掛けがとられているといっても、具体的にどのようなテクストを読みかえたのかということ自体は、読んですぐにわかるようなものばかりではない。「彼はおそるべき読書家で、比類のない博学の持主である[4]」という山本健吉の発言に端的に表されているように、露伴が読みかえたテクストは多種多様である。

また、もう一つ着目したいのは、露伴の文筆活動のはじまりが近代日本の歩みとほぼ一致しているという点だ。露伴が小説家としてデビューした明治二〇年前後とは、大日本帝国憲法の発布（明治二二）、国会の開設（明治二三）、帝国大学令、師範学校令、小学校令、中学校令の制定（いずれも明治一九）による教科書の検定制度をはじめ、学校教育制度の基礎が整備されるなど、西欧諸国の制度を模倣しつつ、日本が近代国家として整備されていく時期でもあった。

だが、露伴の知識の享受の仕方は、同年代の夏目漱石が帝国大学で英文学を学び、政府の支援によってイギリス留学をするなど明治の教育制度に則った進学コースを辿ったのとは異なっている。小学校卒業後、中学校を中退、電信修技学校の給費生となり、北海道余市の電信技手として赴任するも、義務年限一年を残し、突如、職を捨て北海道を出て東京へ戻ってきてしまったという経歴を持つ露伴の知識が、私塾で学んだ漢学や、図書館通いで得たほぼ独学を基盤としていることは有名だ。作家の経歴を作家の思想や作品の傾向に短絡的に結びつけることは危険だが、しかし、生前「全く古今独歩の観[5]」と評されるなど、露伴の認識、「知」のあり様が特異なものとして、露伴が生きていた同時代においてもありきたりのものとしてではなく捉えられてきたことは確かである。したがって、露伴のテクストを同時代の言説と関わらせながら読み解くという作業は、時代が急激に変遷していく明治以降の社会と露伴がどのように向き合い、どう距離をとろうとしていたのかを探ると同時に、明治以降の言説編成の一側面も浮かび上がらせることになる。

先に、政府が打ち出した諸制度を挙げ、明治二〇年前後は、日本が近代国家として整備されていく時期であったと簡単に述べてしまったが、近代国家としての成立、あるいは近代化というのは、ある政策、ある制度、ある事件（自由民権運動の挫折等）があったからといってすぐに起こるものではないだろう。人びとの認識の変容とは徐々に、そして多面的な要素が絡み合って起こっていくのはいうまでもない。そこで、本書では、露伴のテクストに表れる同時代の話題の中でも、とりわけ近代日本の認識のあり様を見る上で重要となる話題に注目し論じていくことにする。そうした話題を含め、種々のテクストを露伴のテクストがどのように取り入れ、読みかえていたのかということを具体的に分析したい。

なお、この露伴のテクストの特徴である、他のテクストの読みかえについて考える上で見逃せないのが、明治二四（一八九一）年三月に露伴が青年文学会で行なった「本箱退治」と題する講演である。この講演で露伴は、次のような発言をしている。

本は古人の見識や一流の解釈に従ってこしらえられたものである。読めば古人の見た世界を知り、自分の知らないことを知ることができ「光明」が広がる。しかし「本箱」とは、その「光明を仕舞込んである者に過ぎない」ので、そこにとどまっていては、自分が得た「光明」が実は小さなものであったとしても気づくことができない。[6] だから「本箱」を打ち毀さなくてはならない。――その上で、露伴は最終的に次のように締めくくっている。

私が考へ出したならば一人の胸中より描き出した妄想になツて仕舞ふ。私の考へ出したものでいけないと云ふと何だか手の着けやうもないやうだが、私が考へて見るに彼の易牙は料理をするのに矢張り自分の口を標準《めやす》にして料理をしたのだから、矢張り私が自分の心を標準にして個々人々の胸中勝手次第我儘ヤンチャに働くべしと、自由自在の文章が出来るが併し是は当てにならぬ事が夥《おびたゞ》しい。〔…〕其れでは文章は何所から来るべきか、矢ッ張り分らぬ。今日では到底私には分らぬが、併し何か考へて見るに本箱を打毀す事を一ツの趣旨として然《さう》して自分の胸中にある垣根を打毀し、然して広い所のものにしたらば、茫漠として分らぬ所に却て無偏無私の立派な文章が出来やしないかと考へる。〔…〕須らく境界は無くして仕舞はなければならぬ、何でも詩にもあれ文章にもあれ総て含んで、……只境界を無くすると云ふ事が詩を作り或は文章を作る第一の点だらうと云ふのが

私の卑見であります。（「本箱退治」『青年文学雑誌』明治二四・五）

ここには、偏った「知」の枠組みの中で言葉を発することに抗おうとする姿勢が見てとれる。また、「本箱退治」の中では、本で得られる「光明」を説明する際に、提灯や行燈を珍重した時は明るいと思っていても、瓦斯燈《がすとう》をつけたり電気を照らしたりするようになれば明るく思わなくなるように、その時々の状況によって明るさに対する感覚が変わることも挙げている。「光明」、すなわち「知」の内実は時代や享受する場によって変わってくるというのだ。このように、露伴はテクストが受容される場の問題についても自覚的であった。様々な先行する、あるいは同時代の話、思想を次々に取り入れ、それを自分なりに読みかえながら、文章を編み出していく——そうした姿勢がここには見てとれるだろう。

以上のような問題意識から、本書では、特に露伴テクストの読みかえの方法に着目しつつ、近代日本の言説の中で、幸田露伴のテクストがどのように位置づけられるのかについて読解していく作業を行なう。ここで、本書の具体的な構成について説明しておこう。

本書は三部十章より成る。

「第一部　「制度」からの逸脱」では、近代日本の形成期において人びとの認識の変容を特徴的に表している「法」「美術」「学問」をめぐる言説との関わりから、明治二〇年代初めの露伴の小説を読み解いている。いずれも、明治期になって議論の俎上に載せられたものであり、人びとの価値、認識の変容を見る上で重要な用語だ。

まず「第一章　「法」と「幽霊」――「あやしやな」」では、「あやしやな」が明治二二（一八八九）年という大日本帝国憲法が発布された時に発表されていることに目を向ける。この小説は当時、流行しはじめていた探偵小説を意識して書かれたものだが、事件の解決が「幽霊」に導かれていることから、従来の研究では探偵小説として「幼い」として評価されてこなかった。しかし、テクスト発表時の「法」をめぐる言説や同時期の探偵・裁判小説を参照しながら読み解いていくと「幽霊」が重要な意味を持つことが見えてくる。

「第二章　「美術」の季節――『風流仏』」では、『風流仏』が書かれた明治二〇年代の「美術」をめぐる言説とテクストとの関連を読み解き、さらに仏像縁起という形式が用いられた意味について論じる。明治二〇年代は、国家の事業政策のもと「美術」の発展に力が入れられると同時に、西洋から輸入された「美術」の概念が定着しはじめ「美術」に対する関心が高まっていた時期であった。こうした「美術」に対する関心は当時の小説論や仏教の見直しを問う議論とも呼応していた。『風流仏』は、「真の美」という抽象的な概念を「絶対的な真理」と捉え、それを見出すための「観察」を重視するという同時代の「美術」や仏教を語る上で要請されていた枠組みに一見、則る形で、珠運の風流仏像制作が進められていき、最終的に、「天真の美」を写した珠運の裸体像が崇められていくという過程をとるが、しかし、そうした制度からこぼれ落ちるものを示唆する語りもなされている。

「第三章　錯綜する「知」と「力」――「いさなとり」」では、明治二四（一八九一）年に発表された小説「いさなとり」を取り上げ、江戸から明治時代を生き抜いた主人公・彦右衛門が明治期の「学問」や「教育」によって認識の変容を迫られた姿を分析していく。故郷を出奔し、京都で姦通の罪を犯し、さらに生月で〈いさなとり〉となって殺人の罪を犯した後に壱岐・伊豆へと流浪してきたという主人公・彦右衛門が、江戸時代から明治二〇年代へと移り変わり、学校教育制度が整備され識字率も上がる等の状況下で、違和感を持ちながら生きている姿が描かれている点、また、娘・お染が古典テクストにも見られる古い「道理」からも、アカデミズムの中で統制されていく「知」からも逸脱する可能性が描かれている点に注目する。先行する古典テクスト等を用いながら大団円で結ぶ古典趣味のテクストとして作られているように見えながら、この小説は実はそうした古典テクストの枠組みが読みかえられ、そこから逸脱するものも抱え持っている。

続いて「第二部　合理的ならざるものへの眼差し」について説明したい。ここでは、明治以降、西洋流の科学的合理主義の視線が共有されていく一方、日清戦争・日露戦争という両戦争により「国民」意識が高まる中で、科学的合理主義では解釈できないものへの関心が強まっていく風潮を視野に入れ、「哲学」「詩」「宗教」をめぐる議論と照らし合わせながらテクストを分析する。また、出版資本が近代社会の形成に重要な役割を果たしていたこと、[7]特に日露戦争前後の新聞メディアの発達[8]が、読者の問題意識を高めるのに一役買っていたという背景を考慮し、第五章、第六章では、新聞メディアとの関わりからも論じる。

「第四章　伝説と現実――「新浦島」」では、日清戦争中に発表された小説「新浦島」について論じる。

「新浦島」が発表された日清戦争前後では、井上円了「妖怪学」をはじめ一種の「哲学」ブームとなり、「哲学の道理」のもと不可思議な現象は解釈されていた。そのような中、「新浦島」では、従来の浦島譚と同様に漁師で後に神仙となる父とは異なり、明治二〇年代の多くの青年たちのように都会で挫折し故郷での夢を失い、しかも父のように神仙の存在をなかなか信じることもできない浦島次郎の物語が語られている。浦島譚の読みかえの意味と、小説内の語りの構造を読み解き、本作の再評価を試みる。

第五章と第六章では、新体詩「心のあと　出廬」と小説「天うつ浪」という異なるジャンルの二作品を、掲載の経緯や作品の主題から一連のテクストと捉えて論じる。「第五章　〈煩悶、格闘〉する詩人――「心のあと　出廬」」では、露伴の新体詩「心のあと　出廬」を取り上げ、日露戦争前後の詩人表象を分析する。この時期、戦争と結びつけられる形で、現実を超越した「理想的な世界」を求め〈煩悶、格闘〉する詩人像が流通していたこと、そしてこの〈煩悶、格闘〉する詩人像が、「理想的な世界」を実現させるべくロシアと戦い〈煩悶、格闘〉する国家像とも重ねられ、戦争の正当性が補強されていたことを明らかにし、特に新聞メディアを通して詩作への関心が高まっていったことを『読売新聞』の読者投書欄「ハガキ集」を参照しながら読み解く。その上で「出廬」がそうした詩人表象とは異なる詩人像を提示している点に注目する。

続いて「第六章　「詩」の行方――「天うつ浪」」では、日露戦争の勃発を契機に一時中断され、その後、再開されるも未完となった小説「天うつ浪」を取り上げ、前章に引き続き、同時代の「詩」や「宗教」をめぐる言説との関わりの中で分析する。前半部と後半部で一見、不均衡な形になっているが、

「出廬」を参照することで「天うつ浪」が、同時代で共有されていた「詩」や「宗教」をめぐる認識に則りつつ、最終的には、新たな「詩」の境地を提示したテクストであることを明らかにする。

「第三部　「幻」をめぐる談《はな》し」は、談話を意識した形式によって、広義の「幻」について語っている大正・昭和期のテクストを、「境界」と「歴史」という観点から論じる。第七章・第八章では、第二部で取り上げた、合理的に解釈できない領域をいかに語るかという主題が、一九二〇年代においてどのように引き継がれ展開されたかに重点をおき、不思議な出来事・現象について語っているテクストについて論じる。また、第九章・第十章では、語りの現在から見出された〈可能性としての過去〉、言葉によって構築される「歴史」という「幻」をめぐって展開されたテクストを歴史叙述と比較しながら読み解く。明治以降、歴史を語る上では、実証主義科学の方法と進歩史観が新しく導入され広く共有されていった。[9] 特に露伴が口語の談話体で歴史上の人物について記した史伝物を精力的に発表しはじめる明治末以降は、アカデミズム史学と啓蒙史学とが融合をとげつつ飛躍する時期となり、経済史、法制史、文化史等の特定の部門史が開拓された時期であったことが指摘されている。[10] そのような中で、露伴は当時の歴史学で用いられた叙述とも、またいわゆる歴史小説・時代小説の叙述とも異なる視点と方法で、過去の人物、出来事を語っていった。ここでは、語る「今」、すなわちテクスト発表時の状況に鑑みた時に、露伴の語りや視点の独自性が際立つと思われるテクストを取り上げ論じる。各章の内容は次の通りである。

「第七章　「移動」と「境界」――「観画談」」では大正一四（一九二五）年に発表された「観画談」を

取り上げる。本章では、同時代において合理的に解釈できないものがどのように表象されていたのか、また露伴のテクストがそうした言説とどのように異なるのかという観点から、主人公である晩成先生の移動とそれを語る語り手の語りに注目し論じる。漢詩や『碧巌録』等を読みかえ意味づけていく語りが次第に変容し、最終的には語り手と晩成先生とが乖離していく過程を、同時代の「支那趣味」や「農村」をめぐる言説を参照しつつ分析していく。

「第八章 「境界」に挑む者たち――「魔法修行者」」では、前章でも確認した「観画談」をはじめとした露伴の「ふしぎ」や怪異について語ったテクストが、「境界」の生成を問題としていることを踏まえ、「魔法修行者」について論じる。科学的な知見により不可思議を解明すること、もしくは科学的知見によって今までにはない不可思議を発見し意味づけていく風潮がある中で、「魔法」「魔術」への興味が高まっていた状況と照らし合わせながら、「魔法」ではなく魔法修行者の有り様に焦点をあてる露伴の立場を解き明かす。

「第九章 〈言《ことば》〉をめぐる物語――「平将門」」では、当時、様々な解釈がなされていた平将門の乱を題材とした「平将門」を論じる。典拠となった『将門記』の読みかえの方法と、従来の将門像とは異なる将門像を提示している点を指摘し、このテクストが、同時代の歴史学とは異なる立場をとっている点や、発表時における「デモクラシー」という言葉の扱われ方および「群衆」への視線について分析し、大正九(一九二〇)年に発表された意味を探る。

「第十章 香から広がる世界――「楊貴妃と香」」では、従来の研究ではほとんど取り上げられることがなかった「楊貴妃と香」という随想を取り上げ、その典拠を新しく指摘した。その上で、前章で取り上げた「平将門」と同様に、歴史の真相に迫ろうとするのではなく、語り手が自身の個人的な関心に基づき、記事を結びつけ読みかえていく方法を明らかにし、日中戦争から太平洋戦争へと向かう状況下の掲載誌『知性』における位置づけを検討する。

最後に「資料編」を設け、大正一五（一九二六）年七月『文藝春秋』に掲載された「文学三題噺」の露伴の自筆原稿の解題と翻刻を行なう。この資料は、タイトルの変更を含め、本書第八章で取り上げた問題を考える上でも興味深い資料となっている。

露伴の研究史を見ていくと、今までにも様々な形でのアプローチがなされてきたことがわかる。例えば、西洋化こそが近代化であるという時流に警鐘を鳴らした〈反近代〉の作家という露伴像を提示した登尾豊の論考[11]や、「風流仏」や「五重塔」などの伝統的な職人の世界を描いた作品群に露伴の芸術家としての熾烈な出世意識を見出し、明治二〇年代の歴史的社会的文脈の中で露伴を立身出世主義の作家として位置づけた前田愛の論考[12]がある。また、関谷博『幸田露伴論』（平成一八・三、翰林書房）では、伝統的社会の〈法〉から近代国家の〈法〉へと転換する「〈法〉転換期」を生きる中で、新しい時代にふさわしい共同体と自己とを創出して両者を繋ぐ「新しいモラル」を獲得し、自己と共同体とのあり方を問い直すことを試みた作家像が提示されている。[13]あるいは、出口智之『幸田露伴の文学空間――近代小説を超えて』（平成二四・九、青簡舎）は、露伴が属していた根岸党の中で培った遊びの精神に目を向け、完結した虚構世界における物語の構築を指向する「小説」という形式を抛棄していく露伴の姿を読み取っている。この他、露伴の雑学の根底にある「格物致知」の思想や、史伝物における「左国史漢」の文学観を探った山本健吉の論考[14]や、露伴小説を「エピファニー」(=ある種の宗教的な悟り、日常とは異なる時間が流れる仕事への没頭、全存在をかけた感情の奔出、今までとは異なる認識の枠組みを得ること)をめぐるものと意味づけた齋藤礎英『幸田露伴』(平成二一・六、講談社)、露伴のエクリチュールが「描写」や「写生」といった平準化された表現から逸脱し、ナショナリズムに抗う形で機能している点を評価する松浦寿輝『明治の表象空間』(平成二六・五、新潮社)などもある。露伴テクストが依拠した先行テクストとの関連を明らかにした研究について目を転じれば、近年では、和漢籍の文献と露伴テクストとの関わりについて須田千里が精緻な調査[15]をしているし、また西洋の文献との関連については、橋本順光の調査[16]がある。

このように挙げていくと、露伴研究が充実してきているように見えるが、しかし、先述した通り、長期間、多岐にわたる文章を精力的に発表してきた露伴の作品数を考えれば、取り上げられているテクストは限られたものとなっており、他のテクストや同時代の言説との交通の中で露伴テクストをどう位置づけるかという点では、まだ不充分だと思われる。どのテクストを取り上げ、どこに重点を置くかで、浮かびあがってくる像が変わってくるのは当たり前のことだろう。もちろん本書でも全てのテクストが網羅できているわけではない。ただ、本書では、小説テクストに限らず、従来、あまり取り上げられてこなかった、露伴の新体詩のテクストや、随想の類も取り上げ、同時代の言説との関わりの中で論じた[17]。ここでは露伴が初期の文語体小説から口語体小説へと移り、さらには長篇小説「天うつ浪」(『読売新聞』

明治三六・九・二一〜三八・五・三一）の中断による挫折を経て、いわゆる「小説」の形式を捨て史伝や考証、随想へと向かったという、従来からたびたび提示されてきた露伴の「小説」形式における挫折の物語〔18〕からは距離を取り、等しくその時々の問題意識が表れたテクストとして論じている。

以上のような問題意識の下、露伴の読みかえの方法を具体的に読み解きながら、近代日本の言説の中での露伴テクストの位置づけを試みる。作業を通じて、結果的に、露伴が構築し続けようとした「知」の世界の一端が明らかになればと考えている。

註

〈1〉初出不明。『創元』に逸文として掲載された。（解題『露伴全集（第二四巻）』昭和五四・四、岩波書店）

〈2〉明治二八（一八九五）年七月一一日から二八日まで『国会』で「消夏雑譚」として連載された小文は、単行本『讕言』に収録される際、「話苑」として手を入れられてまとめられた。

〈3〉「書を読むに、古き事の跡を古き書の上にて視、古き人の説を古き書の中にて聴くとおもへばおもしろからず、今ある事今ある人の上なりとおもひて読めば近々と明かに其跡其説も心に映るものなり。かくしても猶心に映らぬ節あらば直《たゞち》に疑ひを挿み置くべし、強て解せんとするは僻事《ひがごと》なり」（「読書」）

〈4〉山本健吉「露伴の「雑学」の根底にあるもの」（『文学』昭和五三・一一）

〈5〉「編輯後記」（『文学』昭和一三・六）。この他、「何処か脱俗な高い趣がある」（「初対面の文士」『日本及日本人』明治四一・一）という評もある。

〈6〉「丁度今の自分の知《しつ》て居る所の境界の甚だ狭い如く今迄知て居る境界は甚だ狭い、何年先き続くか知れぬ中に孔子なり釈迦抔より是から先き何んなエライ者があるかも知れぬ」（「本箱退治」）

〔7〕ベネディクト・アンダーソンは、近代的現象に見える「国民《ネーション》」の概念が一つの共同体として創出（想像）される前提として、ヨーロッパの世界探査における領土化と中世のキリスト教世界における聖なる言語（＝ラテン語）の格下げにより、キリスト教世界における聖なる共同体が衰退したことを挙げ、その上で特に出版資本の発達の下、ベンヤミンのいうところの「メシア的時間」から有機体が均質で空虚な時間のなかを暦に従って移動していくという観念へと変容したことを指摘している。（『定本　想像の共同体――ナショナリズムの起源と流行』白石隆、白石さや訳、平成一九・七、書籍工房早山）

〔8〕日露戦争の頃には平版印刷機から輪転機に移行し、部数、版数の増加が日清戦争の頃以上に進んだことを山本武利は指摘している（『新聞と民衆――日本型新聞の形成過程』平成一七・六、紀伊國屋書店）。また、山本は別の書で明治三〇年代以降では、初等教育制度の普及等によってリテラシーが質・量ともに向上し、「新聞に代表される当時のマス・メディアはリテラシーの向上とともに拡大した潜在的受け手層を顕在化させようと努力しはじめ」たとして、この時期を、「マス・コミュニケーションが胎動しはじめる時期」と捉えている。（『近代日本の新聞読者層』昭和五六・六、法政大学出版局）

〔9〕明治政府は早い段階で、歴史を編纂する場（修史局）を設け、天皇の系譜を確定することを第一義としていた『大日本史』を正史とし、その続篇である近代日本の国民史の編纂事業に着手した。その際、アカデミズム史学の場に影響を及ぼしたのが、近代のネーションの枠組みを過去に投影するかたちでナショナル・ヒストリーを叙述したヨーロッパ諸国の民族史、国民史であり、ドイツの歴史学者ランケによる、事実だけを記述する実証科学としての歴史学の方法であった（兵藤裕己「まえがき――歴史叙述の近代とフィクション」小森陽一、兵藤裕己ほか編『フィクションか歴史か（岩波講座　文学九）』平成一四・九、

岩波書店）。以後この方法がアカデミズム史学では主流になっていく。また一方で、スペンサーの社会学説やギゾー『欧羅巴文明史』（永峰秀樹訳、明治七・九～一〇・六、奎章閣）、バックル『英国文明史』（土居光華・萱生奉三訳、明治一二・三～一二、宝文閣）、その影響を受けて書かれた田口卯吉『日本開化小史』（明治一〇・九～一五・一〇）等も広く読まれ、進歩史観が共有されるようになっていった。

〈10〉永原慶二『歴史学叙説　20世紀日本の歴史学』（永原慶二著作選集第九巻）』（平成二〇・三、吉川弘文館）

〈11〉登尾豊『幸田露伴論考』（平成一八・一〇、学術出版会）では、近代化＝西洋化の時流に警鐘を鳴らした〈反近代〉の作家という露伴像が提示されている。しかし、「近代化」の中身に関しての詳細な検討はなされていない。

〈12〉「露伴における立身出世主義――「力作型」の人間像」（『近代日本の文学空間』昭和五八・六、新曜社）

〈13〉関谷の論考にはこの他、『明治二十年代　透谷・一葉・露伴――日本近代文学成立期における〈政治的主題〉』（平成二九・三、翰林書房）、『幸田露伴の非戦思想　人権・国家・文明――〈少年文学〉を中心に』（平成二三・二、平凡社）等がある。前者は『幸田露伴論』（前掲）のテーマを引き継いで書かれたものであり、後者は露伴の非戦思想を、露伴の少年文学から読み取った論考となっている。

〈14〉『漱石　啄木　露伴』（昭和四七・一〇、文藝春秋）

〈15〉「幸田露伴「観画談」「土偶木偶」の材源」（『国語国文』平成一八・一）、「幸田露伴『連環記』と古典」（『高知大国文』平成二五・一二）、「幸田露伴『連環記』と『大日本史』」（『叙説』平成二三・三）など。

〈16〉「欧亜にまたがる露伴――幸田露伴の参照した英文資料とその転用」（『大阪大学大学院文学研究科紀要』平成三一・三）など。

〈17〉「楊貴妃と香」は初出誌の「編輯後記」で「エッセイ」とされている。

〈18〉 例えば、柳田泉の「この大作（引用者註／「天うつ浪」）の中絶が、露伴をして小説に力を入れさせないやうにした大きな原因であつたらう」（柳田泉『幸田露伴』昭和一七・二、中央公論社）等の発言がある。

第一部　「制度」からの逸脱

第一章　「法」と「幽霊」
──「あやしやな」

明治二二（一八八九）年一〇月に雑誌『都の花』に掲載された幸田露伴の小説「あやしやな〔1〕」は、同誌前々号に発表された小説「是は〳〵」（明治二二・九）とともに、明治二〇年代における探偵小説の流行の中で露伴が書いたものとして取り上げられることが多い。〔2〕江戸川乱歩が、明治二〇年代前半を黒岩涙香の翻訳探偵小説の流行を中心とする探偵小説隆盛期の第一の時期と称したことは有名であるが〔3〕、乱歩はその際、「是は〳〵」と「あやしやな」もその流れの中で書かれたもので「当時としては異色ある小篇」であったと述べている。〔4〕乱歩が、この二つのテクストのどこを「異色」と捉えたのかは、それ以上の記述がないため不明であるが、伊藤秀雄は、甘汞《かんこう》と塩酸類を同時に飲ませることで昇汞《しょうこう》という毒物を生成させるという「あやしやな」の毒殺トリックを「独創的な趣向」といっている。[5] また内田隆三も「薬学的なトリックを用いた毒殺事件を取り扱い、また事件の背景にある「過去の探究」もあって、古典的な探偵小説の形式をそなえたもの」と捉えるなど、[6] 毒殺トリックにおける当時としての新しさが評価されてきた。しかし同時に内田は、推理と分析の過程が「単線的で浅」く、しかも「殺された被害者の幽霊が探偵の夢に出てきて事件解決の糸口を与えるなど、科学的検証や論理への志向が中途半端」であり、同時期に発表された黒岩涙香『無惨』（『小説叢』明治二二・九、小説館）に比べて、「探偵小説としての意識や構成はまだ幼い形態」であると述べている。現在の視点に立ち、探偵小説の発展の歴史という立場から振り返ってみると、内田の評価も妥当だと思われる。

しかし、「あやしやな」における幽霊の出現を単に探偵小説としての意識や構成の幼さとして片づけてしまうことには留保が必要だろう。露伴が「あやしやな」執筆にあたって、探偵小説を意識していたことは、柳田泉が露伴自身から聞いたという、「漸く探偵小説流行の兆があるのを見て、戯れに草した」という発言からもうかがえる。[7] しかしだからといって「探偵小説」や「裁判小説」といった角書も特にない、この小説を露伴が今日でいうような意味での「探偵小説」として必ずしも書いたともいえないだろう。もちろんここで「あやしやな」が探偵小説か否か、当時の探偵小説というジャンルがどのようなものだったのかということを論じるつもりはない。ただ重要なのは、今日から見て探偵小説としては「幼い」と否定的に捉えられた、この小説における幽霊の出現こそ、むしろ重要な意味を有していると いう点である。本章では、この「あやしやな」における幽霊の出現の意味を、黒岩涙香の翻訳・翻案探偵小説等と比較しながら考えていきたい。

一、ブライトの捜査方法

テクスト内の時間は定かではないが、「あやしやな」の舞台は、「百五十弗《ドル》」や「貴族院」「伯爵」などの記述からも、欧米と思しき世界が想定されていることがわかる。小説の梗概は、次の通りである。

バアドルフという老人がある日突然死に、不審だという噂が流れる。そこで警察署長のブライトは、この事件について探偵を使って調べ出す。容疑者として、バアドルフの若い妻、彼に薬を処方していた医者、死亡当日訪れレモネードを与えた、バアドルフの友人・伯爵シャイロックが浮かぶが、犯人が確定できないでいるところ、医者の薬（甘汞）と伯爵の与えたレモネードが、それ自体には害はないものの、併用した時毒物となることがわかる。さらにバアドルフの前妻を見つけ出し、二人の間に娘がおり伯爵に気に入られていたが自殺したこと、娘の遺書を見た伯爵がバアドルフに毎月金を払っていたことを探り出す。しかしブライトは、伯爵が故意に殺そうとしたのか事故だったのか断定できないでいた。するとブライトは夢の中で、バアドルフの幽霊が、伯爵に暴行され娘が自殺したことや自分が伯爵に殺されたことを前妻に訴えている場に出会う。目を覚ますと、ブライトは、探偵を伯爵の召使いとして送りこみ、毎夜、幻燈を使ってバアドルフたちの幽霊を見せ、伯爵を神経病に陥らせる。そして病を治す不思議な力を持つという偽の行者と引き合わせて、伯爵に懺悔状を書かせた後、伯爵を拘引・死罪とする――。

　まず、本作の探偵役である、警察署長ブライトについて見ていきたい。ブライトは、バアドルフの死に方が怪しいという情報を得ると直ちに、部下の探偵を使ってバアドルフの周辺を探らせる一方で、バアドルフの死体を三人の医師に検死させ、三人全員が死因を毒によるものだと判定してからはじめて毒殺だと断定する。また、バアドルフが飲んだ物に関しても、薬との併用の効果に気づき、化学分析所と官立医院の両方に再度調査を依頼するような、科学的知識を有する注意深い人物として書かれている。

　このようなブライトの主な捜査方法は、証拠を専門的な知識に基づき慎重に判断するというものと、探偵（密偵）を用いた身辺探索の二つが取られている。こうした捜査方法は、当時の日本の社会においても推奨されていたものであった。証拠を専門的な知識に基づき慎重に判断するということに関しては、例えば、明治一四（一八八一）年八月に出版された『情供証拠誤判録』（高橋健三訳、司法省蔵版）でこの方法がいかに重要かが説かれている。この書はアメリカで出版され、確証がないまま裁かれ誤審となった裁判例を集めたもので、裁判に携わる者向けの書として出版されたものであるが、黒岩涙香や須藤南翠らにも読まれた本である。[8]この書の「叙言」では、証拠人が語った情況や些細な事実から事件を推論することの危険性が精しく説かれている。「蓋シ公正ノ酌奪ヲ行ハント欲セハ苟モ先ツ其本基トスル所ノ事実ヲシテ明晰的確更ニ一点ノ疑ナカラシメスンハアラサルナリ」とし、また「情況ナルモノ、誤解ヲ生シ易クシテ然カモ同一ノ情況ト雖モ若シ其判者ヲ異ナラシメハ全ク表裏ノ考案ヲ下タスニ至ル所以ノ理」を察する必要があるという。そしてここでは、誤って毒殺事件とされた次のような例が挙げられている。薬を飲んで直後に死んだという情況、室内にあった壜に毒薬と似た香がした点、死体を解剖した四人の医学士が死因を毒と判定した点から、当時、医術界でその道に最も詳しい医師が解剖結果に疑義を抱き毒殺説に異論を述べていたのを無視し、同居人で財産相続人である者が犯人とされたという事件である。この書では、本来は「先ツ毒薬ヲ用フルノ実否如何ヲ探究シテ毫髪ノ疑モ之ヲ遺サ、ラシム」べきで、医術に関わる意見の信否は特に意見を述べる者の「学識実験ノ大小深浅」に関わっており、複雑な死因を追究したり、毒薬の効果を究明しようとしたりする時は、その究明の方法に一点も欠漏があってはいけない。もし一点でも欠漏があれば、結果も欠漏したものとなるので、四人の医学士の意見だけで満足すべきではないという注意をしている。[9] 専門的な見地から多くの証拠を検討し、確証を得てから罪と判定すべきであることが力説されている。

また、ブライトの二つ目の探偵を用いた探索に関しては、丸亭素人が翻訳した小説集『探偵譚』（明治二三・一一、今古堂）の「序」で次のように書かれている。「抑《そもそ》も探偵なる者ハ人の未だ見ざる所未だ知らざる所を覚発暴露し能《よ》く悪漢をして高枕《こうちん》安眠せしめず何に依て彼《か》れ能く他人の心腹を洞察し得《う》るや岡目を以《もっ》て見れバ甚だ怪しむべしと雖《いへど》も探偵にハ探偵の原則あり」。「探偵」による探索が事件解決の重要な鍵を握ると捉えられていたことがわかる。実際、この時期の日本でも多くの探偵が活動していた。新聞記事では、探偵の探索によって事件が解決するさまや[10]警察署の探偵掛の動向などが頻繁に取り上げられているのみならず、[11]偽探偵まで出現していることが報じられている。[12]

このように「あやしやな」の警察署長ブライトの捜査方法は、当時の日本においても推奨されるものだった。しかし、幽霊の出現以後、ブライトは今までの捜査方法を変え、探偵を使って偽の幽霊や偽の行者を捏造し伯爵を騙すという方法に転換し解決に至る。

二、「幽霊」の出現

ここで、テクスト内の幽霊がどのように登場するかを見てみたい。

口の端に滴《した》る血しほも生々しく、声もあやしくうらがれて、〔…〕法律を遁るゝ、工夫をなし、医者の与へし薬と共に飲めば忽ち腹中にて大毒となる飲料《のみもの》を与へて我を殺せしなり、あらうらめしやうらめしや、まさしく我は謀《はか》られて殺されたれど、伯爵の与へし物は毒ならず、よし裁判に訴へてもあの伯爵は無罪にて、却つてそれを訴へし者は人を誣《し》ふるの罪に落《おち》るべし、〔…〕恨を報ゆる道もなし、たのみにならぬ人の世の法律こそは価値《ねうち》なき、あら口惜しのものなれや、〔其七〕

幽霊は、伯爵が法律を遁れる工夫をしているため、無罪となることを恨み、「人の世の法律」には価値がないと訴える。つまり、幽霊から見た時、「人の世」は法律によって縛られた社会で、法律の枠組みの中でしか物事は解決されない世界なのだ。そして、ブライトもまた、幽霊と出会ったあと、次のように、幽霊の価値観を受け入れていく。

あまりの怖しさに声も出ず、苦しみてかたへを向けば、あり〱と此方《こなた》にも座り居る老婆のぼなが、何とてあれ程にうなされ給ひし、と親切の介抱。さては思ひ寐《ね》の夢、たのみにならぬ法律を尊《たつと》ぶ人の世の現《うつゝ》に帰りしかと、醒《さめ》ても鈍《おぞ》ましく我ながら茫然たりしが、〔…〕ぼなを引き連れ、貧民院に行《ゆき》しぶらいとの心の内こそあやしけれ。其後《のち》は事もなくて三日計《ばか》り過ぎしが、幽霊の物語り真にしても証拠にはならず、ましてや当《あて》にならぬ五臓の疲れより起りし事取るに足らずと、遂には決断やなしたりけん、〔其八〕

ブライトは、「人の世」が「たのみにならぬ法律を尊ぶ」ものであることを、幽霊と遭遇したことによって悟る。語り手は、幽霊の物語では証拠にならないし、幽霊の出現も五臓の疲れから見たつまらない夢としてブライトは捉えたのだろうかと、ブライトの認識に疑問を挟むが、しかし、ブライト自身は幽霊の言葉を否定していない。

同時代において三遊亭円朝『真景累ケ淵』（小相英太郎筆記、明治二一・五、井上勝五郎）の「幽霊と云ふものハ無い全く神経病だと云ふ事に成りました」という有名なセリフに代表されるように幽霊の存在はもはや単純には信じられなくなっていた。例えば、殺された娘が幽霊となって仇討をするよう親に頼んでくれと訴えたという記事では、「大かた虚《うそ》で有ませう」（「機屋の幽霊」『読売新聞』明治一九・九・一二）と付言されている。また、幽霊が出るという記事が掲載された翌日には「何者かの虚構に出たるものにて事実無根」として取消記事（『東京朝日新聞』明治二一・九・一二）が出されるなど、幽霊話は何の弁明もせずには語りにくいものだった。しかし幽霊の話は依然として読者の興味を惹くものであり、完全に否定されていたわけではない。真の怪しきものは決していないと断じ、幻燈を使って幽霊や妖怪が映し出せることをわかりやすく説明した書も出ていた。[13] これらのことを考えれば、幻燈を使って幽霊を作り出すブライトもまた、幽霊の存在を一見信じていないかのようにも見える。しかし幽霊の言葉を信じる形で、伯爵を追いつめるブライトは、むしろ幽霊の代行をしていたといえ、伯爵にとっても幽霊が脅威となることを確信していたのである。もちろん最終的には、ブライトは伯爵の懺悔状を証拠に罪を立証するのであり、「噫《あゝ》おそろしきぶらいとの智恵、法律にのらぬを法律で罰すると、聞く人舌を捲く」と語られるように、伯爵の罪も法律によって裁かれるのだが、幽霊が語った法律への不信感はブライトにも共有されていたといえるだろう。

　また、ブライトは偽の行者を使って伯爵を騙すのだが、この時期の日本では、刑法第四二七条で「十一　流言浮説ヲ為シテ人ヲ誑惑シタル者」「十二　妄ニ吉凶禍福ヲ説キ又ハ祈禱符呪等ヲ為シ人ヲ惑ハシテ利ヲ図ル者[14]」は違警罪として処分されることになっており、悪質とみなされた場合、「祈禱符呪」で人を惑わした者は時には法律によって罰せられていた。実際に、この時期、加持祈禱に関わる違警罪犯罪者が捕らえられており、「神仏を医視し禁呪《まじなひ》を薬剤視する勿《なか》れ」（食山人『朝日新聞』明治一八・四・一六）という注意も喚起されている。[15] ブライトが、幽霊や日本の「法」で取り締まられる対象ともなりかねない行者を使い、伯爵もまた幽霊の存在を「精神病」と捉えようとしつつも行者の祈念による治癒を信じて懺悔状を作り騙されてしまう姿が描かれているように、たとえ否定されようと、「法」によって取り締まられようと、人はどこかで幽霊や行者の奇蹟を信じずにはいられないということが、ここで示唆されている。

このようにテクスト内では「人の世の法律」の価値への疑問が書き込まれているのだが、ここで特に注意したいのが、「あやしやな」が発表される八ヶ月前に、大日本帝国憲法が発布されているということだ。大日本帝国憲法は、実際の内容自体はともかく、発表当時においては、「東洋の極端に於て、立憲政治を夢にまでも見たることなき黄色人種に於て、百年の歳月に」出て来たものであり、「我か国民をして法律に依るにあらすして、逮捕監禁審問処罰を受くることなからしめ」「凡そ国民として有すへき権利」を全て明文化して確定したもので、その威力によって「我か国民は永く自由の民たらん」(「帝国憲法を拝読す」『国民之友』明治二二・二)「国家を維持するものハ憲法なり憲法を維持するものハ国民なり」(「願くハ憲法と情死せん」『読売新聞』明治二二・二・六)というように称えられた。法文によって君主と政府との権限を定め、人民の権利や自由を明らかにしたとされた憲法の発布は、日本が欧米列強国に仲間入りをする大きな一歩となる東洋未曾有の盛事として好意的に捉えられたのであり、憲法発布を祝してお祭り騒ぎが繰り広げられた。『都の花』に掲載された、山田美妙の小説「国の花」(明治二二・二)は、憲法発布前、発布の日、発布後の人びとの様子を面白おかしく描いたものである。挿絵〈図1：憲法組立の図／小林清親画〉とともに掲載されたこの文章では、「憲法」という言葉の意味がわからないもの祭りと聞いて騒ぐ者や便乗して金儲けをしようとする者、着飾った自分の姿を人に見せるべく新調し

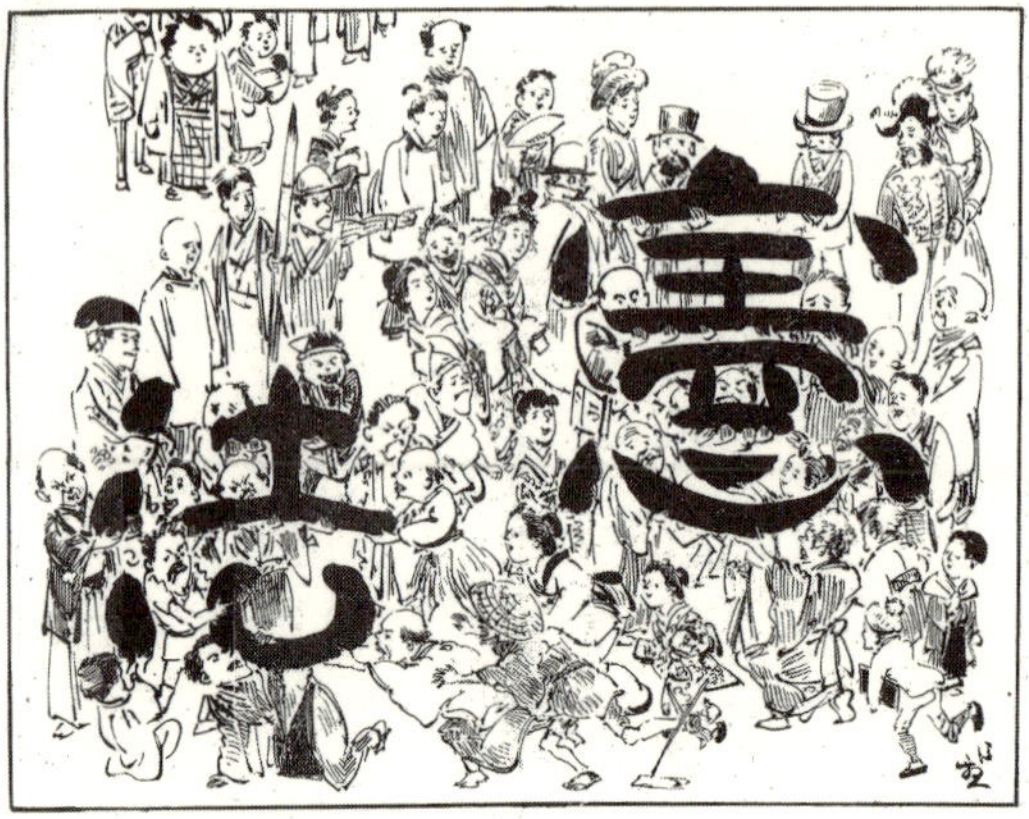

図1 「国の花」 挿絵

た肩掛けをつけて出かけたものの人込みで汚してしまう娘、わけもわからず一儲けしたためにかえって散財する者などを取り上げ、「兎にも角にもめでたい憲法の発布。憲法の意味を知らぬながらも猶さわぐ殊勝さ」と憲法発布を称えつつも、事態がよくわからないまま浮かれる人びとの姿が諷刺されている。

「あやしやな」が発表された時期は、憲法が発布され憲法やそれに付随する「法」への興味が高まりはじめた時期であった。[16] 有賀長雄編述『国家学』（明治二二・一、牧野書房）、関直彦『大日本帝国憲法』（明治二二・二、三省堂）などの多くの注釈書が出版され、『都の花』の広告にも掲載されるなど、司法権の位置づけや法律を重視する立場が説かれた時期である。そしてそのような中で、「あやしやな」があえて「人の世の法律」の限界を幽霊に語らせていることは重要だ。このことを考える上で、同時期の犯罪をめぐる小説が「法」をどのように捉えていたのか、比較してみたい。

三、犯罪をめぐる小説と「法」

憲法発布前に出版されたものではあるが、「西洋小説」を「奪骨」（「序」）した柳下亭美登利『法理小説 百難錦』（明治二〇・一一、栄泉堂）は、タイトルに「法理小説」と冠せられていることからもわかる通り、登場人物や語り手の言葉を借りて、「法」による統治の重要性が説かれた小説である。この小説は、父親を逆恨みで殺され、またそのことが原因で母も病死してしまった理古多律《リクトル》が復讐しようと犯人を探し出すというものである。法学に明るい叔父に育てられ、自身も法学を学んだ理古多律は、叔父の「人々自己の権利を保護し正当に自己の自由を行ふを得ると雖も若しも人自己の権利を害し自己の自由を妨げたるとき之を処分するの権利ハ既に自分の身にハなくして政府に属するなり」という諫めを受け、自身の手で犯人を成敗したいのを我慢し、探し出した犯人を「法」の裁きに委ね、後年、裁判長として名望を得る。この小説では、犯人の素性は最初からわかっており、理古多律と従兄妹とのロマンスと並行して犯人側の逃走中のロマンスなども語られている。いわば、物語の焦点は、理古多律が犯人をどのようにして見つけるのか、また犯人とどのような形で対決するのかにあるといえ、旅の途中で偶然遭遇した諍いを法律に照らして収めるなど、「完全無欠の法律」の存在が強調される。

　しかし、同時期の黒岩涙香の翻訳・翻案探偵小説では、「法」は、そこまで無邪気に信じられてはいない。例えば、エミール・ガボリオ『首の綱』（*La Corde au cou*）の翻案である『仏蘭西小説 有罪無罪』（黒岩涙香訳、明治二二・一一、魁真楼、初出『絵入自由新聞』明治二一・九・九〜一一・二八）では、無実でありながら、名誉を重んじて犯行当日の行動について弁明できずに嫌疑をかけられたまま拘留されている武保に対して、弁護人の大川は次のように説く。

裁判ハ虚《うそ》の闘ひなり検察官、虚に巧なる時は罪無き人を罪に落し、弁護人虚に巧みなる時ハ判事を言纏《いひくる》めて罪ある人を無罪と為す、裁判の勝負は全く虚の巧拙に在り、去れば大川万英は武保を弁護するにも証拠の不充分なる実事《まこと》を言立んより尤もらしき虚を作り判事の心を暗《くらま》すに如《し》くハなしとの事を述立《のべたて》しに〔第二十五章〕

最終的には真犯人がつかまり、武保の無実が証明されるこの小説は、「凡例」で涙香自ら述べている通り「或る犯罪の露見より説起《ときおこ》し其原因を尋ね其罪を糺《たゞ》すまでの事を記したる」「西洋にて探偵小説（デテクチヴ、ストーリー）と称する者の類」である。しかし、同時に「其主意は唯《た》だ人間裁判の難《かた》き事を示し法律家が濫《みだ》りに法律を使用して輒《たやす》く人の罪を定んとするの非なるを知らしむるに在るなり」という、法律を適用するにあたって慎重になるべきことを説きおこしたものでもあった。涙香は、「法理」に明るいといっても、「証拠」があったとしても、それが必ずしも正しいものとは限らないので、「法」を用いる側の意識こそが重要であることに小説の主眼を置いていた。さらに、涙香は『裁判小説 人耶《ひとか》鬼耶《おにか》』（明治二一・一二、小説館）で、「法」自体に対して疑問を投げかけている。

『人耶鬼耶』は、ガボリオ『ルルージュ事件[17]』を翻案したもので、「事柄の疑はしく罪人の判し難き「大疑獄」(「緒言」)を記したものである。「世の探偵に従事するものをして其職の難きを知らしめ又《ま》た世の裁判官たるものをして判決の苟《いや》しくもすべからざるを悟らしめんが為」の小説であるという主意は、『有罪無罪』と同様だが、ここでは「一ハ人権の貴きを示し一ハ法律の軽々しく用ゆべからざるを示さんと欲するなり」(「緒言」)と、「人権」と「法律」の問題が俎上に載せられている。伊藤秀雄が既に指摘している通り[18]、『人耶鬼耶』では、最終場面にあたる第四四章、四五章が『ルルージュ事件』とは大きく変えられている。特に注目すべきは、その結末だろう。『ルルージュ事件』では、警察に追いつめられた犯人ノエルが自害した後、ノエルの罠にはまり嫌疑をかけられていたアルベールと、アルベールの無実を証明すべく奔走した許嫁のクレールは結婚し、ノエルの恋人ジュリエットは立ち直り、またクレールに片想いしていた判事ダビュロンは判事を辞め故郷に帰るなど、事件と決別してそれぞれの日常に戻っていく姿が記されている。しかし、ただ一人、ノエルと親しくしており、真相解明に尽力した探偵タバレだけは、事件のことが忘れられず、もはや以前のように司法を無批判に信じることができなくなってしまった。タバレは死刑廃止の請願書に署名をし、無実の貧しい被告人を救済する団体をつくろうとしているという形で終わっている。

一方、『人耶鬼耶』では、追いつめられた犯人澤田實(=ノエル)と恋人お理榮(=ジュリエット)は金と遺書を残して自害する。その遺言に感じ入った探偵散倉(=タバレ)は事件の関係者の賛同を得て、澤田實とお理榮名義で寄付を募り万国死刑廃止協会を設置する。会長には散倉が、副会長には事件後、判事を辞めた田風呂（＝ダビュロン）が就任し、協会の玄関には實とお理榮の肖像を掲げ、協会の主意を印刷したものの付録としてこの物語を添え、「万国の義人」に配り「訳者涙香も図らず一本を得た」とある。さらに、散倉と田風呂は死刑廃止の主義を演説しながら世界を巡廻する旨が、フランスの新聞紙で報じられ、「吾等が読者と共に、禿頭老人の熱心なる演説を厚生館中に聞くも両三年の中に在るべきか」とされている。『ルルージュ事件』にも死刑廃止の請願書の話はあるが、タバレだけの個人的な活動で終わっており、『人耶鬼耶』のように大々的には取り上げられていない。實とお理榮の次のような遺書も『ルルージュ事件』にはない。

> 世に裁判ほど誤り多き者ハなし、誤まりと知らすして無罪の人を死刑に処するも亦《また》多し一たび死刑に処したる後《のち》ハ死人に口なし其誤ちを知るに由《よし》なし之を知るは再び命を償ふの道なし、余ハ足下の如き義に勇む人々が一日も早く万国死刑廃止協会を設けん事を望むなり、〔…〕余ハ喜んで此金子《このきんす》を寄付するなり以て其創業費の一端に充《あて》らるれバ余とお理榮嬢が死後の幸《さいはひ》なり（第四十五章　大尾）

ここでは、「法」の扱い方のみならず、死刑を執行する現行の法律に対する疑念が明示され、日本の「現在」の読者の現実とも接続させる形で書かれている。探偵小説・裁判小説では、最終的に犯人が明らかになり「法」の下に罪が裁かれ終結していく。したがって裁判や法律の限界を訴えて終わるこの小説は、同時期の他の小説と比較しても異質だといえる。しかし一方では、探偵（裁判）小説では、最終的に明かされる「真実」に至るまでに紆余曲折があり、それまでに無数の誤った逮捕・裁判が書き込まれる。探偵（裁判）小説における「捜査の線形的な性格は、強度のエントロピー、複数の手がかりや何人もの競合する容疑者や誤った推理の筋道の増幅の中に具体化される情報の拡散性を包み隠しているにすぎ」ず、「約束どおりの結末がそれらを結びつけてくれるとしても、そこには、なんらかの断片性と不調和が存在している」[19]。裏を返せば、探偵（裁判）小説では現実でも起こり得るような、「法」に基づく捜査や裁判への不審が隣り合わせになっているのである。『人耶鬼耶』はそうした不審を死刑廃止論と絡める形で[20]、あからさまに示した小説になっている。

このようにこの時期の犯罪をめぐる小説では、「法」の行使の仕方が問題視されていた。この他、「材料を探偵吏の手帳、日記、報告等」にとったという、千原伊之吉訳『摘陰発微 奇獄』（マクウァッテルス著、明治二一・一一、日本同盟法学会）でも、「人多クシテ二伎巧一奇物滋々起リ。法令滋々彰レテ盗賊多有クリ」と老子の言葉を引用し、法律が完備すればするほど法律の網の目をくぐる悪知恵が発達することが強調されていた。だからこそ、犯罪を犯す者の心をよく知り心の誠を求めるという「探偵ノ原則」を今こそ学ぶ必要があることが説かれている[21]。

法律が完備するほど、悪知恵も発達するという鼬ごっこの中で、人の心は果たしてどのように探偵・捜査すれば知ることができるのであろうか。

四、「法」と「幽霊」

「あやしやな」では、幽霊の存在の他にも、「天の道」や「神」という言葉が何度か出てくる。例えば、ブライトがわざとバアドルフの事故死を発表し伯爵が無事に選挙に当選した時の語り手の言葉に「世の法律をこそくゞるべけれ、天の道をば何の免るべき」とある。またバアドルフの幽霊（実際は幻燈を使って作られたもの）に悩まされた伯爵の心情が語られる場面で「天の道に背きし昔を悔い、神にも今は見放されてかと歯をくひしばるも数々《しばしば》なりしが」とある。天の道も神も「人の世」とは別の秩序で存在するものであり、「人の世の法律」は及ばないという考えがここには通底している。テクストの舞台が欧米を彷彿とさせる場であり、人びとの言葉にも「あゝめん」という言葉が出てくることから、登場人物たちのキリスト教への信仰が反映されているとも思われるが、しかし語り手が「極楽か地獄か」「仏さまはさて置き」などの表現もしていることから、ここで示されているのは、特定の宗教の信条に依拠した思想ではないことはいうまでもない。「人の世の法律」だけでは、恨みは解消できず、また、罪の意識や恐れといった各人の心の声を聞き取ることができない。無念の死を遂げたバアドルフの声は幽霊の声となって初めて、人に届くのであり、伯爵の罪の意識も、幽霊の存在を契機として、天の道や神に照らし合わされ、さらには行者の存在によって初めて懺悔状の形で、「声」として表出してくる。人の心が幽霊や天の道によってしか伝わらないとしたら、幽霊が否定される日常を生きる人びとはどのように対峙したらよいのだろうか。

興味深いことに、この時期書かれた犯罪をめぐる小説では、探偵たちの失敗も書かれている。先に挙げた『探偵譚』では、「序」における探偵の原則の有用性とはうらはらに、収録された作品で探偵は活躍しない。例えば「探偵眼」では、探偵は功を焦るあまり、わずかな証拠から当て推量で被害者や犯人を決め、無理やり拘引し事件を解くことができない。むしろ犯人を観念させたのは、なぜ事件の鍵を知ったかも明らかにされないまま唐突に届いた容疑者の妹による手紙であった。高橋修は黒岩涙香『無惨』における「世に是ほど忌はしき職務は無く又之れほど立派なる職務は無し」といった探偵への否定的な記述を取り上げ、大鞆と谷間田が刑事巡査として登場しながら「探偵」と呼ばれている点に注目し、当時の探偵が警察組織の外縁部にある密偵でもあることから、「犯罪者の側にも身を置く、犯罪と親和的位置に立っている」「正義と悪のあわいに立っている」と指摘している。[22] 特に、この時期の新聞紙上では身分を隠して政府に不満を持つ不穏分子を探る国事探偵に関する話題が多く見られる。[23] 国事探偵はいわば密告者でもあり、嫌悪とともに語られてもいた。[24] 「あやしやな」でブライトの命令により探偵がバアドルフの家の「下婢」を拘引する時、語り手が「探索の為めとは云ひながら警察署の下婢とはならぬものを迷惑なことなり」と述べるのも、こうした密告に対する嫌悪が一般的にあることを示している。このように、憲法が発布され新たな立憲国家の形成に期待が寄せられる一方で、探偵への嫌悪と「法」への不審もその根底にはあった。

タイトルの「あやしやな」に表されるように、テクスト内では何度も「あやしやな」「あやし」「あやしき」という言葉が使われている。例えば、「ばあどるふの変死あら怪しやな」、伯爵が渡した「怪しきは今の壜」、探偵が探り出した伯爵とバアドルフの「はてさて怪しき契約状」、「これもあやしや」という老婆、神経病だと伯爵は思い込もうとするものの幽霊の声が「さりてとてまざ〱と聞ゆるあやしさ」、しかも伯爵の召使にはその声は聞こえないという「あやしさ」等々である。そして最終的には、「凡《す》べての怪《あやし》きこと、怪しくもなきに」なる。バアドルフの医師、グレンドワアが、自殺したバアドルフの娘の想い人であったことも最後にはわかるというおまけつきで、伏線が回収され大団円となり終幕する。しかし、全ての「あやしさ」が解決される中で、唯一、解決されないまま残されているのが、ブライトが見た夢とおぼしき、「声もあやしくうらがれ」たバアドルフの幽霊である。バアドルフの幽霊については、結局、何の説明もされない。

憲法発布に賑わう中で、「法」の限界を唱える幽霊は、「人の世」の秩序では説明できないものであり、それは「法」や探偵に対する人びとの不安・不審をアナロジカルに示している。「あやしやな」の世界が欧米を想起させる場に設定されており、伯爵が名望家として貴族院議員に当選していることが記されているのは、憲法を発布し国会開設が控えている当時の日本にとって、実質的な政治形態や憲法の性質は同一ではないものの、欧米が立憲国家の未来像の一つとして意識されていた世界だったからだといえよう。[25]

「あやしやな」における幽霊は、「うらめしや〱」と定型通り自らの恨みを訴え、その声を契機に事件は解決していく。しかし、幽霊の声はバアドルフの妻にも届いておらず、ブライトにしか聞こえない。

だからこそ、ブライトは自ら幽霊を幻燈で作り出し幽霊の代行をするしかなかった。もはや幽霊の声は誰もが簡単に聞き取ることができるわけではない。

五、「幽霊」の行方

聞き取ることのできなかった幽霊たちの声が谺しているかもしれない世界。「あやしやな」から一〇年以上経た後に発表された露伴の小説「不安」(幸田露伴口授、神谷鶴伴筆記『新小説』、明治三三・五)は、フランスへ留学する法学士・蓮田の送別会で、探偵小説を愛読した仲間たちが文明の中心・パリでの大疑獄の報告に期待を膨らませる中、日本も進歩したので、日本にも大疑獄ができるだろうと高らかに笑う横尾の発言により、蓮田たちは、不安を募らせていく――というストーリーになっている。蓮田の送別会に集まった仲間たちは、世の中の進歩に比例する形で巧妙の犯罪方法が案出され、罪悪も進歩するという考えを抱いている。嬉々として「我日本の法律で罰せられない殺人法、まだ何人にも発明されない殺人法」を思いつくままに披露する横尾の話を聞くうちに、一同は不安を募らせ不愉快になっていく。しかし蓮田が「他人の身の上に降り掛つた禍殃《わざわひ》、或は他人が泣悲しむべき悲惨なる凶変に遭ふといふやうなことを聞いて、其を興味ある事として楽まんといふが如き不道徳極まる発言と思想とに得た罰」と、「真面目で道理のある言葉」を発言し皆が賛同することで、「辛《から》うじて不気味なる中より甦つたらしき愉快なる顔に返」り、最終的には十六夜の月が「心地よいまで澄み渡つた光は窓硝子《ガラス》を透して曇りなき六人の姿を照らし」て物語は終幕する。しかし、彼らの不安要素が根絶されたわけではない。明治三〇年代は、治安警察法（明治三三）、精神病者監護法（明治三三）などの法律や規則が次々と打ち出され、刑法、民法の改正に関する議論も交わされていくなど、「法」への意識がさらに高まっていた時期である。そのような中で、法律では裁けない犯罪の標的に誰もがいつされるかわからない、という不安があることをこの小説は語っている。誰もが「あやしやな」の幽霊になりうる。幽霊はすぐ身近にいるかもしれない――。

憲法発布に浮足立つ時にあって「あやしやな」では涙香の翻訳・翻案探偵小説とはまた異なる形で、「法」や探偵たちへの不審を書き留めていた。そこでは、真っ向から「法」や「法」を取り扱う者のあり方に異論が唱えられているわけではなかった。だが、大団円の裏に幽霊の声を書きつけることで、「法」や探偵だけでは解決できない「人の世」への一抹の不安を投げかけていたのである。

註

〔1〕「あやしやな」中の人名はカタカナで記し、引用の場合のみ本文通りひらがなに傍線を付すという表記とした。第三章の「露団々」の引用についても同様の表記をする。

〔2〕探偵小説という観点とは異なる形でこの小説を取り上げたものに、井上泰山「幸田露伴と元雑劇――短編小説「あやしやな」の來源をめぐって」（『関西大学　中国文学会紀要』平成二九・三）がある。井上は「あやしやな」と元雑劇『竇娥冤』の類似性（若い女性が被害者となり死ぬ点や、幽霊が有能な人物の前に現

れて事件の真相を語る点など）を指摘している。ただし、典拠とするには根拠として弱いのではないかと考える。

（3）江戸川乱歩「一般文壇と探偵小説」（『宝石』昭和二二・四、五、のち『幻影城』収録／『幻影城（江戸川乱歩全集第二六巻）』平成一五・一一、光文社文庫）

（4）江戸川乱歩「続・一般文壇と探偵小説」（『宝石』昭和二四・七、のち『幻影城』収録／『幻影城（江戸川乱歩全集第二六巻）』前掲）

（5）伊藤秀雄『明治の探偵小説』（昭和六一・一〇、晶文社）

（6）内田隆三『探偵小説の社会学』（平成一三・一、岩波書店）

（7）柳田泉「随筆探偵小説史稿」（『探偵春秋』昭和一一・一二〜一二・八／『随筆 明治文学（二）』谷川恵一ほか校訂、平成一七・九、東洋文庫）

（8）伊藤秀雄『明治の探偵小説』（前掲）で既に指摘されている。なお、黒岩涙香「探偵談と疑獄譚と感動小説にハ判然たる区別あり」（『絵入自由新聞』明治二二・九・一九）では、「疑獄譚」に、「彼の証拠誤判例の如き」として例に挙げられている。

（9）「苟モ人ノ死ヲ致ス如キ綢繆錯雑ノ原因ヲ追踪セントシ若クハ毒薬ノ効験ヲ究知セントスルニ於テ若シ其究知ノ方法ニ一点タリトモ欠漏アラハ則チ其収結ニ至テモ随テ亦欠漏ヲ免カレサル所以ノ理ヲ懇示シタランニハ未タ必スシモ四医員ノ口供ヲ以テ心足セサル可シ」（『情供証拠誤判録』前掲）

（10）例えば、横浜山手居留地の米国人夫婦が金時計を雇人に盗み出されたが、居留地警察署探偵巡査中島松下の両氏の尽力で取り返すことができたという記事（「外国人の謝金」『読売新聞』明治二〇・一一・一五）などがある。

〈11〉「当警察木部に於て過日同部詰の探偵吏を悉く各警察署へ配置し常時犯に関る探偵ハ都《すべ》て各警察署へ委任せしむる事となりしを始として追々改革する所あらんかとの事」（「警察本部の改革」『大阪朝日新聞』明治二一・四・二七）や、「上野停車場ハ近頃乗客の混雑に紛れ掏摸《すり》が大分入込で居るので昨日より下谷警察署の探偵掛が一人づゝ交る〳〵詰る事に成ツたと云ふ」（「上野停車場」『読売新聞』明治一七・一・九）など。

〈12〉「偽探偵」（『読売新聞』明治二二・八・一四）

〈13〉「又戯造《たはむれ》にて。奇怪の状貌《かたち》を写し出す幻燈といふものあり」（東江楼主人編『童蒙辨惑 珍奇物語（初篇上）』明治五、東江楼）

〈14〉『官許　改定刑法』（明治一三・七、竹原鼎、山中市兵衛、水野慶次郎）

〈15〉「加持祈禱に係る違警罪犯者」（『朝日新聞』明治一九・二・二四）では、病者に医薬を与えず、怪しげな説教と踊りで治癒しようと人を惑わせた者、金神を信じ自ら神になったような心地で「異説」を以て人を惑わせた者、稲荷の神体を自身の家に持ち帰り、病者の薬や吉凶の判断を神託によって指図し人を惑わせた者の三名が一度に逮捕された旨が報道されている。なお金神に関しては、その後もたびたび問題になっている。（「南区の金神狩」『朝日新聞』明治二〇・一一・二三、「違警罪の控訴事件」同、明治二一・二・二八）

〈16〉関谷博『幸田露伴論』（平成一八・三、翰林書房）、『明治二十年代　透谷・一葉・露伴』（平成二九・三、翰林書房）では、この時期を「〈法〉転換期」と呼び、〈欲望〉を正当化し、「私的道徳」を確立して社会を維持してゆくために必要な〈法〉の模索がなされたという観点から、露伴「露団々」をはじめとした諸作品、政治小説や北村透谷の作品等を分析している。

〈17〉原題は*L'Affaire Lerouge*（一八六六）。英訳版は*The Lerouge Case*である。ここでは国立国会図書館所蔵の一八〇〇年代（刊行年月詳細不明）に刊行された英訳版と、太田浩一訳『ルルージュ事件』（平成二〇・一

一、国書刊行会）を参照した。
〔18〕伊藤秀雄『黒岩涙香』（昭和四六・一〇、桃源社）。この点については、池田浩士「解説　『人耶鬼耶』その謎と人物たち」（黒岩涙香『裁判小説 人耶鬼耶』池田浩士校訂・解説、平成二八・四、インパクト出版会）でも説明されている。
〔19〕ジャック・デュボア『探偵小説あるいはモデルニテ』（鈴木智之訳、平成一〇・五、法政大学出版局）
〔20〕死刑の廃止に関する言及は、織田純一郎『政治難易論』（明治一六・三、織田純一郎）や杉山藤治郎『政治学術 演説討論種本』（明治一六・五、秩山堂）などでも見られる。
〔21〕「奇巧ノ滋々起ルヲ知リ亦心《ノ》誠求《メ》之《ヲ》ハ終ニ其情ヲ得ヘキヲ知リ以テ其路ニ当ラハ其極終ニ無為《ニシテ》而民自化《シ》。無欲《ニシテ》而民自樸《ラ》ナルノ域ニ至ラン」（『奇獄』前掲）
〔22〕高橋修『明治の翻訳ディスクール――坪内逍遙・森田思軒・若松賤子』（平成二七・二、ひつじ書房）
〔23〕「保安条例に因て忙し」（『朝日新聞』明治二〇・一二・二九）、「国事探偵の嫌疑」（『東京朝日新聞』明治二三・六・一二）、「又探偵」（『東京朝日新聞』明治二三・九・一四）など。
〔24〕「既に不穏の分子を含まざる運動なる以上ハ如何に運動し如何に動揺し如何に沸騰したるところが国家の安寧に於て何かあらん〔…〕之に対して紫痴《やぼ》にも野蛮にも探偵を纏綿せしめて徒らに国庫金と地方税とを費消し黄白の奴隷銅臭の悪魔たる偵吏の造言に迷はさるゝの愚」（「機密探偵を厳にするの噂」『東京朝日新聞』明治二二・一・八）
〔25〕「帝国憲法」（『国民之友』明治二二・二）の記事では、アメリカの憲法に対する「文理平易にして品格あり」という評判を「恰も我か帝国憲法を評するに適当なるを覚ゆ」と、大日本帝国憲法に重ね合わせている。

第二章　「美術」の季節
――『風流仏』

前章では、大日本帝国憲法が発布され日本が法治国家として整備されていく中で、「法」をめぐる言説が、当時の犯罪をめぐる小説や露伴「あやしやな」とどのように交叉していたのかを見た。本章では、同じ時期の「美術」をめぐる言説に目を向けたい。「美術」という概念も、「法」と同様、後に詳述する通り、明治期に西洋から流入された新しいものである。「法」が例えば、前章で見た刑法第四二七条などの違警罪の例からも明らかなように、日々の生活に深く関わる形で人びとを規律・訓練する秩序として機能していったのに対し、「美術」は、ものの見方、いわば「視の制度〔1〕」としても機能していったといえる。本章では、明治二〇年代初期の「美術」をめぐる言説との関わりから「あやしやな」と同年に発表された小説『風流仏』(『新著百種』明治二二・九、吉岡書籍店)を読み解いていく。ただし、その際、注意したいのは、本テクストの形式と主人公の設定である。

一読すれば明らかなように、『風流仏』は経典や仏像縁起を模倣した構成になっている。「序」として「風流仏縁起」なるものが付され、「発端　如是我聞」からはじまり「団円　諸法実相」まで経典、特に『妙法蓮華経』(以下『法華経』)「方便品」で使用される言葉が章題に掲げられるという形式がとられている。このように経典や仏像縁起の形式に則っている以上、末尾でやや唐突に思われる〈仏の来迎〉が語られ作品が閉じられるのも不思議ではない。では、このような形式が選択されたことにどのような意味があるのか。西洋から入ってきた新しい「美術」という概念を取り入れつつ、仏師を主人公とし、一見、古風な仏像縁起の形式をとっていることをどう捉えればいいのか。

無論、その理由の一つとして露伴の仏教への造詣の深さを挙げることも可能であろう。しかし、このような形式が選択されたこと自体が「文章結構両《ふたつ》ながら斬新といふべし」(饗庭篁村『読売新聞』明治二二・一〇・一七)と同時代において、斬新であると評価されたことを考えれば、この問題を露伴の個人的な関心として回収することは躊躇される。

以上の観点から、本章では、主人公の珠運が仏師であることや、珠運の仏像制作に至る過程を中心にストーリーが展開していることを考慮し、この物語を語る枠組みとして仏像縁起や経典の模倣という形式が選ばれた意味について、明治二〇年代初期の「美術」をめぐる言説との関わりから明らかにしていきたい。[2]

一、珠運の旅

『風流仏』の大筋は、仏師・珠運が旅の途中で出会った花漬売の娘・お辰と恋に落ちるが、身分違いの恋であることが判明し別れを余儀なくされ、自暴自棄となるものの、一念発起してお辰を写した仏像を彫り上げるというものである。

冒頭では、「発端」として次のように、珠運の旅の目的が明かされている。

> 運慶も知らぬ人は讃歎すれども鳥仏師《とりぶっし》知る身の心恥かしく。其《その》道に志す事深きにつけておのが業《わざ》の足らざるを恨み。爰《こゝ》日本美術国に生れながら今の世に飛騨の工匠《たくみ》なしと云はせん事残念なり、珠運命の有らん限りは及ばぬ力の及ぶ丈《た》ヶを尽《つく》してせめては我が好《すき》の心に満足さすべく、且《かつ》は石膏細工《せきこうさいく》の鼻高き唐人《とうじん》めに下目で見られし鬱憤の幾分を晴らすべしと、可愛《かわい》や一向専念《こうせんねん》の誓《ちかい》を嵯峨の釈迦に立《たて》し男、〔…〕いざや奈良鎌倉日光に昔の工匠が跡訪《と》はんと少し計《ばかり》の道具を肩にし、草鞋《わらじ》の紐《ひも》の結《ゆ》ひなれで度々《たび〳〵》解くるを笑はれながら、物のあはれも是《これ》よりぞ知る旅。〔発端　如是我聞　上〕[3]

先行研究でも既に指摘されている通り、[4]「日本美術国」に相応しい名工となるために修行の旅に出るという珠運のあり方は、西欧化の反動として国粋化が推進されていた当時の美術界の状況と重ね合わせ

図2 『風流仏』挿絵

ることができるだろう。

先述した通り、「美術」とは明治期に西洋から移入された新しい概念で、「世界ノ開化」の功績や、「心目ヲ娯楽シ気格ヲ高尚ニスル」ものと捉えられていた。[5] そして同時に、それは「其国其民の了知し、愛敬する所の主意を完全に表示」したもの、すなわち「国民」が共有する各国、固有のものとしても捉えられていた。[6] したがって、北澤憲昭が指摘している通り、「日本美術の古典」などはそもそも存在しなかったのであり、日本の古美術とは西洋の価値基準によって、この時期新しく発見され分類されたものである。[7]〈図2／松本楓湖画〉は珠運の修行の旅の様子を描いた『風流仏』の挿絵であるが、日光のねむり猫も高僧の像と思しきもの[8]も神社の狛犬も等しく「昔の工匠」の作品として珠運が並列して眺めている様子がわかる。だが、仏像とは本来は信仰の対象であり、例えば〈図3『人倫訓蒙図彙』元禄三〕[9]からも見てとれるように、もともとは仏師は僧であることが多かった[10]。しかし明治二〇年代には、仏像も彫り物や陶器も「美術品」とみなされ海外にも輸出されながら、[11]「美術ハ皆古代若くハ中世より自然の発達を経て漸次に其精巧を致し言ふ可からざるの美妙に達したり」（林林次郎「東西の異同を論じて日本の文芸美術に及ぶ」『人民』明治二一・一二）と、あたかも日本にも日本美術なるものが存在していたかのようにいわれ、日本美術の歴史がこの時期創出されていった。

したがって、日本美術の名工の系譜に自らの名を連ね、「石膏細工の鼻高き唐人」に自らの価値を認めさせようとする珠運の欲望は、西洋の視線を借りて発見された日本美術を奨励していく同時代の言説と呼応するものであった。

図3『人倫訓蒙図彙』

ただし、仏像がそのような形で「美術品」として価値を与えられ、西洋にも輸出されていくという事態は、仏像も金で売られる〈モノ〉として流通していたことを意味している。事実、「美術」の国粋化を奨励する言説では、日本固有の素晴らしい「美術」がかねてより存在しているということが説かれているだけではなく、一方では日本の「古美術」が西洋でも認められ需要も多いこと、すなわち「美術」は国家にとって殖産の面でも重要なものであることが盛んに説かれていた。[12] このことは、日本において「美術」が精神面と経済面の両方から求められていたことを意味しているが、しかし両者は別々に論じられるか、もしくは単に「美術」の効用という形で簡単に並列されるかであり、[13]「美術」の抽象的な概念が前景化される場面では、経済的な効用の面に触れられることはほとんどなかった。珠運もまた旅の当初で「美術」の経済的な効用を深く意識してはいない。しかしテクスト自体は、決して「美術」をめぐるこの二面的なあり方に無関心なわけではなく、お辰をめぐる事態の中で、この問題は次第に浮上してくる。

二、お辰というファクター

テクスト内で珠運が実際に物を作るのは計三回（お辰の櫛に模様を彫る、お辰に似せた仏像を彫る、一度作った仏像の衣を削って裸体像を彫る）である。いずれもそこにはお辰の存在が絡んでおり、お辰は珠運の制作を促す重要なファクターとなっていた。

まず珠運が最初に、お辰の櫛に模様を彫る場面を見てみよう。ここでは、大雪のために逗留せざるを得なくなり退屈していた珠運が、お辰の落としていった櫛を見つけ、宿屋の亭主吉兵衛から聞いた、母を亡くし、戊辰戦争で勤皇志士の父とは生き別れ、唯一の身寄りであるならず者の叔父七蔵のために花漬売などをしながら昼夜働いているという、お辰の憐れな身の上を思い出し、「唯お辰可愛」いという思いを募らせ櫛に模様を彫るという過程が描かれている。この時、お辰は珠運の中で「古人にも是程の彫なし」と思われるような「白衣の観音」に重ね合わされている。[14] また同時に、珠運が想起したお辰は「闇はあやなしあやにくに梅の花の香は箱を洩れてする〱と枕に通へば、何となくときめく心を種として咲《さき》も咲たり、桃の媚桜《こびさくら》の色、さては薄荷菊《はくかきく》の花まで今真盛りなる」と描写されていた。そして、この後で珠運が櫛に彫った模様は「一重の梅や八重桜、桃はまだしも、菊の花、薄荷の花の眼も及ばぬまで濃《こまか》きを浮き彫《ぼり》にして香《にほ》ふ計《ばか》り」〔第五　如是作　上〕と描写されている。このように、梅、桃、桜、菊が乱れ咲いているという点で両者は類似している。つまり珠運は、白衣観音としてのお辰のイメージをそのまま櫛に彫りつけていたのであり、お辰は珠運にとって作品の制作意欲もかきたてる理想的な女性として捉えられていることがわかる。

しかもテクスト内で、お辰は「其親切なる言葉、そもや女子《をなご》の嬉しからぬ事か」という形で、珠運に寄り添う語り手によって心中が推測されることこそあれ、自らの心情を吐露することはない。「さあ御出《いで》と取る手、振り払はば今川流、握り占《しめ》なば西洋流か、お辰はどちらにもあらざりし無学の所、無類珍《むるいちん》重《ちょう》嬉しかりしと珠運後に語りけるが」〔第五　如是作　中〕とあるように、「西洋流」の思想を持つ女性とも「今川流」の古風な考えを持つ女性とも確定できない。お辰の意思の不透明さこそが、むしろ「無類珍重嬉しかりし」と珠運に評価されていく。このように、お辰の意思が曖昧にされている以上、珠運の思い描くお辰像は実際のお辰を前にしても決して崩れることはない。

ただし、珠運にとっての理想的な女性であるお辰は、「宿中での誉《ほまれ》者」「悌順女《やさしいをんな》」として皆にも称えられており、お辰を理想化する珠運の視線は、実は宿中の皆、すなわち世間の視線と変わらないものでもあった。だからこそ、お辰の境遇を聞いた直後に珠運は、自分が仏であったならば「親にはめぐりあはせ、宮内省よりは貞順善行の緑綬紅綬紫綬《りよくじゆこうじゆしじゆ》、あり丈《たけ》の褒章《ほうせう》頂かせ、小説家には其《その》あはれおもしろく書かせ、祐信長春《すけのぶちやうしゆん》等《ら》を呼び生《いか》して美しさ充分に写させ、そして日本一大々尽《だい〳〵じん》の嫁」にするなど、国家の制度に則った形で、名声や富をお辰に与えることを望むのである。お辰の境遇の話が、関谷博の論考(15)で既に指摘されているように、「常套的な趣向であった」ことを考えれば、ここで珠運に願われる父子再会や再会後の栄誉も、当時の常套的な幸せのあり方であったことがわかる。また同論考で指摘される通り「日本美術国」を背負って美術修行をするような国家の制度を内面化していた珠運が、宮内省からの褒章を望むのも当然だといえよう。

しかし注意したいのは、ここで珠運が「白衣の観音」に擬えていたお辰の美しさを、祐信長春らが書くような「美人絵」などの浮世絵錦絵でも表現可能だと思っている点である。「小児の時にハ何をよく視ると申ますと錦絵、絵草紙所謂浮世絵でございます」「何にせい錦絵浮世絵ハ、甚だ悪い、是ハ美術でもないかハ知りませぬが(16)」と当時いわれていたように、世間に流通し「高尚な美術」とは区別されがちであった、浮世絵錦絵の類でも表現できるものとしてお辰の美しさを珠運は捉えているのであり、「美人絵」のような形でお辰の姿が買われ世間に流通することを望んでいるのである。このことは、お辰の幸せとして「大々尽の嫁」という、金銭の多寡を幸せの尺度の一つとして珠運が捉えていたことと密接な繋がりをもっている。

翻れば、珠運がお辰への慕わしさを表すために櫛に模様を彫りつけたのも、そもそもは「家財売《うつ》て退《の》けて懐中にはまだ三百両余あれど是は我身を立《たつ》る基《もと》、道中にも片足満足な草鞋《わらじ》は捨《すて》ぬくらゐ倹約して居るに、絹絞《しぼり》の半掛《はんがけ》一トつたりとも空《あだ》に恵む事難《かた》し」と、お辰に金銭を与える行為の代替としてであった。つまり、ここでは金銭を媒介としてあらゆる〈モノ〉が等価に交換され得るという事態が起こっているのであり、そうした金銭の流通システムの中に珠運も実は組み込まれていることがわかる。

　このようにテクスト内では、金銭をめぐる記述が多くあり、特にお辰には常に金銭がつきまとっている。その意味で、テクスト自体は塚本章子が指摘するように[17]、「「芸」をも絡め取っている「金銭」の力の問題」を隠蔽していたわけではない。例えば、お辰の母はお辰の養育費として百両を残しているし、七蔵がお辰を何者かに百両で売るのを阻止し、お辰を吉兵衛の養女として「悪人と善女の縁を切りてめでたし〳〵」という結果を導いたのも、珠運が百両という金銭をお辰の代わりに七蔵に渡したためである。だからこそ、お辰を七蔵から百両で引き取ろうとしていた、お辰の実父岩沼子爵も、お辰の代替として金銭を珠運や吉兵衛のもとへ置いていったのである。もちろん珠運は、渡された金に対して「面白からぬ御所置《ごしよち》、珠運の為《し》た事を利を取ろう為《ため》の商法と思はれてか片腹痛し」と、お辰を金銭で交換することを拒否するのだが、しかし結局押しつけられる形で受け取っている。また語り手もこのような形で岩沼子爵の令嬢として迎え入れられ、「櫛簪《くしかんざし》何なりと好《すき》なのを取」ることができるようになったお辰の状態を「扨《さて》こそ珠運が望み通り、此女菩薩《このによぼさつ》果報《くわほう》めでたくなり玉《たま》ひしがさりとては結構《けつこう》づくめ」と皮肉っぽく語っている。

　しかも岩沼子爵に寄り添う語りの中では、珠運がお辰を救おうとして七蔵に金銭を払った行動は、父子再会の邪魔にしかすぎず、珠運とは「詰らぬ男」、お辰の結婚は「身を救はれたる義理づくやら亀屋の亭主の圧制やら」で行われるものとして捉えられ、お辰もまた「追付変《おつつけかは》つて来るには相違ない」といわれるなど、同じく「日本国家」のために力を尽くすことを志していた岩沼子爵に、珠運の行動論理は否定されさえもする。すなわち、同じく「日本国家」を背負うという自負を持ちながら、国家制度や世間の経済的な価値観に拠りつつも、恋情や「大丈夫」の志をも共に成就させるような「美術」の絶対的な価値を信じる珠運と、金銭や身分など他の諸制度に価値基準をおく岩沼子爵とが、ここで対比されているのである。[18]

しかし、国家や世間の経済的な価値に則っている以上、「美術」にたとえいくら「高尚」であるという名目があったとしても、自律的な価値を実質的には持ち得ないことは、先述したように「美術」というもの自体が「高尚」な「開化」の功績として前景化されていく一方で、他方、経済的な効用の面からも国家に要請されていたことからも明白だ。したがって、珠運は岩沼子爵に礼金を渡された時、「珠運を易く見積《みつも》つて何百円にもあれ何万円にもあれ札《さつ》で唇にかすがひ膏打《こううつ》ような処置」と、自らも金銭によって見積もられ得ることを初めて認識し「遺恨千万《いこんせんばん》」と悔しさを覚える。珠運は、何とか再び「美術」の価値を回復させようと、「仏師は光孝天皇是忠《これただ》の親王等の系に出て」いることや、「西洋にては声なき詩の色あるを絵と云ひ、景なき絵の魂凝《たましゐこり》しを彫像と云ふ程尊《たつと》む技を為《な》す」というような、「美術」の重要性を伝えるために説かれていた仏師の歴史性や[19]、西洋の「美術」理論[20]を唐突に持ち出し、「美術」の絶対性を確保しようとするのであるが、しかし、現実の状況下では、結局「何の益」もないことを悟り、「日本美術国」の名工となることの意義を失っていくことになる。

三、「天真の美」への眼差し

このように「日本美術国」の名工になるという目的を失い病気のようになった珠運に、再びお辰への想いを募らせ、お辰像作成を促した吉兵衛の夢の話が浄瑠璃『本朝廿四孝』（近松半二ほか作、明和三）を踏まえたものであったことは重要であろう。

ここでは、許婚の武田勝頼の虚偽の死の報を受けた八重垣姫が、恋しさの余り勝頼の姿絵を掲げて反魂香を焚いているところ、生きていた勝頼と偶然再会するという場面を下地に、お辰が八重垣姫、珠運が勝頼に見立てられ、再会を願ってお辰が珠運の似姿を写した絵を見ているという設定になっている。ここで珠運のことを変わらず想っているお辰の姿、すなわち珠運が理想としていた「お辰像」が再度浮かびあがってくる。したがって珠運が制作した像は当然、「眼を瞑《ふさ》げば花漬めせと嬌音《きやうをん》を洩《もら》す口元の愛らしき工合《ぐあい》、オ、それ〱と影を捉へて再一《またひ》ト刀《かたな》」というように、決して珠運のイメージを裏切ることがなかったお辰の面影を部分、部分、写し取ったものであった。

最初の意匠誤らず、花漬売の時の襤褸《ぼろ》をも著《き》せねば子爵令嬢の錦をも着せず、梅桃桜菊色々の花綴《つゞりぎぬ》衣麗しく引纏《ひきまとは》せたる全身像惚《ほれ》た眼からは観音の化身かとも見れば誰に遠慮なく後《ご》光《こう》輪まで付《つけ》て、

天女の如く見事に出来上《できあが》り、〔第九　如是果　上〕

何となくときめく心を種として咲も咲たり、桃の媚桜《こびさくら》の色、さては薄荷菊《はくかきく》の花まで今真盛《まつさか》りなるに、蜜を吸はんと飛び来《きた》る蜂の羽音どこやらに聞《きこ》ゆる如く、〔…〕さりとては怪《け》しからず麗《うるは》しき幻の花輪の中に愛嬌を湛《たゝ》へたるお辰、気高き計《ばか》りか後光朦朧とさして白衣の観音、古人にも是程《これほど》の彫《ほり》なしと好《すき》な道に恍惚《うつとり》となる時、〔第四　如是因　上〕

前者は珠運が完成させたお辰の仏像であり、後者は先述したように、珠運が彫った櫛の模様とも一致する、珠運が最初にお辰を想起した時のイメージである。両者を比較すれば明らかな通り、「観音の化身」とも思われるような「梅桃桜菊色々の花綴衣麗しく引纏せたる全身像」は、「白衣」を着ているか「花」を纏っているかの違いこそあれ、珠運が理想として思い描いていた「お辰像」とほとんど変わらないものであることがわかる。ただし、珠運が思い描いてきたお辰像と合致するこの像とは、「古人にも是程の彫なし」と表現されているように、実は古人の彫とも対比される、従来の仏像の形式に則って作り出されたもの、つまり「日本美術国」の名工の系譜に連なることを望み「日本美術」のあり方を常に意識していた珠運の理想に基づいて創出されたものであった。例えば「梅桃桜菊色々の花綴衣」は「最初の意匠」として珠運自身にも認識されているが、「体中から発する「気」を、衣の尋常でない動きによって示す表現方法は、仏像にも応用された」[21]と指摘されている通り、「衣」の意匠は仏像を作る上での重要な表現形式だった。
しかし今回の像の作成は「唯恋しさに余りての業《わざ》」であった。『本朝廿四孝』の姿絵の趣向に触発されていたことからもわかる通り、ここで珠運が求めていたのは実在するお辰の代替となる似姿としての像であって、決して古の美術品を手本とし「日本美術国」にふさわしい物を作るためのものではない。したがって像完成後、お辰の夢を見た珠運は、先述した「身を掩ふ数々の花」という意匠が邪魔であることに気づき、その花衣を剝いで今度は何も着せない裸体像を作るのである。

自己《おの》が意匠の飾《かざり》を捨て人の天真の美を露《あら》はさんと勤めたる甲斐ありて、なまじ着せたる花衣脱《ぬが》するだけ面白し終《つひ》に肩のあたり頸筋《くびすぢ》のあたり、梅も桜も此君《この》の肉付《にくつき》の美しきを蔽《をほ》ひて誇るべき程の美しさあるべきやと截《た》ち落《をと》し切り落し、むつちりとして愛らしき乳首是《これ》を隠す菊の花、香《か》も無き癖に小癪《こしやく》なりきと刀急《せは》しく是も取つて払ひ可笑《おかし》や珠運自ら為《し》たる業《わざ》をお辰の仇《あだ》が為たる事の様に憎み今刻《きざ》み出す裸体も想像の一塊なるを実在《まこと》の様に思へば〔…〕何が何やら独り後悔慙愧《ざんき》して、〔第九如是果　下〕

お辰の観音像から花衣を削り、裸体像に作り直す描写の中で、「人の天真の美」という言葉が使われていることには、当然、同時代の裸体画をめぐる問題が背景となっている。関谷博は珠運の「心中にある理想のお辰像を純粋に抽出しようとする在り方」として裸体像が選ばれたことについて、露伴の「〈裸蝴蝶〉への対抗意識[22]」と捉え「裸体に代表されるプライベートなものへの関心を、芸術の名の下に正当化するという、山田美妙のやり損ねた事業を、自己表現それ自体を芸術上の大義名分に仕立て上げることによって実行してみせよう」としていると結論づけている。しかしここでは、このテクストが同時代の「美術」の文脈と密接に結びつきながら展開していたことを考慮して、同時代の裸体画に要請された視線と「美術」を称揚する視線との関係性について考えてみたい。

山田美妙「蝴蝶」（『国民之友』附録、明治二二・一）の挿絵をめぐる裸体画論争については、既に多くの先行研究があるので詳しい説明は避けるが[23]、簡単にいえば「蝴蝶」の裸体画への最大の批判は「兎に角不体裁なる婦人の裸体を美の神髄としてものしたる小説[24]」であるという巖谷小波の批判に代表されるように、裸体は「見る者の性的欲望を煽る猥褻なものだという論理が暗黙の前提」（中山昭彦[25]）となっていた。美妙はこうした批判に対して、「裸体ほど曲線の配合が出来てゐるものは無い」として、美術と実際との相違を説き、生身の裸と「美術」として描かれる裸体とが異なることを指摘しながら[26]、「人界の衣類を脱却した天真の処」「美術の真理」を裸体及び裸体画に見出し反論していた[27]。「蝴蝶」本文の中でも「水と土とをば「自然」が巧に取合ハせた一幅の活きた画の中にまた美術の神髄とも言ふべき曲線でうまく組立てられた裸体の美人が居るのですものを。あゝ高尚。真の「美」は即ち真の「高尚」です」と、「自然」と裸体とを並列して「真の「美」」すなわち人間本来の美を表すものとして捉えていた。だからこそ美妙は、生身の裸と裸体及び裸体画とを混同して不道徳と捉える視線を、「卑劣の目で之を迎へるならいざ知らず」「慣れぬ眼には奇怪とも思ハれましやう」と、「卑劣の目」「慣れぬ目」とみなし、逆に裸体や裸体画に「天真の美」を見出せる視線を「真の「美」といふ点に心を注いて察す」ることのできる目として、区別し特権化していたのである。[28] 美妙のこの主張は、作品本文と挿絵との齟齬や、作品内の裸体賛美の言葉が唐突すぎる点など、「蝴蝶」というテクスト自体が多くの問題を抱えていたため、反論として有効に機能したとはいい難いが、しかし、この主張自体は当時の「美術」論と共通するものであった。

例えば美妙と同様に裸体画を擁護する立場では、「美術」が「必ずしも直ちに之を現実のものより取らず人心の想像境に於て一旦揉返し錬直したる上」で「理想を表発」したものだという前提に立ち、裸体画も「唯だ実物界に於ける人の身体にあり得へき形線の湊合、皮膚の著色、肢体の布置をば想像境の絹」（「裸体の美人」『東京新報』明二二・八・四）をかけたものだと主張するものが多かった。これらは、実物を単に写すことを否定し、あり得べき「真」なるものを捉えた自らの「想像」をそのまま表現することを説く、外山正一『日本絵画の未来』[29] などをはじめとする当時の「美術」論の主張と共通している。もちろん人間の身体を「あり得へき形線の湊合、皮膚の著色、肢体の布置」という観点から捉えようとする視線とは、「人間の容貌の如きハ全く生理学の知識なくして之を写さんと勉め又裸絵を学ばずして直に姿絵を画かんとしたるものなれば勿論其結果ハ最も嘆ハしき有様なり」（「第二回絵画共進会私評」『読売新聞』明治一七・四・二〇）という発言からも明らかなように、生理学の視線と重なるものでもあったことはいうまでもない。

このように考えると、夢の中で見たお辰の姿をもとに、「肩のあたり頸筋のあたり」「肉付の美しき」

「むつちりとして愛らしき乳首」などの体つきを想像して写すという珠運の裸体像作成のあり方は、「形線の湊合、皮膚の著色、肢体の布置」の理想を「真の美」として想像し表現するという、裸体を描く上での理想的なあり方、すなわち、当時の「美術」論などで求められていた「模写」のあり方と合致したものであったといえる。つまり「花衣」を纏った像から、裸体像への移行とは、珠運が自身の中で作り上げてきたお辰のイメージをどう表すかの違いでしかない。「日本固有の美」を表すのに相応しいとされていた仏像の形式で表す方法から、「天真の美」なるものが表現できる裸体像の形式へと表現形式が変更されたのである。したがって語り手は「今刻み出す裸体も想像の一塊なるを実在《まこと》の様に思へば」と語り、単純にどちらの形式が優れているかを問おうとはしない。裸体像も以前と同じく「想像の一塊」からできたものであり、違うのはただ、曲線や体つきなどに注目し、あり得べき身体の理想を写すことを主眼に置いているため、より実在《まこと》に近く思えること、またその裸体像を作り出した珠運の視線が、以前と異なり「日本国家」に対する意識や金銭に基づく価値観などからは自由になっているように見えるという点である。

　西洋の価値基準を基に、西洋美術とは異質な日本固有の「高尚」な「美術」なるものを絵画や仏像、日本の風景（「自然」）などの中に発見し、それを「真の美」として意味づけていく眼差しと、曲線や体つきなど、生理学の視線に基づき、人の身体を見つめつつ、そこに「天真の美」なるものを発見していく視線は、どちらもフェノロサが『美術真説』で説いていたような、「事物」の中に予め「美術ノ性質ナル者」が存在しており、「熟視」することによって感じ取ることができるという考え[30]や、坪内逍遥

「美術論」での、世の中に存在する「意気」や「美」などを「観察」することによって捉えることができるという考え[31]などを前提としていた。つまり、「真の美」という極めて曖昧で抽象的な概念を一つの「真理」と捉え、それを見出すための「観察」を重視するあり方が求められていた。また同時にそこでは、例えば西洋とは異なる「日本的なるもの」を見出し「高尚な美」と捉える眼差しや、生理学などを基準にしてあり得べき理想の身体の「美」を見出していく眼差しが特権化されるなど、一定の見方が、一つの「制度」として力を持っていた。そして、このような「観察」を重視した眼差しの中では、見られる対象は常にその「天真の美」なるものを発見される対象としてとどまることになる。

しかし珠運の場合は、裸体像作成の過程で「天真の美」を発見したものの、彫像制作の本来の目的は、あくまでも恋しいお辰の「其面影現《うつゝ》に止めん」ためで、お辰の代替として像を求めていたのであり、それを「真理」「高尚な美」として意味づけようという意識は皆無であったといってよい。したがって珠運は裸体像の完成後、新聞でお辰が業平侯爵と結婚するという記事を見て、自分が理想とするお辰を信じるべきか否かを惑う中、作りあげた裸体像を単に見るだけではなく、実際に彫像と対話していくようになる。

例えば「辰めが一生ハあなたに」というお辰が語った珠運への愛の言葉は、「身を我に投懸《なげかけ》て、艶《つや》やかなる前髪惜気《をしげ》もなく我膝《ひざ》に押付動気《どうき》可愛らしく」や「熱き涙吾衣物《わがきもの》を透せし」といったように、珠運自身が実際に経験した体の感覚とともに記憶の中で再生され情動が掻き立てられ、裸体像はお辰へと重ね合わせられていく。また珠運が「勝手に縁組、勝手に楽《たのし》め」とお辰を罵る言葉を口にすると、「あまりの御言葉、定めなきとはあなたの御心あら不思議、慥《たしか》に其声、是もまだ醒《さめ》ぬ無明《むみやう》の夢かと眼を擦《こす》つて見れば、しよんぼりとせし像」と、それに反駁するお辰の声が彫像の方から聞こえてくるなど、珠運自身にも「妄想」と疑われるような対話を繰り返していくことになる。そしてそのうちに、彫像自体が次第に「白き肌」「活々《いき〳〵》とした姿」として「真の人を見る様」になって実在味を帯びていくようになるのである。さらに珠運が自らの未練を絶ち切るために彫像を切りつけようとした瞬間には、「水々《みづ〳〵》として柔かそうな裸身《はだかみ》、斬らば熱血《ねつけつ》も迸《ほとばし》りなん」ようにさえ見え、ついには彫像が「玉の腕《かひな》は温く」珠運の「頸筋《くびすぢ》にからまりて、雲の鬢《びん》の毛匂《にほ》やかに頬を摩《なで》る」など、あたかも生身の人間の肉体を持ったかのようになり、珠運も「お辰か」と抱きしめかえして彫像と一体化していく。

とはいえこのように、彫像の体が生身の人間の肉体と同じであるということは、その彫像に直接触れ、その彫像の腕の温かさを直に感じ、髪の毛の香りを直にかいだ珠運の身体感覚によってしか証明できない。したがって、お辰と彫像との区別がつかなくなった珠運の様子について、語り手は「彫像が動いたのやら、女が来たのやら、問《とは》ば拙《つたな》く語らば遅し、玄《げん》の又玄摩訶不思議《げんまかふしぎ》」と語り、それはもはや問うても語っても仕方がない不思議なことなのだとして片づけてしまう。しかし、珠運の身体がお辰（彫像）の身体と混ざり合っていくそのあり様、珠運という人間の身体の境界が無化されていくあり様を、あえて語り手が「語ら／れない」と明言することで、かえって、その出来事の特異さは解消できないものとして――珠運とお辰はどうなったのか、珠運の感じたお辰は生身のお辰なのか、珠運の身体がお辰の身体と重なり合っていくとはどういうことなのか――鮮烈に印象づけられることになる。

四、パロディとしての「仏教」

このように彫像と重なり合っていく珠運の「身体」[32]については十分に語られないまま、珠運が「自《をの》が帰依仏《きゑぶつ》の来迎《らいごう》に辱《かたじけ》なくも拯《すく》ひとられて、お辰と共に手を携《たづさ》へ肩を駢《なら》べ優々と雲の上に行」き、皆に信仰されるようになったという〈仏の来迎〉の後日談が付け加えられる形で物語は幕を下ろす。この場合、雲の上に行った珠運やお辰が生身の肉体を持った珠運とお辰であったかどうか、ということはほとんど問題とならない。「恋」の「感応」により、天上へ昇った仏師として語られていく珠運は、風流仏の制作者という名を与えられた伝説の中の人物なのである。また、見る者によって異なる姿で現れながら、しかし「珠運が刻みたると同じ者の千差万別の化身《けしん》」と、〈風流仏〉という名のもとに人びとの信仰の対象となっている彫像もまた、何の実体も持たないまま人びとの中で流通している記号に過ぎない。珠運の「身体」も、珠運が体感した彫像の「身体」も置き去りにされたまま、村人たちをはじめとする人びとの語りの中で完全に消し去られてしまっている。

しかも、教えを信じずモルモン教など他の宗教を信仰した場合は、「現当《げんとう》二世《にせ》の御罰《ばち》あらたかにして光輪《ごこう》を火輪《くわりん》となし一家《いつけ》をも魂魄《こんぱく》をも焼滅《やきほろぼ》し玉《たま》ふとかやあなかしこ穴賢《あなかしこ》」と語られるなど、風流仏の教えが唯一絶対のものであることが人びとの語りの中で強調されてもいた。つまり、目に実際に映るものは見る人によって異なりながら、風流仏という名のもと、そこに共通の信仰の対象となるような普遍的で絶対的な〈何か〉があるかのように語られている。

見る人によって姿を変えるという点はおそらく「観音経」(「観世音菩薩普門品」『法華経』)を下地としており、信じないものに禍をなすという点は「譬喩品」[33]等を下地としていると思われるが、しかし同時に、ここでは当時の仏教と「美術」との関係も示唆されている。廃仏毀釈によって一時衰退したかに見えた仏教は、明治二〇年代では、キリスト教を中心とする他宗教を進化説などを踏まえて排斥し、仏教を唯一の「真理」とする、井上円了『破邪活論』(明治二〇・一二、哲学書院)に代表されるような「破邪顕正」の活動とともにとりあげられると同時に、その一方で美術の国粋化の文脈とも繋げられ展開していた。例えば「美術家ノ注意」(痩秋閣主人『日本人』明治二二・一〇)では、経文とは「社会ノ精粋ヲ抜萃シテコレカ形容ヲナシタルモノ」で、この完全なる経文の「観念」を「美術」に施すことによって「超絶ナル美術品」となることができると説かれており、「日本古代ノ美術品」が仏教の助けによって発達したことが強調されている。ここでは経文の説く具体的な教えよりも、経文や日本古代の美術に存在しているはずの「高尚な精神」を見出す視線が求められているのであり、先述した「美術」をめぐる言説の中で説かれていた視線とそれが共通することは明らかであろう。つまり、テクスト内で風流仏を信仰する人びとの視線は、同時代の「美術」や仏教が称揚される中で要請された視線と限りなく近い。

ただし、このように珠運たちの「身体」を置き去りにしたまま何の実体も持たずに浮遊し続ける「像」を有り難い一つの教えとして信仰し続ける人びとと異なり、語り手は先述したように珠運の裸体像作成の過程で、像があくまでも「想像の一塊」、イメージの一つに過ぎないことを強調していた。また例えば、同時代の美術雑誌などでも称えられていた木曾の景色の美しさ[34]についても語り手は「日本国の古風残りて軒近く鳴く小鳥の声、是も神代《かみよ》を其儘《そのまゝ》」と珠運の視線に寄り添って語る一方で、すぐに「詰《つま》らぬ者《もの》をも面白く感ずるは、昨宵《ゆふべ》の嵐去りて跡なく、雲の切れ目の所々、青空見ゆるに人の心の悠々とせし故」（第五　如是作　上）と、見る人の心境によって変わり得るものであることを指摘し、「日本固有の美」が景色の中に予め存在するように語っていない。語り手は、一つの見方、ア・プリオリに存在する「真理」や「美」を特権化するような語りを意識的に避けていたといえる。したがって、序として付された「風流仏縁起」の内容が、作品が書けないので、あらゆる仏に頼んだところ弁天の慈悲により、「大悟して即ち其儘変の又変馬鹿不思議なる者」が書けたというような諧謔に富んだものであったように、本テクストにおける仏像縁起や経典の形式は、同時代の「美術」や仏教が要請する視線のあり方を揶揄するために、いわば一つのパロディとしてあえて選択されたことがわかる。

おそらく仏像縁起や経典の枠組みに回収されることなく、読む者に「結末に至り珠運は如何お辰は如何になりしや」（石橋忍月[35]）という謎を残しながら、その存在を喚起し続ける、彫像と重なり合った時の珠運の「身体」のあり様にこそ、同時代の「美術」や仏教をめぐる言説の中で特権化されていく眼差しの制度を突き崩す可能性が託されていたといえるのではないか。そして『風流仏』では「語ら／れない」という形でしか示唆されていなかったこの「身体」性をめぐる問題については、次章で取り上げる、小説「いさなとり」（明治二四・五〜一一）における「知」と「力」をめぐる問題へと形を変えて受け継がれ、再び問い直されていくことになる。

註

（1）ハル・フォスターは「視覚的なものの内には差異があるということ」を述べた上で、しかし「それぞれの視の制度《スコピック・レジーム》は、それ固有の修辞や表象によって、そのような差異を排除し」「多様な社会的視覚性から一つだけ「本質的な」視覚を選び出し」たり、「あるいは、それらを「自然な」ヒエラルキーのなかに配置してしまう」（「序文」ハル・フォスター編、榑沼範久訳『視覚論』平成一二・一一、平凡社）と指摘している。

（2）関谷博は、『風流仏』を「仏教語彙を巧みに意匠として用い、教養的意味は悉く逆転させつつ、その超越的イメージのみを利用する、換骨奪胎ぶりがあきれるほどに見事」な作品だと位置づけている（『明治三十年代　漱石・露伴・その他——文学の制度化と日露戦争』令和六・三、翰林書房）。また、仏教が「意匠」として使われた意義については、「共同体社会から解放された「個」の超出性を文学的に形象化する手段として、仏教語彙を有効利用した」（同書）と捉えているが、本書では、同時代の美術をめぐる言説との関わりから読み解いている。

（3）『風流仏』は、全集版と初出で少し異なる部分があるので本文の引用は全て初出に拠る。ただし、誤字等については適宜、全集と照合し校訂した。

（4）米山敬子「『風流仏』について——明治二十二年における露伴の芸術観をめぐって」（『甲南大学紀要』昭和六〇・三）では、「明治二十年代は、それまでの西欧化に対する国粋運動が活発化した時代」であるとして、当時の彫刻界の動きと作品の関係を論じ、「露伴は、日本の美術への西洋技術の導入を深く憤っているが、さりとて、日本の美術の有様に疑問や不満がないわけではなかった」として、「西洋の美学思想の説くところと一致」する「芸術制作者の精神的成熟」を求めたと結論づけている。また塚本章子「一葉「うもれ木」における〈芸〉の歴史的位相――露伴「風流仏」・鷗外訳「埋木」との比較を通して」(『近代文学試論』平成九・一二)では、フェノロサなどの活動や美術の国粋化の過程を指摘し、「「日本美術」の動きに連動しているテクスト」と捉えている。

〈5〉「人力ノ効績ニ二種アリ。甲ヲ須用ト謂ヒ乙ヲ装飾ト謂フ〔…〕此装飾ナルモノヲ名ケテ美術ト称ス。故ニ美術ハ専ラ装飾ヲ主脳トナスモ、以テ須用ナラズトナスベカラズ。心目ヲ娯楽シ気格ヲ高尚ニスルハ、豈人間社会ノ一緊要事ナラズヤ」(フェノロサ『美術真説』龍池会、明治一五・一一/『美術(日本近代思想大系一七)』平成一・六、岩波書店)

〈6〉「凡そ一国一民の大美術とすへき者あるや、其資質必す完全なり、何となれば其国其民の了知し、愛敬する所の主意を完全に表示すればなり」(フェノロサ「日本画題の将来　一月二十五日講義」『大日本美術新報』明治一八・五)

〈7〉「注意しなければならぬのは、(絵や彫刻というのならばともかく)美術に関しては、明治になるまでこの国には古典なるものが存在しなかったということだろう。何故なら、それまで日本には美術という概念が存在しなかったからである。美術なるものが存在しない以上、美術の古典もまた存在しないのは当たり前なのだ。〔…〕美術は、発明されたものでも創造されたものでもないけれど、それは、もともと西洋化という明治の大目的を達成するべく西洋から移植された制度のひとつであり、その点において「純粋に制定された制度」というに近いのだ。そうして、そのような美術が慣習化され、「強力な制度」として確立されるためには日本文化にそれを、しかと位置づけるための手続きが必要であった。「美術」が美術になっていく最初の過程において国粋主義が大きな役割を果したというのは、こういう事態を指すのである」(北澤憲

昭『眼の神殿――「美術」受容史ノート』平成一・九、美術出版社）

〈8〉関谷博の注「風流仏」（『幸田露伴集（新日本古典文学大系　明治編二二）』平成一四・七、岩波書店）では、「これからの目的地である奈良に多く残る高僧像を表わしたものか」と推測されている。

〈9〉『日本古典籍データセット』（国文学研究資料館等所蔵）

〈10〉遠藤元男『近世職人の世界（日本職人史の研究三）』（昭和六〇・六、雄山閣）によれば、中世では仏師のほとんどが僧侶身分であり、僧侶あるいは僧体であることが、その後も継承されていったが、近世に入ると仏像ばかりではなく彫刻の技術を生かせる彫り物をしたり、「俗体」のものも出てきたりしたという。ただし、遠藤は吉田光邦『日本の職人』（昭和五一・五、角川選書）を引用しつつ、京仏師などは御仏師としての誇りをもち、明治維新前までは外出時は頭巾をかぶり法衣を着たと指摘している。

〈11〉佐藤道信『〈日本美術〉誕生――近代日本の「ことば」と戦略』（平成八・一二、講談社選書メチエ）では、明治期において「絵画」「彫刻」「工芸」といった各ジャンルが再編成される際に、「美術」の下位概念として「工芸」が位置づけられていく経緯を説明しているが、しかし美術品の輸出・収集という観点から見た時、仏像も刀剣や絵画も「日本美術品」と捉えられていたことが当時の日本美術品に関する演説（アルネスト・ハールト「日本美術品ノ説」『大日本美術新報』明治一九・一二～明治二〇・一二）等からもわかる。

〈12〉例えば「日本固有ノ美術ヲ奨励シ益々美術家及工人ヲシテ粧飾ノ図案ヲ案出シ美術ノ物品ヲ製造スルノ伎倆ヲ発達セシムル時ハ実ニ巨万ノ富源ヲ致スヲ得ルヤ決シテ疑ナシ」（フェノロサ演説、津田道太郎訳「日本美術工芸ハ果シテ欧米ノ需要ニ適スルヤ否」『大日本美術新報』明治二〇・五）など。

〈13〉井上円了「坐ながら国を富ますの秘法」（『日本人』明治二一・一一～二二・一）では、「第一　我邦の山川の風景を保存すること、第二　我邦の旧地古跡社寺等を保存すること、第三　絵画彫刻古器物を保存すること、第四　美術を奨励すること、第五　鉄路を駕するに成るへく風景の宜き地を択むこと、第六　公園遊場博物館等を修繕し且つ益之を盛大にすること」が挙げられている。

（14）「麗《うるは》しき幻の花輪の中に愛嬌《あいきやう》を湛《たゝ》へたるお辰、気高き計《ばか》りか後光朦朧とさして白衣《びやくゑ》の観音、古人にも是程の彫《ほり》なしと好《すき》な道に恍惚《うつとり》となる」（第四　如是因　上）

（15）関谷博『幸田露伴論』（平成一八・三、翰林書房）

（16）田中芳男「（講演）教育と美術との関係」（『美術園』明治二二・五）。また、坪内逍遥『小説神髄』（明治一八〜一九、『小説神髄（上、下）』明治二〇・八、松月堂）でも、「我国俗がもてはやせる小説稗史ハ未熟にして尚美術たるの質に乏しく之を絵画に比ふるときにハ彼の浮世絵の位置にありて真の絵画といふべからず」と、やはり浮世絵は「未熟」なものの比喩とされ、「真の絵画」とは区別されている。

（17）塚本章子「一葉「うもれ木」における〈芸〉の歴史的位相――露伴「風流仏」・鷗外訳「埋木」との比較を通して」（前掲）

（18）関谷博はこの「逆転」を「従来の枠組の中で与えられていた意味は、新しい枠組にふさわしいように塗り変えられるのだ」と指摘している。（『幸田露伴論』前掲）

（19）例えば横井時冬『工芸鏡』（明治二七・一二、六合館）では、光孝天皇から連なる仏師の系譜が掲載されている。

（20）この部分がレッシングの『ラオコーン』の説を下地にしていることは岡保生の注「風流仏」（『幸田露伴集（日本近代文学大系六）』昭和四九・六、角川書店）で指摘されている。

（21）井上正「人のかたちを神の領域へ――古代東アジア彫像の課題」（東京国立文化財研究所編『人の〈かたち〉人の〈からだ〉――東アジア美術の視座』平成六・三、平凡社）

〔22〕関谷博『幸田露伴論』（前掲）。なお、『風流仏』の二枚目の挿絵は、裸体のお辰像の絵（平福穂庵画）となっている。

〔23〕例えば、中村義一『日本近代美術論争史』（昭和五六・四、求龍堂）、中山昭彦「裸体画・裸体・日本人――明治期〈裸体画論争〉第一幕」（金子明雄・高橋修・吉田司雄編『ディスクールの帝国』平成一二・四、新曜社）など。

〔24〕「徳富猪一郎君と美妙齋主人とソシテ省亭先生とに三言を呈す」（『日本人』明治二二・一）

〔25〕中山昭彦「裸体画・裸体・日本人――明治期〈裸体画論争〉第一幕」（前掲）

〔26〕「蝴蝶及び蝴蝶の図に就き学海先生と漣山人との評」（『国民之友』明治二二・二）

〔27〕「国民之友三拾七号附録の挿画に就て」（『国民之友』明治二二・一）

〔28〕註27に同じ。美妙は「蝴蝶に対して居る武士の顔付、あれが十分に真正の「愛」を含んで居るものと言へましやうか。〔…〕なるべく劣情で無い「愛」に為やうと主人もたゞ力めて本文には「近寄らずに」とか何とか救ふ言葉を入れて置きましたが、画に於て左様行きませんでした。それ故です。世に議論が出て来ましたのは」（「蝴蝶及び蝴蝶の図に就き学海先生と漣山人との評」前掲）と主張しており、裸体画をめぐる問題をあくまでも見る者の視線の質の違いとして捉えようとしていた。

〔29〕「画ハ真物ニヨツテ更ニ高尚ナル想像ヲ描出シタル者ナラズンバアルベカラザルナリ」（明治二三年四月二七日の明治美術会における講演の記録、私家版、明治二三・五／『美術（日本近代思想大系）』前掲）

〔30〕「美術ノ性質ナル者ハ其事物ノ本体中ニ在テ存スルヤ疑ヲ容レズ。而シテ其性質タルヤ、静坐潜心シテ之ヲ熟視セバ、神馳セ魂飛ビ爽然トシテ自失スルガ如キモノアラン」（『美術真説』前掲）

〔31〕「しぶいとか意気とか云ふ事を知らんと欲すれば其意気と云ふ声そのしぶいといふ所に就て観察せねば分

らぬ。しぶいも意気も又美しいも必ず世の中にある其世の中にある者を仮りて来て写さなくてハならぬ」（「美術論」『大日本美術新報』明治二〇・三）

〔32〕ここでいう「身体」とは、次の宇野邦一の発言に示されるような領域として捉えている。「皮膚によって閉じられた身体は様々な衝突、接触、交わりにおいて開かれ、そこに様々なタイプの把握が交錯しあう。身体は様々な接触と、様々な把握にむけて開かれうるが、また身体を調教し、監禁し、何らかの要求に隷属させようとする力が、様々な形で、様々な強度において身体に浸透し、身体を構成し、変形してきた。〔…〕つまり身体は、他の身体との様々な距離、接触、衝突、交錯に開かれ、様々な物質、流れ、神経、無意識、記憶、意識に連結されていて、決して身体として閉じ、孤立しているわけではない」（宇野邦一「二〇〇一年の身体」栗原彬ほか編『身体　よみがえる（越境する知　一）』平成一二・七、東京大学出版会）

〔33〕『法華経』「譬喩品第三」（「若《も》し人有りて信ぜずして此経を毀謗《きほう》せば、則ち一切世間の仏種《ぶつしゅ》を断つ、其《その》人命《みやう》終《じゅう》して阿《あ》鼻獄《びごく》に入らん」深川観察述『訓訳絵解 法華経大意』明治三八・九、吉田善造書店）

〔34〕例えば「渓流尽日響寥々。立倚㆓西窓㆒酒始消。紅葉青山嬌欲㆑語。逐㆑牛人渡夕陽橋」（西村天囚「木曾雑詩五首（節一）」『美術園』明治二二・五）（傍点引用文中）

〔35〕「新著百種第五号風流仏」（『国民之友』明治二二・一〇）

第三章　錯綜する「知」と「力」

——「いさなとり」

> かくてある時、がんじす号香港《ほんこん》に碇泊中、捕鯨船の暴風雨にて痛く破損せし者の入札払《にふさつばらひ》となりしを、百五十磅《ぽんど》許りにてぶんせいむは買取《かひとり》、無頼《ぶらい》の支那人を募《つのり》て自ら船長となり、大胆にも破船に乗じてべえりんぐ海峡《かいけふ》に向ひ、危険を冒《をか》して遂に非常の好結果を得てより、又船を買ひ増し人を傭《やと》ひ捕鯨船隊なるものを作り、四年程経て七艘の所有船を従へ、（「露団々」『都の花』明治二二・二〜八）

幸田露伴の小説「いさなとり」（『国会』明治二四・五・一九〜一一・六）では、題名の鯨《いさな》捕《と》りという言葉の通り、捕鯨の場面が描かれている。しかし捕鯨についての記述は、これを嚆矢とするわけではない。

デビュー作「露団々」にも捕鯨に関する記述を見出せることは、例えば平岡敏夫の「露伴が『いさなとり』を書こうとするとき、『露団々』のアメリカ人ぶんせいむ、その鯨とりの半生が想起されていたことは疑いなかろう」（「殺戮する露伴――長編『いさなとり』試論」『文学』昭和五〇・一二）[1]という言葉をはじめ既に指摘がある。

確かに「幼少の時より鯨取りにでも成うかと思ひし」（『世界之日本』明治三〇・三）という露伴の言葉や「作家苦心談」（『新声』明治三四・一）の「殆んど一年余りは捕鯨の事を研究し」たという「某文士」の談からも、露伴が「いさなとり」執筆前から捕鯨に対して並々ならぬ興味を持っていたことは容易に推察できる。しかしだからといってそれを露伴の捕鯨への関心の表れとしてだけ片づけてしまうことはできない。なぜなら「露団々」におけるブンセイムの捕鯨と「いさなとり」における彦右衛門のそれとは明らかに異なる点があり、二人の相違点を看過するわけにはいかないからである。

「露団々」のブンセイムは「いさなとり」の彦右衛門と同じく捕鯨で一大身代を築いた男ではあるが、彼自身に捕鯨技術があったわけではない。それは平水夫の大部分が他の土地の者であり、「いくつもの捕鯨会社が独立採算で営業し、現場では三〇人余りが捕鯨から解体処理までを担う[2]」、銛やボンブランスを使用するアメリカ式捕鯨、遠洋漁業であり、これに対して「いさなとり」の捕鯨は、生月松富組の〈いさなとり〉たちによる網取式捕鯨、沿岸漁業なのである。先行研究[3]でも指摘される通り、松富組は「西海捕鯨最大の経営を誇った[4]」平戸藩生月島益冨組[5]がモデルと思われるが、彦右衛門が〈いさなとり〉だった頃[6]とは、実は益冨組捕鯨が衰退しはじめた頃なのである。そしてこの鯨組衰退の一因こそが「露団々」に描かれたアメリカを中心とした捕鯨船団の日本近海での捕獲による資源量の減少と目される。このような鯨組の衰退は、明治二〇年代日本の漁業全体を象徴する出来事であった。

岡本信男の言葉を借りれば[7]、造船、鉱工業など一般産業は明治三〇年代までに大体、産業革命をなし遂げたのに対して、漁業生産は停滞を続け、上昇線を辿るのは大正期に入ってからであった。漁業における近代化は明治三〇年代のノルウェー式捕鯨の導入など日清戦争後だったという。このように漁業の振興が当時重要な問題であったことは、例えば土居茂樹の「水産拡張論」（『国会』明治二四・五・一七、一八）によく表されている。近年の主な輸出品（生糸、茶、米、石炭）の限界、人口増加という現状を説く一方で、海を「新富源」として注目し、海外の遠洋漁業の日本近海進出の脅威を語るとともに水産の富饒が海軍の資に繋がること、魚肉の滋養の高さ、魚肥料の有用性など「我国をして富裕国たらしむる」ため、水産事業を拡張することの必要性があらゆる観点から述べられている。そしてそのために「鯨の如きも〔…〕泰西の如く沖捕を主とし銃殺電獲等をなさず往々逃逸せしめ却て泰西人の獲る処となる豈に遺憾ならずや」と旧来の漁業方法を否定し、遠洋漁業への転換と漁船や漁業方法の近代化を主張している。

つまり「いさなとり」が書かれた時代とは漁業においても近代化がようやく叫ばれるようになってきた時であり、ここに描かれた鯨組による漁業は「過去」のものとして捉えられつつあった、もしくはそれをいかに「過去」のものとするかということが問題となってきた時だった。ちなみにこの「いさなとり」の典拠と思われる『勇魚取絵詞[8]』が書かれたのは文政一二（一八二九）年であり、「いさなとり」の捕鯨時期とは、ずれている。その一事を考えてみても、露伴がこの時期に、この時代設定で「いさなとり」を書いたことの背後には、単に捕鯨への興味の表れとしてだけでは処理できない問題がある。このような時代状況のもとで書かれたことを念頭に置き、「いさなとり」というテクストを読み解いていきたい。

一、京都という場

まず、簡単に「いさなとり」のあらすじを紹介しておこう。「いさなとり」のあらすじは次の通りである。

過去を隠して伊豆の蓮台寺村で安穏と豪農として暮らしていた彦右衛門は、一人娘のお染の一言をきっかけに東京・横浜見物に出かけ、偶然、旧友の三次や生き別れていた一人息子、新太郎（現、荒磯大尉）と再会する。そして、そのことを契機に、彦右衛門は、下田を出奔し、京都、広島での生活を経た後、生月で〈いさなとり〉として生活していたものの、殺人の罪を犯し、壱岐へわたり、富を築いて、今の蓮台寺村で余生を送るようになったという半生を想起し、苦悩する。しかし、最終的には、娘と結婚した婿を介して息子と対面、懺悔し「語るも聞くも涙」「それより天蒼く日鮮かに、頭上一点の翳《くもり》なく彦右衛門一代《いちだい》を終りけるよし、めでたし〳〵」として物語は終わる。

このように、テクスト内には二つのベクトル――物語現在の時間進行に沿ったベクトルと、彦右衛門の過去の遍歴を語るベクトル——が存在しているのだが、彦右衛門の過去の物語は次のような言葉からはじまる。

我彦右衛門幼少よりの我儘《わがまゝ》三昧《ざんまい》、十四の春下田の港を飛び出《いだ》せし時の心持別に何といふ事は無けれど、男児《をとこ》一匹《いつぴき》訳もなく草木《くさき》と共に腐つて仕舞《しまふ》は厭《いや》なり、何にもあれ勝手な事仕散《しちら》して呉れむ、かゝる田舎に唯生れて唯死ぬは少し忌々しい心地のするが無理ではあるまじ、此世の尊《たふ》とい所と人の云ふ京都《きやうと》、此世の華美《はで》なところと噂は万人一様な江戸も見ず唯此まゝに果《はて》ることの口惜《くちをし》さ、（第十四）

下田出奔当初の彦右衛門にとって、京都は一見したい土地だったが、同時にそこには「男児一匹訳もなく草木と共に腐つて仕舞は厭」という気持ちもあり、「片田舎に果《はて》やうより何《どう》しても都会《みやこ》に身を置き我が器量だけに世を渡りたくおもへる事」「一端出し家《うち》へ仕出来《しでか》したこともなく帰るは厭な事」（第二十）と語っているように、彦右衛門の中では「我が器量だけに世を渡り」何かを「仕出来し」得る場として京都がイメージされていた。ただし、そのような気持ちはあっても「何処《いづく》にもあれ奉公したく思ふよし」を語る彦右衛門には、「我が器量」とは何かなど具体的な考えはなかった。

しかしいうまでもなく京都という土地には「文化」「伝統」といった一種の類型化されたイメージがある。広瀬旭荘『九桂草堂随筆』（安政二〜四）で「京ヲ見ザレバ、我邦ノ百王一姓、万国ヨリ尊キヲ知ラズ」[9]と語られるなどその例は枚挙に暇ない。「いさなとり」における京都もまた「人通りの余り多さ家並《やなみ》美しく千門万戸《せんもんばんこ》透間《すきま》なく立連《たちつら》ねたる賑はしさに、田舎《ゐなか》育ちの胸を撲《う》たれて兎角《とかく》の分別も思案もなく唯山樵《やまがつ》の仙境にまぐれ入りたる心地なし」〈第十六〉と語られるなど、そのような記号を抱え持っている。また彦右衛門の奉公先、染屋井桁屋とは十返舎一九『東海道中膝栗毛』（享和二〜文化一一）の「京の着だふれの名は益《ます》〳〵西陣の織元より出で、染色《そめいろ》の花やぎたるは、堀川の水に清く[10]」という言葉の通り、極めて〈京都的〉なものであった。

この設定には「第二十二 お俊伝兵衛はむかしお俊庄兵衛はめでたし」という小見出しからも、浄瑠璃『近頃河原達引[11]』の井筒屋や、三瓶達司[12]が典拠と指摘した曲亭馬琴『旬殿実実記』（文化五）の呉服問屋井筒屋からの影響が考えられるが、「水の詮議」で「今出川口向ふの柳の辻」に移転するなど、テクスト内では染屋であることが強調されている。そしてそこには例えば、「病人ながら流石《さすが》粋《すゐ》な老父《おやぢ》殿、職業《しやうばい》染屋だけに色の訳《わけ》知《し》り情《なさけ》知《し》り」〈第二十二〉「駒鶴めが吉三と顔見合して我が野暮を笑つて居るやうおもはれ」〈第三十〉や「小意気になつて其所《そこ》等《ら》の女に仲好をこしらへ」〈第三十二〉など、「粋」「意気」「野暮」という価値基準が存在していたことがわかる。

「文字」はこうした京都町人世界の「文化」「伝統」を支えるものであり、テクスト内の京都で明らかに「無筆」であるのは彦右衛門以外いない。したがって「我が器量だけに世を渡」ろうとする彦右衛門が、京都の次に目指すのは「身体《からだ》大きく力量《ちから》も強し[13]」ということを生かして「一人前の男」となれるような場としての生月であった。そして、この時彦右衛門は「書ける腕持たば一筆《ひとふで》、〔…〕何所《どこ》へなり記し置きたきところなれど」〈第四十九〉と初めて意思表現手段としての「文字」の欠如を実感する。「文字」の必要性が京都を去る時に初めて意識されたということは注目に価するだろう。こうした表現手段としての「文字」とは相手が読めなければ意味がないのであり、京都が「文字」教養を当然とする空間であることを彦右衛門は初めて思い知らされる。

「遠ざかるまゝに都の忍ばれて重なる山の恨めしきかな」という顕昭の和歌を引きながら語られる京都から広島への道行もまたそのような自覚を彦右衛門に促すものであった。「到底《とても》此齢《とし》まで文字さへ知らぬ我が、巧《たくみ》に綺麗に楽して世を経《へ》身を立《たつ》ること覚束《おぼつか》なければ、稟《もつ》て生れし膂力《ちから》を使ひ腕を使ひ、土方《どかた》なり漁師《れふし》なり何でも其様な働きして一生を過ごすべき願望《ねがひ》」〈第五十三〉を持つ彦右衛門にとって、広島が「地獄にもつかず極楽にもつかずと云ふやうな此様な土地」〈第五十九〉であるのは当然だった。彦右衛門は広島を出奔する時も「我幾箇《いくつ》かの字を知らば書置きすべきに口惜《くちをし》」〈第五十九〉と「無筆」の悲しさを実感する。広島の算盤屋は京都の延長であると同時に、「文字」を使う世界を否定し、それに代わる「稟《もつ》て生れし膂力《ちから》」を使うことのできる場への志向をより鮮明にしたといえる。

二、生月という場

「いさなとり」執筆からやや時代は下るが、露伴は「海と日本文学と」〈『海』明治三三・七〉で「四囲皆海」で都市もまた海岸線に多いという地形にありながら日本の文学には「作者が海に対する恐怖心の外には、海に関する記事中に於て見出し得べきものは無」く、特に平安朝以来「真実らしき状態を描きて海上の光景を読者に感じ知らしむるもの」がないと述べている。ここで「海」という空間が平安朝以降の日本人、特に「都府の住者」にとっては、恐怖と迷信の場、すなわち異質な空間として捉えられていたという指摘をしている点は重要だ。京都で惣五によって語られる生月という場所《トポス》は、京都にいて「大津より東方大坂より西方へは足伸したことなき」彼ら（都人）にとってまさにそのような「一向当りもつかぬ」異域なのである。

馴れし京とは格段の相違、男児《をとこ》はいづれも筋骨《きんこつ》太く逞《たくま》しく言葉つき荒く声大きく、仮初《かりそめ》にも弱々しく柔和《やさし》いといふことなければ、京にては強い方なりし我儕《われら》をさへ上方訛《なま》りの物言振《ものいひぶ》り手緩《てぬる》きに嘲《あざ》み笑ふ程、婦女《をんな》さへ其地《そこ》の者は随分気風荒らかに媚《なま》めかしい様毫《すこし》も無い位にて、一島皆鯨猟《くぢられふ》に名高き松富《まつとみ》といふ豪家の蔭に立ちて世を送るやうなもの故、自然活物《いきもの》も活物然《しか》も活物中《ちゆう》では一番大きなものを相手にして其油に食《くら》ひ其筋骨《すぢぼね》に衣《き》るより、児童《こども》までが銛《もり》の真似して棒切《ぼうきれ》ふりまはす遊戯《たはむ》れ事、村中一体雄々《をゝ》敷《しき》活気ありて愚図《ぐづ》々々と其日を送るものなし、（第四十二）

惣五の眼に映った生月の婦女は「気風荒らかに媚めかしい様毫も無い」ものであった。しかし彦右衛門にとっては、生月のお新は「姿きりゝと腰付やさしく」「柔和《やさし》き女の情《こゝろ》」（第六十九）とあり、「媚めかしい様毫も無い」ということはない。つまり同じく罪を犯して生月へ逃亡した者でありながら、京都へ帰り「油屋営業《しやうばい》」で成功していくなど、「文字」教養がある惣五の眼差しはあくまでも京都者のそれなのであり、彦右衛門とは出世の仕方も異なっている。そもそも主人への「紹介の状《ひきつけ》」を持っていた惣五は「ごろ〳〵遊んで居よ」といわれており、働く必要などなかった。だが、村の「雄々敷《をゝしき》活気」に触発され、働き口を頼むが「海は遊興《あそび》に堺住吉あたり見たほか知ら」ないため「船の上の働き飛沫《しぶき》浴ての仕事」はできず、惣五は「納屋方」として「日傭《ひよう》」から「若衆《わかしゆ》」「帳役」「斤量取《きんりやうとり》」へと出世していく。

一方、彦右衛門は自ら進んで「沖場」の生活を選択する。[14] 下田育ちの彦右衛門は、権左衛門に「若いの汝《きさま》は下田育ちといふからは浪にうねる船の上歩るかぬといふほどでもあるまいに〔…〕我の下につけて水夫《かこ》にしてやらう」と勧められ、「水子《かこ》」から「羽指《はさし》」「親父《おやぢ》」へと出世する。「真実《まこと》職業《しごと》ある身体《からだ》となり」という表現からもわかる通り、染屋や算盤屋は彦右衛門にとっては「真実」の職業などといえるようなものではなかった。だからそれらの職業場面はテクスト内では、ほとんど描かれていない。しかし、生月では「金剛力士」「血交《まじ》りの滴《しづく》額《ひたひ》を染め、見るから夜叉の相好《さうがう》」〔第六十七〕などと表象される〈いさなとり〉たちの「殺気海を掩《おほ》ふて浪湧き風腥《なまぐさ》し」といった捕鯨場面が詳しく描かれ、「勇ましくもまた勇まし〻」と称えられている。複雑かつ特異な組織で、順位は捕鯨技術の優劣と社会的格式によって決まる実力本位の〈いさなとり〉の世界[15]こそ、彦右衛門が求めていた「稟て生れし膂力を使ひ」「一生を過す」ことができる場だったことは明白だ。

したがって京都や広島で彦右衛門が評価されていた「怜悧」さや、「額は尚くつきりと白く両の頬あざやかに紅潮《くれなゐさ》して、張《はり》のある眼つき通りたる鼻筋、きりゝと締りたる口元は男に惜しい愛嬌」〔第三十二〕という容貌は生月では影を潜め、代わって「骨組がつしりと肉緊《しま》り筋《すぢ》強く、潮風《しほかぜ》に吹き黒められ日の光りに照り黒められて、桃《もゝ》色なりし面《かほ》の色赤黒くなり、眼《まな》ざしも自然《おのづから》鋭くなつて天晴《あつぱれ》立派の男とは誰《た》が見ても云ふべき恰服《かつぷく》」〔第六十六〕が強調されている。生月での継母の「阿諛《へつらひ》」も彼の「力量《ちから》」や「俠気《をとこぎ》」に向けられている。

また後に彦右衛門と横浜で再会した時、三次のいった「よしや居どころ了《わか》つたにせよ其頃はいろはのいの字を牛の角《つの》の形ともおぼえざりし位の我《わが》無筆なりし故何《どう》することも出来ざるべきが」〔第九〕という言葉から、三次は生月の〈いさなとり〉であった時分は「無筆」だったことがわかる。テクスト内では沖場の〈いさなとり〉の社会は「文字」とは無縁な領域として描かれている。

殺人を犯し生月を出奔した彦右衛門は、「異郷」朝鮮を経て壱岐で松富の隠居と再会し、再び〈いさなとり〉の世界へ戻っていく。そこは、松富が語るように殺人の罪さえも「汚穢《きたな》い動物《けだもの》二三疋殺したは当然《あたりまへ》の事」で「誰に聞かしたとて汝《そなた》が道理《もつとも》」〔第九十二〕と正当化されてしまう場であった。彦右衛門にとって、確かに壱岐の〈いさなとり〉の世界は生月のそれとは「為《す》ることは異《かは》らぬ鯨魚取《いさなとり》ながら持つ心は往時《むかし》に異る柔和三昧」〔第九十三〕と変化はしている。しかし結局再生の場として〈いさなとり〉の世界が選ばれ、最終的に故郷に何かを「仕出来《しでか》し」帰るという下田出奔以来の望みを果たし得た場としてそこは存在していた。だが〈いさなとり〉の世界を出て再び広島、京都へ向かった彦右衛門はまた「無筆」の悲しさを感じざるを得ない。惣五と再会し、お俊に手紙を書くことになった彦右衛門は、はじめて代筆という形で、間接的に「文字」を使うが、「無筆」である以上、「他《ひと》に憚ることなくおもひきつて」自分の意思を伝達することはできずに恥じ入る。

このように彦右衛門の過去の旅は、ある意味では職の遍歴、自分の力を生かせる場所《トポス》探しの旅であった。彦右衛門はこの旅を通じて、表現手段としての「文字」の欠如、「文字」文化への劣等感、と同時にそれに変わるべき「力」への意識を高めていく。だが、〈いさなとり〉の世界を出ることで再び「文字」の必要性を強いられた彦右衛門は、またそれに代わるべき〈何か〉を手に入れなければならなかった。

三、お染の位置

開《ひら》けたる世に文字《もじ》知らざるは、宝《たから》の山《やま》に風呂敷《ふろしき》持たで金銀瑠璃硨磲《るりしやこ》拾ひかねたる心地すべく、面白い事の半分は取り得ざる口惜しさ如何《いか》ばかりならむ。〔…〕人の分別の行き方は妙なものにて自己《おの》が文盲《もんまう》の口惜しきよりか、我は到底《とても》今更望《のぞみ》なけれど其代りに娘をと口癖のやうに云ふて、お染が六歳七歳《むつつなゝつ》の頃より読書《よみかき》励ますること大方《おほかた》ならねば、十三の春に村の学校早くも卒業させて自慢の鼻高く、好むまに〳〵学問の事とし云へば失費《つひえ》を惜まず、物の本など買ひ求めて遣《や》るに、〔第二〕

〈いさなとり〉の社会を出て、蓮台寺村で「安心閑居」している彦右衛門にとって、お染はいわば「自己が文盲」を補完してくれる存在だった。だが、ここで初めて「学問」という言葉が使われていることに注意したい。これは彦右衛門の過去に向かうベクトルにおいては使われていなかった言葉である。

彦右衛門が明治維新を迎えたのは壱岐にいた時と推定でき[16]、ここで彦右衛門が求めていくものとは、表現手段としての「文字」だけではなく、「開けたる世」の「学問」でもあったことがわかる。

周知の如く、明治五（一八七二）年の「学事奨励ニ関スル被仰出書」は「学問ハ身ヲ立ルノ財本共云ベキ者ニシテ、人タルモノ誰カ学バズシテ可ナランヤ」という語に示されるように、財産、地位などの社会的価値が個人の資質と努力に応じて配分されるという、機会均等の原則を前提として立身出世主義を煽るものであり[17]、ここでいう「学問」とは「身も独立し家も独立し天下国家も独立すべきなり」（福沢諭吉『学問のすゝめ』明治五）というものであった。「無筆」ゆえに、〈いさなとり〉となって殺人の罪を犯し「異郷」を漂泊するなどの遍歴を重ねた末、過去を秘匿して生きる維新後の彦右衛門にとって、こうした実学の思想は容易に受容することができたのではないか。また明治二一（一八八八）年の市制町村制の公布や、明治二三（一八九〇）年の国会開設などによる豪農や地方名望家の行政参加という状況が出てきたこともその背景の一つになっていると思われる。もちろん、余生を楽しんでいる彦右衛門が行政に参加しようとしているとは思えないが、少なくとも傍からは豪農と思われ「用水堰《ようすゐせき》の修復、土橋の架替《かけがへ》、鎮守の宮の屋根葺《ふき》などにも進んで出銭《しゆつせん》をはづ」（第一）むなどして社会と関わっている以上、「無筆」であることはもちろん、「学問」を持たないことへの劣等感は強いはずだ。

彦右衛門が「学問」を求める背景には以上の事が考えられるのだが、そのため彦右衛門はお染に対して「学問」の上では性差を設けていない。お染の母がお染に裁縫をさせようとするのを見て、彦右衛門は次のようにいっている。

怪《け》しからぬ事、学問を為《さ》せやうとはせで縫針《ぬひはり》など習《ならは》せて何になる、と叱り付《つけ》、〔…〕学問といふものは何様事《どんな》まで届いて居るか知れぬ、縫針などはあまり詰《つま》らぬ事故書《ほん》には無いか知らぬが、書《ほん》と云ふ者は難有《ありがた》いもので何でも読みさへすれば分るが不思議、その書《ほん》を読むことを廃《や》めさするとは言語《ごんご》同断《だうだん》、汝《そなた》も文盲ではないか、文盲の癖に娘の学問を妨ぐるとは怪《け》しからぬ、染や縫針などは知らいでもよい、此齢《とし》になるまで彦右衛門縫針知らぬで恥かいた事はない（第二

彦右衛門にとって「学問」とは「何様事《どんな》まで届いて居るか知れぬ」もので、特にそれは「難有《ありがた》い」「書と云ふ者」を読むことによって得られるものであり、これに対して「縫針」とは「詰らぬ事」なのである。「此齢《とし》になるまで彦右衛門縫針知らぬで恥かいた事はない」という言葉を彦右衛門が発した時、お染は彦右衛門にとって「自己が文盲」を補完する存在として捉えられ、そこには性差という観念が排除されているのだ。このような彦右衛門の「学問」内容に対する考え方は、女子の学齢児童就学率が男子の半分以下で、「学問」内容においても性差を強調する女子教育が主張されはじめていた当時の状況と比較してみると些か変わっていることがわかるだろう。

簡単に整理すると、この時期の女子教育論は『女学雑誌』（明治一八年創刊）に代表されるものと『女鑑』（明治二四年創刊）に代表されるものとの二つを主流とみなすことができる。『女学雑誌』は女子の地位向上を第一に「凡そ女性に関係する凡百の道理を研窮する所の学問」（「女学の解」『女学雑誌』明治二一・

五）として「女学」を推進し、例えば女学生に対する「生意気」という批難にも「おのれなるもの具はつて、物の是非明か是非明かなるに依て、進退誤たざるの類は即ち生気《せいき》あるものにして、世人の説くところの生意気なるものと相隔るや遠し」（中島とし子「生意気論」明治二三・一一）と反論し、女子が学問を学び、「時事を談じ」ることの正当性を説いていく。

他方『女鑑』では女子の学問を家政に限定していく。例えば高津鍬三郎は「女子教育の要旨」（『女鑑』明治二五・六）で生来、体格や徳性、能力において男女差があるので「女子には、主として、人の妻たるに適せしむべき」「家内を治むる」ための教育をすべきだと述べ、次のように主張している。

苟《いやしく》も、中等社会の妻たる者、眼に一丁字を知らざる程の無学にては不都合なれども、大なる学識も、また平生不用なり。〔…〕女子の学は、普通文を読み書きし、加減乗除を能くするほどなれば、人の妻として、事足りぬべし。それより以上の学識は、あるに如くはなけれども、なきとても不都合はなかるべし。食物を調理すること、衣服を裁縫することなどは、女子の知らで叶《かな》はぬことなり。

だが、いずれも性差という現状がまず前提となっており、それはあくまでも〈女性のための学問〉であった。しかし彦右衛門が求めていたのは「学問」であり、性差に基づく「女学」といった観念は持っていなかった。

「夜に入りては無筆《むひつ》の彦右衛門夫婦例の通りお染に、郵便《いうびん》で来し新聞読ませて愉快気《たのしげ》に聞き居けり」

〈第一〉とあるように、新聞を読んで聞かせることはお染の日課であり、彦右衛門はお染を媒介として新聞や書の中の「面白い話し」を知る。しかしそれはあくまでも彦右衛門が「何といふ分別《わけ》なく伝手《つて》あるまま縁あるまゝ買ふて買」ったものの中でお染が「唯おもしろしとおもふ所のみ我儘《わがまゝ》に読み散らし」たものの一部なのである。彦右衛門はお染というフィルターを通している以上、お染の興味の限りにおいての知識しか得られない。しかもお染の「澱《よど》みなき声」や「新聞の数多く購《と》るも彦右衛門の家、雑誌の数多く取るも彦右衛門の家」といった「蔭の評」〈第二〉を聞いて喜んでいる彦右衛門が、それをどれだけ理解しているかは怪しいといえる。

磯貝と副艦長の何某《なにがし》との談話《はなし》はお染には大概《おほかた》分れど彦右衛門の耳には遠く、彦右衛門は又談話《はなし》の透《すき》さへあれば無《ぶ》遠慮にも副艦長捉《とら》へて船の講釈ばかり五月蠅《うるさき》ほどに問懸《とひかく》るに、是《これ》はお染磯貝には一向おもしろからず〈第七〉

したがって彦右衛門とお染との間には「学問」をめぐって明らかに齟齬がある。もちろん、物語世界内では、お染は磯貝という「良き聟」と結婚し、彦右衛門のもう一つの欠如である「家続《つが》すべき男子《をのこ》」を得させるという役割も果しているのであるから、彦右衛門にとってはまさに「めでたし〳〵」という結果を導いてくれる存在である。だが、それはあくまでも彦右衛門の「道理」の中においてである。

女学雑誌《ぢよがくざつし》の巖本さまといふ方《かた》にもお目にかゝりたけれど、是《これ》は例の父《とう》様の癖にて男に口をきくは御嫌ひなさるべければ及ばず、其《それ》を不道理といふことは知れど父様に逆ふことは厭《いや》なれば仕方なし〔第三〕

東京横浜見物に行く前々日の夜、お染が胸の内で語ったこの言葉は重要な意味を持っている。彦右衛門にとっての「道理」を「不道理」と語ってしまうお染は、この瞬間、彦右衛門とは違う「道理」——それは「齢《とし》の有《も》つ智慧に雑書が添へたる智慧が様々に働きて」と語り手が語るように新聞や書で知り得た事が背景となっているのだが——を持ってしまっているからだ。

そもそもお染には最初から二つの事が同時に期待されていた。一つは、「疾《とく》生長せよ、良き聟取らせて孫生ませ、初孫《うひまご》の顔見て我が世を終へんと、唯それのみを楽みにして老後の欲を一つに堅め」〔第九十九〕と語られているように「良き聟取」ること、すなわち「家」の安泰繁栄である。そしてもう一つは先述の通り彦右衛門の「文盲」を補完することである。ここには既にある種のずれが生じている。

熊谷開作『日本の近代化と「家」制度』〔昭和六二・五、法律文化社〕は、この時期の「家」が従来の儒教思想を基調としたものである一方で、最終的には「国家」に連なる形で権力機構の末端に位置するものだと述べ、さらにこのような「儒教的「家」を説く反動イディオローグ」は、明治一三（一八八〇）年の改正教育令の実施、明治二三（一八九〇）年の教育勅語などの修身教育重視の風潮の中で定着していったと指摘している。「家」を重視するこうした考え方の中では当然女性は先の『女鑑』などで提出された「家」を守る良き妻良き母としての役割が期待され、そこでは男子のような教育や学問は「貞淑謹倹の婦徳を薄弱ならしむる」（「女子教育所感」『女鑑』明治二五・一）と排斥されていく。しかし「無筆」の彦右衛門は「学問」をすることによって女性が「生意気」になることなど全く考えていない。日常においては「女性」としての役割を期待していながら、「学問」に関する時のみ性差を排除していくという彦右衛門の態度――お染の疑問はそこに発している。

テクスト内では語り手及び彦右衛門によって、女性は「流石《さすが》女の心弱く」〈第四十五〉「女だけに情ある別れの言葉」〈第四〉「流石に女気《をんなぎ》のやさしく」〈第三十六〉「女だけに胸狭く情逼《せま》れば」〈第八十〉と語られており、「心弱く」「やさしく」「胸狭く」「情ある」ものと規定されている。そしてこのように規定されるべき女性が「女らしさ」の規範から外れ、お俊やお新のように姦通などの形で性的な魅力を持って立ち現れてきた時、今度は「諸悪の根源たる婦女《をんな》」とされるというもう一つの構図が読み取れる。

こうした「諸悪の根源たる婦女」とは一線を画する女性として出てくるのがお染の母であり、お染なのだ。お俊やお新が「利発」〈お俊〉、「小機転も利」く〈お新〉とされ、容貌も美しい女であったのに対し、お染の母は「容貌《きりやう》さのみ美しといふにもあらねど才智勝《すぐ》れたりといふにもあらねど学問ありといふにもあらねど、唯女らしき女なりといふだけは確実《たしか》なりと聞出し」〈第九十七〉とあるように、「容貌」も「才智」も特に持たない「唯女らしき女」として選ばれている。この女らしさとは「今の女房は村で貰つた正直一遍の者」〈第十〉「貞淑《おとなし》き女を彦右衛門に添はせんと」〈第九十七〉という表現から「正直一遍」「貞淑」にほかならず、「唯女らしき女」とはそうした規範から決して外れることのない女性として位置づけられている。したがって「温順《すなほ》の質《たち》とて之を嫌はざるどころか却つて悦び」「柔順《すなほ》の心より母の命令《いひつけ》露背《そむ》かず」〈第二〉「静淑《しづか》なる性質《もちまへ》が自然と為《さ》する勉強に」〈第九十九〉など「温順」「柔順」「静淑」と再三語られるお染もまた一見、彦右衛門や語り手の語る物語論理（女らしさの規範）の内に回収されてしまうかのように見える。

しかし先述した通り、お染と彦右衛門の間には明らかに齟齬があり、お染は彦右衛門の「道理」に対して疑問を持っている。この彦右衛門の「道理」とは、単に「男に口をきくは御嫌ひ」ということにとどまるものではないだろう。なぜならそこには他人には「是ばかりは分らぬ」と思われてしまうような「男女《なんによ》の間の婀娜《あだ》めかしき事は毛虫より嫌」ぅ彦右衛門の過去において獲得された「道理」が根底にあるからであり、それはあくまでも彦右衛門と不可分の語りをなし「禍福《くわふく》は糾《あざな》へる縄の如くなるべきも縄は定《きま》れる理ありて成る、豈《あに》いたづらに慶殃《けいあう》の生ずべけむや」〈第八十九〉などと盛んに世の中の「理」「道理」を説く語り手によって語られる物語世界を貫く論理とも繋がっていくものだからだ。したがって齟齬を感じつつもその事に無関心で、「我が知らぬ道理をさへ時には云ひ出づることあるにぞ愈々嬉し悦びて」〈第九十九〉と「嬉し」という彦右衛門と、これに齟齬を感じ「不道理」と認識してしまうお染との間には越えがたい溝がある。

またテクスト内で示されるお染の「学問」の具体的内容とは、「裁様」という女性の学問や草木の実を結ぶ訳《わけ》、上野黒門の由緒、電気燈の訳、新聞の記事、「磯貝と副艦長の何某との談話」を共有できる程度の知識、「女鏡」『女学雑誌』など雑駁としており、こうしたお染の知識は、「学制」下で提唱された実学とも、先に見たような『女学雑誌』や『女鑑』の主張に沿ったものとも違うなど、どこかずれており、しかもそれが認識のレベルでどの程度内面化されているのかは必ずしも明らかではない。そもそもテクスト内でお染の内実が語られる部分は少なく、その中でもお染は「何見物しても美しいとか立派とか精巧とか其場に云ふ限り別段深く感じはせざる如く」「何方《どちら》でも無き様子、数々の雑書《ほん》買ふて貰ふてこれを悦ぶのみなり」（第五）など「せざる如く」「無き様子」と語り手に曖昧に語られてしまっている。だが先述した通り、彦右衛門の「道理」を「不道理」という瞬間を持ち、また巌本に会いたいといい、上野図書館の目録や書物に多大な興味を持っているなど、それが全く内面化されていない浅薄なものとも取れない。

「思想に対して知というのは、イデオロギー的により中性であ」り、「非体系的で自らを拡大する傾向を持」つ（川村肇「在村知識人の儒学知と民衆の学問観の転回」『近代日本における知の配分と国民統合』前掲）。「知は思想から得られたものであるにもかかわらず、その母胎をさえ解体する可能性」を有し、「一般的には開かれたものとして拡大していく」（同）傾向がある。お染の「知」とはそうした「思想」によってイデオロギー的に統制されたもの、同時代において求められた「立身出世」のための体系化されたものではなかった。それは無秩序で雑多であるがゆえにどの方向にも広がりゆく可能性を秘めているともいえる。父とは異なり「文字」教養があるお染は、一見「温順」という枠内に固定されている様に見えるものの、その「学問」と同様に内実が多義的なままに提示されることによってかえって父彦右衛門の「道理」を逸脱する可能性を内包している。お染はいわばそのような境界に位置している。

もちろん、「いさなとり」では、前章の『風流仏』と同様、直接話法は使用されておらず、登場人物の発言もまた内言も全て語り手の語りと融解している。そのため、正確にはこのお染の「不道理」という言葉も語り手がお染に寄り添う視点で語っているように見え、その意味では語り手の論理とお染には齟齬はないかのようにも思われる。しかし、ここであえて彦右衛門とも語り手の説く「道理」にも異議を唱えるようなお染の視点に寄り添った言葉が書き込まれていることに注意したい。「いさなとり」における語りは、「道理」を貫き「めでたし〳〵」という形で物語をまとめていくような語りがなされるとともに、登場人物の視点に寄り添った形で内言が語られる際には、登場人物間の齟齬や語り手の説く「道理」への違和感が書き込まれており、一貫した物語に対する矛盾を含みこんでいるのである。

四、「知」と「力」の錯綜

今まで確認してきた通り、「いさなとり」では、お染の婿取りと、彦右衛門と新太郎の父子再会譚を縦軸に、彦右衛門の過去の物語が再生されていくという構図を取っていた。その際、彦右衛門と新太郎の父子再会の伏線として、佐十郎と惣五の父子再会譚があり、夫の放蕩による妻の堕落（お俊と彦右衛門の姦通）という類型がお俊にあてはめられるだけではなく、夫・伝太郎の放蕩による離縁、彦右衛門との再婚後のお新と伝太郎の姦通という形でずらされていく。さらに詳細に見ていけば、お俊と彦右衛門の姦通話における酒の上での姦通というモチーフには、例えば近松門左衛門『堀川波鼓』（宝永四年初演）

などが想起され、一度濡れ衣を着せられてからの姦通というところには井原西鶴『好色五人女』（貞享三）巻二などが影響していると推察される。この他にも、義母（父）の婿（嫁）への懸想という型としてお雛の母と銀次郎や伝太郎の父とお新の話が挿入されるなど、様々な類型化された物語が入り交じっており、これらは先述したように盛んに「道理」や「因果応報」を説き、物語の意味づけをしていく語り手[18]によって、最終的には「めでたし〳〵」とまとめられていく。

このように『勇魚取絵詞』、司馬江漢『西遊旅譚[19]』、西鶴『日本永代蔵』（貞享五）巻二ノ四「天狗は家名の風車」などを素材としつつ、先述したような類型化された様々な物語によって構成され、「めでたし〳〵」という図式に収まる「いさなとり」というテクストは、物語構造それ自体が古典の趣味によって枠どられているといってよい。しかし、これまで述べてきたことからも、このテクストがこうした古典的物語の枠に完全に回収されてしまうような単純な物語ではないことは明らかだろう。ここには「めでたし〳〵」と語られる物語世界から突出していく、それぞれに異質な存在――彦右衛門の〈いさなとり〉の世界とお染の「知」の領域――が内包されている。

彦右衛門が「文盲」ということに異常なほど劣等感を持ち、お染に「学問」を託していく背後には〈いさなとり〉としての過去が反映していた。また生月の生活を「憶ひ出しても慄然《ぞつ》とする」（第十）「罪深い鯨漁《と》り挊《かせ》ぎ」と語り、過去を想起し苦悩する彦右衛門にとって、〈いさなとり〉の世界は生月での殺人とも重なってくる忘れ難い記憶でもあった。だがそれは「罪」と否定されるべきものとしてだけ存在していたわけではない。

坐頭鯨の児を愛して児に引かれ寄り我が身失ふ態《さま》見ては、徐《そゞろ》に我が生計《なりはひ》の無慙《むざん》に酷《むご》きを思ふことあり。今までは何とも感ぜざりしことに子を持つてより幾度《いくたび》か感じて、〔…〕我乍《なが》ら女々《めゝ》しうなりしと気のつくほど分別の老《おい》けるが、〔第七十七〕

「金剛力士」「夜叉」と表象された世界は、ここでは彦右衛門に「無慙《むざん》に酷《むご》き」「生計《なりはひ》」と捉えられ、一方でそのような考え方は次の瞬間「女々し」いとも否定されていく。つまり〈いさなとり〉の殺戮行為とは「勇ましくもまた勇まし」〔第六十七〕いものであると同時に「無慙に酷き」ものでもあるなど、既にこの時、二つの相反する意識が表裏一体となって彦右衛門の中に存在していたことがわかる。この様な二つの意識の混在は彦右衛門がお新たちを斬り殺した時に、より顕著に見ることができる。「半分は奸夫《をとこ》の鯨の骨剝斧《ほねはぎをの》を揮《ふる》ふを見て狂気《きちがひ》になり、一切《いつさい》夢中にて心よく三人を打ち殺し」〔第八十二〕「後脳《こうなう》打ち割られて俯《ふ》し居るお新」や「婆が首の頷《あご》にかけて七分《ぶ》まで切れ居る」姿を見て「さても気味のよい死状《しにざま》なり」と「愉快におぼえ」〔第八十一〕、新太郎まで捻り殺そうとする彦右衛門にとって、この殺人行為は「道理の人情のと面倒な手緩《てぬる》い詮議」など全く関係ない「無法無敵無《ぶ》遠慮」な「愉快」さえも伴うものなのである。もちろん、これはその後ですぐに「罪」と捉えられていくのだが、しかし同時に「罪」という意識をも超えてしまう瞬間が彦右衛門にはある。「罪」の意識に苛まれ自殺を企てながら、それも「憎きお新に彦右衛門首を与《や》つたも同然」〔第八十五〕と憎悪を募らせ否定し、また朝鮮では

「爽快《さつぱり》した男児《をとこ》と他《ひと》にも云はれ自分でもおもふて居た彦右衛門が、病人か女子《をんな》のやうなる哩《わい》」〈第八十九〉と「女子」の様な自分を自嘲する一方で、「我を無理に意地張りのなまじひな俠客《をとこ》くさくした奴等《やつら》」を恨み、今度は自己の「俠客くさ」さを呪うなど彦右衛門はこの二つの意識に引き裂かれているといえる。そうだとすれば、ある種生々しい「力」の感覚は、「堪忍」「忍耐」して以前の荒々しい〈いさなとり〉の世界へ向おうとする気持ちを抑え、蓮台寺村で安楽に過ごしている現在でも、「池月《ママ》に居た時分の彦に復《かへ》りて芥子粒《けしつぶ》ばかりの汝等《おのれら》が胆玉《きもだま》驚かして呉れむと湧上つて来る癇癪抑へ」〈第十〉とあるように、「罪」の意識と表裏の関係を伴って彦右衛門の中に蘇ってくるとみてよい。

物語が現在、過去、現在という順で語られていくことによって、彦右衛門の過去の〈いさなとり〉の世界は前景化されていく。特に三次は彦右衛門の意識を過去に向かわせる一つのきっかけとして存在しているが、三次からの荒磯大尉の素性についての手紙が、結局彦右衛門に届かぬまま、「めでたし〳〵」という結果がお染の存在という他の次元から導かれ終結していくことに象徴されるように、彦右衛門の〈いさなとり〉の過去は、「めでたし〳〵」と語られてしまう表層の物語世界とはまた異質なものとして、未解決のまま残されていた。

このように「無筆」である彦右衛門の中では「文字」という制度と自身の生々しい「身体」――それは長年の〈いさなとり〉の文化の中で構築されたものであり、殺戮の記憶とともに甦ってくる抑えがたい情動ともいえよう――が交錯する瞬間があり、そうしたある種生々しい「力」の感覚は彦右衛門の中で燻り続けていく。と同時に娘に「学問」を託していくという「ねじれ」も生じていく。またさらにそこに先述したお染の多義的な「知」が提示され、それらは複雑に絡み合い、テクスト内では「知」と「力」が錯綜しているのである。この「知」と「力」が錯綜する姿が、決して一義的に定義されることなく、異質さが異質なままに包括され、それぞれに広がりを残したまま一つの作品世界が生成されている点にこそ、この「いさなとり」というテクストの特徴を見出すことができるのではないか。

図4 『いさなとり』口絵

このことを考える時、本書「はじめに」でも引用した「本箱退治」の発言が「いさなとり」連載直前にあたる明治二四（一八九一）年三月であったことは示唆に富む。重複するが、再度引用しておこう。

其れでは文章は何所から来るべきか、矢ッ張り分らぬ。今日では到底私には分らぬが、併し何か考へて見るに本箱を打毀す事を一ツの趣旨として然《さう》して自分の胸中にある垣根を打毀し、然して広い所のものにしたらば、茫漠として分らぬ所に却て無偏無私の立派な文章が出来やしないかと考へる。〔…〕須らく境界は無くして仕舞はなければならぬ、何でも詩にもあれ文章にもあれ総て含んで、……只境界を無くすると云ふ事が詩を作り或は文章を作る第一の点だらうと云ふのが私の卑見であります。

露伴にとって、「文章を作る」ということは「境界」をなくし、「広い」「茫漠として分らぬ」世界を作ることに他ならないという意識があったことがわかる。「いさなとり」に内包される「知」と「力」の錯綜のありようには、露伴の求めた「広い」「茫漠として分らぬ」世界の一端を見ることができる。奇しくも、青木嵩山堂から刊行された単行本『いさなとり（後編）』第三版（明治三〇・三）の口絵〈図4〉では、殺人を犯した彦右衛門が新太郎を海に流す場面に本を読むお染の姿が組み込まれる形で一つの図の中に同時に描かれており、「めでたし〱」という物語世界から逸脱していく二つの存在が印象づけられていた。[20]

このように、「いさなとり」というテクストは、「知」と「知」では決して領略できない領域との拮抗を喚起するようなものとして位置づけられるのである。

註

〈1〉 平岡敏夫は「露団々」と「いさなとり」の類似点を指摘しているが（捕鯨の記述や「愛女」溺愛、「愛女を得た年齢」など）、本書ではむしろ「捕鯨」形態の違いについて考察し、そこから当時「いさなとり」が書かれた意味を探っている。

〔2〕森田勝昭『鯨と捕鯨の文化史』（平成六・七、名古屋大学出版会）

〔3〕「松富の隠居というのは、代々平戸生月島を中心とする捕鯨業益富組を支配する又左衛門という実在の人物で、紀州の太地組と併称される鯨大尽であった」（三瓶達司「いさなとり」『明治歴史小説論叢』昭和六二・一一、新典社）

〔4〕鳥巣京一『西海捕鯨業史の研究』（平成五・一一、九州大学出版会）

〔5〕益冨組は享保一〇（一七二五）年突組として開業、享保一八（一七三三）年網取法に改め、文化年間（一八〇四〜一八一八）そのピークを迎えるが、文久元（一八六一）年捕獲量激減のため一時廃業。明治二（一八六九）年再興するが、明治七（一八七四）年遂に終了（平戸市生月町・島の館展示年表などを参考とした）。資料の調査に際して、平戸市生月町・島の館および長崎県立図書館に便宜を図って頂いた。心より御礼申し上げます。

〔6〕彦右衛門の東京見物の記述を参考に（例えば歌舞伎座の開場が明治二二年一一月であることなどから）物語現在を掲載時の明治二四（一八九一）年頃と推定し、逆算すると彦右衛門が生月、壱岐の〈いさなとり〉だったのは天保一五（一八四四）年から明治三（一八七〇）、四（一八七一）年頃と推測できる。

〔7〕岡本信男『日本漁業通史』（昭和五九・一〇、水産社）

〔8〕『勇魚取絵詞』は「肥前生月島に本拠を置く江戸期最大の鯨組、益富組の捕鯨を描いたもので、『鯨肉調味方』と合わせて三冊一組で出版されている」（森田前掲書）。なお『勇魚取絵詞』が「いさなとり」の典拠であることは平岡敏夫の研究（前掲）によって明らかにされた。

〔9〕森銑三編『日本随筆大成（続二）』（昭和五四・八、吉川弘文館）

〔10〕『有朋堂文庫（第五四）』（明治四四・六、有朋堂書店）

〈11〉正本刊行は天明五年となっている。「いさなとり」が『近頃河原達引』を典拠としているという指摘は、岡保生の注「いさなとり」（『幸田露伴集（日本近代文学大系六）』昭和四九・六、角川書店）にある。

〈12〉三瓶達司「いさなとり」（『明治歴史小説論叢』前掲）

〈13〉「我も今年十七、身体《からだ》大きく力量《ちから》も強し、何をしてなり一人前の男となれぬことはあるまじきに、いつまで無益《むだ》に日を送るべき」〈第四十八〉

〈14〉鯨組の労働組織は「沖場」（海上）と「納屋場」（陸上）に大別できる。「「沖場」は、漁場で鯨を捕獲する過程であり、「納屋場」は、出漁までの前細工過程と捕獲した鯨の解体・加工の過程である」（鳥巣前掲書）。「沖場」は「刃刺、刃刺見習、平かこ（普通水夫）の三階級」（福本和夫『日本捕鯨史話』昭和三五・七、法政大学出版局）から成っている。

〈15〉森田勝昭『鯨と捕鯨の文化史』（前掲）

〈16〉註6参照

〈17〉木村政伸「「被仰出書」の理念と民衆」（寺﨑昌男・編集委員会共編『近代日本における知の配分と国民統合』平成五・六、第一法規出版）

〈18〉平田由美はこのような語り手を「読本作者さながらに物語世界のあちらこちらで因果宿縁を読者に説かんとする作者」（「近代文学におけるロマネスクの系譜――露伴の「語り」をめぐって」『国語国文』昭和六〇・六）と呼び、そこに「西鶴はもちろん、読本や談義本など〈語りの文芸〉に固有の説話文体的要素」を見ている。

〈19〉寛政六年に刊行された『西遊旅譚』は江漢の西海旅行の記録（天明八）であるが、その後『画図西遊譚』（享和三）として再版され、更にそれが改訂補筆され文化一二年『江漢西遊日記』が成立した。

〈20〉

もちろん、単に彦右衛門の二人の子どもを描いただけともとれるが、あえて殺戮直後に新太郎を海に流す場面と本を読むお染の姿を描いていることにここでは注意したい。なお、『いさなとり（前編）』（明治三〇・三）の口絵は、お俊と彦右衛門が縁側で話す場面が描かれている。また、『いさなとり』初版の前編（明治二四・一一、青木嵩山堂）では捕鯨の様子が、後編（明治二五・三、青木嵩山堂）では、殺人を犯した彦右衛門が亡霊と海で戦う荒々しい姿が口絵として描かれている。

第二部　合理的ならざるものへの眼差し

第四章　伝説と現実

――「新浦島」

　よく知られているように、浦島伝説にはいくつものヴァリエーションがある。例えば、結末だけ見ても、玉手箱を開けて老人になって終わるというものだけではなく、すぐに絶命するというもの、あるいは浦島大明神としてめでたしめでたしと称えられるもの、鶴となって蓬萊山へ飛び立ち亀（この場合、龍宮で結婚する相手は女人となった助けた亀となっているものが多い）とともに夫婦和合の神として祀られるものなど様々である。さらに、浦島伝説を踏まえて作られたものも加えて考えると、浦島をめぐる物語は枚挙に暇がない。幸田露伴「新浦島」（『国会』明治二八・一・三～三〇、『文芸倶楽部』明治二八・七再録[1]）もまた、浦島伝説を変形させて作られたテクストの一つである。

「新浦島」のあらすじは次のようになる。

浦島太郎の弟の子孫で、丹後に住む第百代目の浦島次郎は、京都へ（後には東京へも）行き詩人となるものの、公家の女との身分違いの恋による破綻・相思相愛となった娘との死別・契を結んだ遊里の芸妓勇菊の客あしらいへの嫌悪や、都会での俗悪な風潮への絶望などから帰郷する。次郎の両親は帰郷した次郎に代々伝わる玉手箱と釣竿、譲り状を渡して昇天し、棺の中の死体も消えてしまう。次郎は、この奇瑞を見て神仙になろうとするが成就しないことを知り、代わりに魔道を修めることに決め、聖天に願ったところ、聖天は次郎を半分に斬って呼び出した同須を侍者として授ける。同須の通力に戸惑う次郎であったが、次郎を慕って追いかけて来た勇菊の処置を同須に任せたところ、同須は勇菊を化石にする。同須の非道を怒った次郎は同須に勇菊を元に戻させ、今度は自分自身を化石にさせ同須に見守らせるというところで物語は終わる。

同時代の評価としては、登場人物は露伴の化身分身で、露伴の「主観」を表現した「詩的」なものという評（島村抱月「『新浦島』を評す」『早稲田文学』明治二八・九）がある一方で、「大悟達観的の大文字、吾人の如き煩悩深く悟りの開けぬ凡俗には、何が何やらちツとも解らざれど」（「『文芸倶楽部』第七編」『青年文』明治二八・八）のように、わからないという評があるなど賛否が分かれている。とはいえ、露伴の主観を登場人物に投影した小説という見解は一致しており、以後、この解釈が定着していく。従来より、浦島伝説のヴァリエーションの一つとして、明治期に書かれた森鷗外「新浦島」（『水沫集』明治二五・七、春陽堂。初出は「新世界の浦島」『少年園』明治二三・五〜八）、同じく鷗外『玉篋両浦嶼』（明治三五・一二、歌舞伎発行所)、幸堂得知『浦島次郎蓬萊噺』(明治二四・一二、春陽堂)、坪内逍遥『新曲浦島』(明治三七・一一、早稲田大学出版)などと比較して論じられたり、[2] 小説を書くことに対する露伴の苦悩を象徴したものとして論じられたりするなど、[3] このテクストは様々に論じられている。しかし島村抱月以来続く、登場人物に露伴の主観が投影されたものと捉える傾向が依然として強い。岡保生や川村湊がこのテクストにおける浦島伝説のパロディ的要素に言及しているものの、[4] テクスト内の語りに関してはこれまであまり注目されてこなかった。確かに次郎が語る世間への批判は露伴の考えと類似するともとれるが、しかし、テクスト内では、語り手によって、世間を批判する次郎自体の浅さが所々で指摘され、そうした次郎を滑稽に語ることによって、世間を笑う次郎自身が語り手によって相対化されるという構図になっている。
そこで本章では、テクスト内の語りに注目しながら、この時期、浦島伝説を扱うことにどのような意味があったのかということについて考えていきたい。

一、浦島伝説の取り入れ方

「新浦島」は次のようにはじまる。

天遠く海潤《ひろ》くして白沙青松《はくさせいしよう》の眺めうるはしき丹後の国水《みづ》の江《え》の里といへる処より、往時《そのかみ》一葉の小船に乗りて龍宮城にいたりつき、其邦《そこ》の君の愛娘《まなむすめ》と契《ちぎ》りを結びし後復《ふたゝ》び故郷に帰りたりし浦島が子の事は、歌人の口にまめやかに歌はれしかば誰も知るところなれど、其後の事は世に伝はらず、あはれ浦島が末路の雲と散り霧と消えしかのやうに思はれて、木下貞幹《きのしたさだみき》が補なひし浦島が子の伝といふものに少《すこ》しく帰郷後の消息の記されたるが似而非博識《えせものしり》家の舌の飾りとなれるばかりなれど、浦島が血統は綿々として絶ゆること無く、天《あま》の橋立《はしだて》近くなる九世戸《くせど》といへるところに年月久しく住みつゞきて、其家《そのや》の始祖《はじめ》と仰ぐ人より数ふれば今の主人《あるじ》は九十九代に当《あた》り、〔一〕

　最初に語り手によって、「誰も知るところ」となっている浦島伝説が確認される。そして、その後ですぐに、浦島の死が加筆された木下錦里校訂本『浦島子伝』[5]の存在が指摘され、同時に浦島の死を語るこの説は「似而非博識《えせものしり》家の舌の飾り」として退けられていく。つまり、ここでは様々なヴァリエーションがある浦島伝説の中で、このテクストの前提となる「誰も知るところ」の浦島伝説の枠組みが確認されるとともに、その後日談として、学者が書き残したものとは異なる別の物語を語ることがこの小説の主眼であると明示されているのである。

　テクスト内で語られる浦島の後日談である、浦島太郎が仙人になったという物語は『続浦島子伝記』などに見られるものを、[6]太郎が寝覚の床に行くという部分は「浦島が釣をたれし」という俗説を[7]基にしているだろう。また、父次郎が、代々から伝わる玉手箱等を次郎に譲り「おもしろや舞ひ舞ふに習はいで舞ふ鶴の舞ひ、〔…〕番《つがひ》離れず蓬萊の島山陰《やまかげ》に行きて暮さん」〔五〕と舞った後、亡骸も消えたという奇瑞に対して「長生不老《ちやうせいふらう》の道を得て、死して死せざる浦島家九十九代目夫婦の芽出度《めでた》さ」〔九〕と皆から羨まれるという物語は、『御伽草子』などにおける、浦島が鶴となり夫婦の明神として祀られた結末と通じている。〔8〕このように、九十九代目次郎までの物語には先行するいくつかの浦島伝説が取り入れられている。

ただし注意したいのは、九十九代目次郎が息子の次郎に「第百代めの役目として家の血統《ちすぢ》の断えぬやうに頓《やが》て気に入つた女があつたら何でも好いから女房を持つて乃公《おら》が汝《きさま》に身代を譲る通りに汝《きさま》もまた惣領の倅《せがれ》に譲つて呉《く》れ」〔四〕と強調していた点である。浦島が初代次郎へあてた手紙を五十代目の次郎が持ったまま行方不明になり、手紙の代わりに五十代目が書きはじめた譲り状が伝えられることになったように、ここで語られる浦島の後日談は文章としては残されていない。しかし、それは代々語り伝えられるという形で残されていく。浦島の後日談は、この話を聞いた継承者が信じ語り伝えていくことで初めて価値を持つものなのであり、父次郎は語り部として息子に語り継ぐことが自らの役目であると自覚している。だからこそ、次世代へと語り継いだ時点で役目を終え、代々の次郎は死んでいったといえるだろう。信じ語り継いでいく時、初めて伝説は成立し、自らも伝説の中に身を置くことができるようになる。父次郎の浦島物語は、ストーリー自体は先行するいくつかの浦島伝説が取り入れられたものではあるが、父にとっては自分自身のかけがえのない伝説として存在していた。

しかし、主人公である息子の百代目浦島次郎は父母の死体が消えたのを見て、仙道を得ていた二人が戯れの間に漁師夫婦として過ごしていたのではないかと半信半疑ながら推測する。〔9〕そして、「御在世の中《うち》御教をも受くべかりしに」と悔やみ、父が強調していた家の血統や次世代へ語り継ぐことは無視して、神仙の存在を疑いつつも次第に神仙になることを求めていく。ここに、次郎と次郎の父との断絶がある。したがって、語り部として父たちのように伝説の中を生きることのできない次郎は、それまでの代々の浦島伝説から離れて、新たな浦島の物語をやり直さなければならなくなる。このように、テクスト内ではいくつかの先行する浦島伝説が取り入れられ作られた父浦島次郎の物語と、息子浦島次郎の新しい物語が対比的に語られている。

二、明治期帰郷小説と浦島物語

では、息子の百代目浦島次郎の物語とはどのようなものとして語られているのか。

次郎が帰郷するまでの物語は、いくつかの類型化された物語が重なっているといえるだろう。身分違いの恋に破れるという点では、本書第二章でも取り上げた小説『風流仏』の珠運とお辰との関係がそうであるし、恋人との死別という型も他の小説でよく見られる。また、地方から出た青年が都会で挫折、都会に嫌悪を抱き、「故郷」に救いを求めていくという物語も明治二〇年代には多く書かれていた。ここでは、特にこの「故郷」をめぐる言説を見ていきたい。

陶淵明の詩が引用される有名な帰郷小説、宮崎湖処子『帰省』（明治二三・六、民友社）では次のような表現が見られる。

已ぬる哉浦島太郎の龍宮の三百歳も三日に覚め、リップバンウヰンクルの山中の一百年も一夜に過ぎたる如く、我も亦二週間の故郷の幻影を、一呼吸の如く暮したれば、今は唯上京の用意として四日五日の余りしのみ。

これは故郷に帰省後の主人公の心情を表した部分である。ここで「故郷」は浦島太郎の龍宮や「リップバンウヰンクル」の山中という理想郷に譬えられている。森鷗外「新浦島」が「リップバンウヰンクル」の翻訳であったことを考えた時、浦島伝説における異郷訪問譚という要素に、当時、関心が寄せられていたことがわかるだろう。つまり、浦島の〈故郷→龍宮（異郷）〉という話型は、明治の青年たちにとって〈都会→故郷〉に重ね合わされていくのである。この「故郷」の理想化の背景には、青年たちの都会での挫折、都会に対する嫌悪があるのだが、しかし既に多くの指摘がなされているように[10]、理想化された「故郷」は実際の故郷とは異なる。『帰省』でも、主人公は故郷の者から都会の者として対応され、彼らとの齟齬が所々で語られていく。この傾向は「新浦島」が発表された明治二〇年代後半において一つの類型として定着していた。例えば次の詩の一節を見てみよう。

さばれ今日眺め尽さん、
夢に見し故郷の月。
〔…〕

わが恋も、わが故郷も、
捨て果てゝ何をか得たる。
月の旅、三年の夢も、
我思ふ涙といづれ。（楽天遊「故郷の月」『早稲田文学』明治二八・七）

この詩は、「故郷」を離れた後、恋人との再会を楽しみに帰郷したら、恋人は既に病死していたというもので、月日の経過により、夢見た「故郷」での日々を送ることがもはやできないことを嘆いたものである。つまり、帰郷した青年たちの故郷をめぐる言説では、都会で夢見て〈故郷＝龍宮〉だと思っていたはずが、むしろ実際の故郷は帰郷後の浦島が感じた〈変容した故郷〉だったと実感するという形式が多い。テクスト内の次郎にとっても、「せめてはこれから年老《としよ》られた両親《ふたおや》に孝行、と帰宅《かへ》つて見れば、忽然《こつぜん》として此《こ》の御往生、〔…〕この我をまあ何となされて、斯様《かう》は酷いめに逢はするぞ」（八）と嘆くように、救いを求めた故郷は期待を裏切るものだった。このことから、次郎の物語には当時の帰郷小説のモチーフともなっていた浦島の話型が使われているといえるだろう。しかし、次郎の浦島物語は明治期の帰郷小説の枠組みで終わるわけではない。露伴「新浦島」の物語自体は、次郎の帰郷後の物語が大部分を占めており、次郎にとっての異郷は、後述するが、最終的に勇菊から逃れて化石となることで成立していく。

次郎は、父たちの昔ながらの伝説的な世界を生きることもできず、また、明治期の青年たちの帰郷小説に見られるような浦島の異郷訪問譚にとどまるわけでもない。むしろ、明治期の青年たちを主人公とする異郷訪問譚が終わった時点から、次郎の浦島物語ははじまるのである。

三、次郎の「智」

明治期の帰郷小説の枠組みから離れて展開される次郎の物語は、次郎の「智」（認識のあり方）をめぐる物語となっているといってよい。ここで語り手は次郎の「智」の浅さを指摘していく。

父母が神仙となったのではないかと考えた次郎は「茫然《ばうぜん》として漁にも出《い》でず、厭はしき世界に採まれ和《あ》へらるゝ身の忌々しきを思ふにつけ天宮《てんきう》好もしく」〈九〉と、世の中を「厭はしき」と思うがゆえに仙道への憧れを募らせている。その意味では、都会を嫌悪し厭世に陥って故郷を異郷として求めた多くの青年たちと変わらない。しかし、次郎が神仙になることを求める根底には単に厭世のあまり別世界へ行きたいという願いだけではなく、「真実《まこと》神仙のあるものならば此《この》忌々しく詰《つま》らぬ世に居るとも神仙となつた後《のち》馬鹿な顔をして居て怜悧《りかう》な人の為《す》ることを見て居たら少しは可笑《をかし》からう」〈十〉というような、世の人を見て笑いたいという願望もあった。このことは、神仙となれないことがわかり魔道を修めることに決めた時でも変わっていない。次郎は「魔《ま》通《つう》を得たらんにはまた面白く此世界を見透《みとほ》すこともあるべきなり」〈十一〉と、やはり世の中を高見より「見透す」ことを求めている。次郎のこうした皮肉なものの見方は、世間で「師匠顔して」「平常《たゞ》の人を見れば蟻か螻《けら》のやうに見下」しながら学問を唱える者を、「売薬の受売同前《うけうりどうぜん》」と薬売りに譬えて痛烈に諷刺するところにもよく表れている。実は大して中身がないものでありながら相手の適不適も考えず、効も毒も強い「真理丸」「超悟丸」等を大袈裟に騒いで平気で売りつける学者たち、よくわからないまま嬉しがって「無茶買ひ」をし気が変になっていく青年たちは、次郎に寄り添う視点で次のように面白おかしく批判されていく。

猿声《ゑんせい》主義で巴峡《はけふ》の月に悲鳴をあぐる白痴《たわけ》もあり、鉄道往生に経巻車《きやうくわんぐるま》で挽《ひ》き殺さるゝ妄信仏徒を学ぶもあり、入水往生に屈原《くつげん》気取り、汨羅《べきら》を江戸《えど》近《ぢか》の海で間に合はすもあり、〔…〕惣《そう》じて師匠宗《そう》匠《しやう》皆本来が受売《うけうり》営業なれば一貼《てふ》一服《ぷく》でも多く売る事ばかり心がけて花客《とくい》への適不適相応不相応《てきふてきさうおうふさうおう》も考へぬ冷《つめた》い了見《れうけん》より薬を売つて毒を流し勝《がち》なる上、第一碌《ろく》な売り様《やう》はせず〔十二〕

しかし、このように世間の学者たちを批判する次郎であるが、肝心の次郎の学問の中身に関してはテクスト内では詳しく書かれていない。例えば、次郎は「学問の片端《かたはし》伺つたゞけに迷ひが決せぬ」と、父母たちのように浦島の伝説をそのまま信じることはできないとして、浦島伝説に関する知識や、神仙に関する数々の書を次のように挙げている。

列仙伝、神仙通鑑《しんせんつがん》、仙仏奇踪《せんぶつきそう》は禅宗坊主の伝燈録《でんとうろく》を真実《まこと》しがると等しく高《たか》が皆手《みなて》づまのわざくれ小説の下手《へた》なのなり、武陵桃源《ぶりようたうげん》はすぼけ宗の開山どぶろく飲みの淵明が寝語《ねごと》にして韓湘子《かんしやうし》が譚《はなし》は

退之《たいし》を嘲つた後人《こうじん》のいたづらなり、〔十〕

ここでは多くの書の名とそこに書かれている事柄が面白おかしく並べられているだけで、次郎自身の体系だった学問や思想は読み取れない。つまり、次郎の「智」とは専ら本に書かれた情報、知識の表層をなぞったものだったといえるだろう。

　こうした本の知識のみに頼る次郎の浅さは、魔道を修めるにあたって聖天（毘奈耶伽天）を選ぶ時にも顕著となっている。語り手は、「本地《ほんち》が菩薩《ぼさつ》であらうと仏であらうと此方《こつち》が素人《しろうと》なれば皆《みな》魔と思ひて那君《どなた》を頼まんかと案じける」〔十一〕と、次郎が「素人」であることを明かし、そこに深い解釈がないことを暗示する。実際、次郎は「聖天《しやうでん》こそは威力広大のものと聞け」と、世間の評判を基に「手近きところに思ひのつき」「聖天の身元洗ひ」をしはじめるのであるが、「特に仏書は深く見ぬ」次郎は、「秘《ひ》密儀軌《みつぎき》の欠本《はほん》」と「阿娑縛抄《あさばせう》」の虫食いしたものに縋って苦学するなど、不完全な状態の書から聖天を呼び出す知識を得ていた。このことは、本来なら聖天供によって聖天の降臨を請うべきであるのに、神通広大であるため「本尊《ほんぞん》として恭敬礼拝するとも一ト通りの事にては出現示教《しゆつげんじけう》あるべからず」〔十二〕と考えて、軍荼利明王《ぐんだりみようおう》の威力を借りて、聖天に魔道成就を頼もうとしたことにも表れている。もちろん、次郎がここで考えるように、聖天が威力広大であることや、軍荼利明王の威力を借りて聖天を抑えるということ自体は必ずしも根拠が無いことではない。「入密の人にあらざれば容易に語がたき天尊」（『山海里』[11]）といわれ諸説を有する聖天は、望むままの福を与える神として捉えられる一方で、一度背くと禍をもたらすと畏れられ、テクストが発表された当時もしばしば新聞記事の種となっていた。[12] 露伴もかつて小説「真言秘密 聖天様」（『新著百種』明治二四・一）で聖天に自らの富を祈り裕福になることを求めた強欲な男の滑稽な物語を書いている。この「新浦島」でも次郎に「露伴とかいふ男の聖天様といふ小説を書きて尊天《そんてん》の怒りに触れ、それより女難艶禍《ぢよなんえんか》にのみ逢ふて頻《しきり》に厄鬼《やくき》に祟られ、今は家を解《と》き退転《たいてん》して泣顔《なきつら》になりて居るとか聞けば、迂闊《うくわつ》に魔王いぢりも出来ず」（十二）と語らせているように、聖天に頼むのが一筋縄でいかないと次郎が考えることは決しておかしいとはいえないだろう。また、聖天が障碍を与える時には軍荼利明王だけが鎮めることができるということも『陀羅尼集経』[13]や『仏像図彙』[14]などにも見られ、あながち全くの見当違いではない。

しかし、最終的に神仙となることを目的としながら、その手段の一つとして「手間暇《てまひま》入らじ」と魔道を修めようとし、[15]また魔道を成就させることを聖天に願うために軍荼利明王を利用して請う次郎は、書で読んだ知識を手掛りに手っ取り早く目的を達成しようとしているだけで、経典や儀軌に書かれている「道理」や「意味」自体には目を向けていない。こうした次郎の「智」の浅さは、軍荼利明王の姿を借りて現われた聖天（以下、聖天）からも痛烈に批判されていく。

四、閉塞する次郎

魔道執心とは虚言《いつはり》にて、魔力《まりき》を偸《ぬす》んで仙とならんと小き智恵を動かして我を誑《たばか》る心算《しんさん》とは飽《あく》まで見破り果てたるぞ、〔…〕思へ愚者《おろかもの》、什麼《なに》善、なに悪、十善を修《しゆ》せざる魔王なく、天地を私《わたくし》せざる神仏無し、仏と云ひ又魔といふも戯論空語《けろんくうご》に過ぎざるぞ、聞け一切法《さいはう》は唯言語《ただごんご》名句《みやうく》あつて真実《しんじつ》無し、忘れよ世間の言語名句を、捨てよ汝の思慮分別を、智ありと思ふやあはれ人の子、〔…〕汝《なんぢ》等《ら》始《はじめ》と終《をはり》とを知つて始《はじめ》の始《はじめ》と終《をはり》の終《をはり》との相連《あいつら》なるところを知らず、仏と魔とを知つて仏の魔と魔の仏との同じく遊ぶを知らず、〔…〕鶏《とり》と汝の眼に見る時あり烏《からす》と汝の見る時あり、〔…〕説け我はこれ仏か魔か天か畜生か鬼《き》か仙かと、よもや一句も下《くだ》し得《え》じ、魔道もあらず正道《しやうだう》も無し〔十四〕

聖天は次郎が「仏魔は一紙」といっていたにもかかわらず、「魔道に堕ちん心は無けれど」と、「仏」「魔」「仙」「鬼」を区別する、その矛盾を問い質す。「魔道」や「正道」といった解釈は「戯論空語」に捉われたもので、次郎が「思慮分別」「智」と思っているものは、ただの「言語名句」でしかない。そこに「真実」はないというのである。聖天が現れた時にいった「内に在りては外に聞き、外に在りては内に聞き、暗きに居ては明《あき》らかなるに見、明らかなるに居ては又暗きに能《よ》く見る毘奈耶伽王《びなやかわう》とは我なるぞ」〔十三〕という言葉にも表されているように、「内／外」「明／暗」といった区別自体が確固たるものではないことを聖天は突きつけている。ここで聖天が語る「仏と魔とを知つて仏の魔と魔の仏との同じく遊ぶを知らず」とは、『首楞厳三昧経』や天台大師智顗が説いた講話『摩訶止観』等に見られる「魔仏一如」の思想にも通じる。例えば、『摩訶止観』では「魔界の如と仏界の如は一如にして二如無し」（魔の領域にある真如と、仏の領域にある真如とは不二であって、二つに区別されない『首楞厳経』[16]）とされ、偏方に陥らず、どのような障碍にも惑わされたり乱されたりせずに修行する必要性が説かれていた。[17] しかし、手っ取り早く魔道に入ろうと思っていた次郎は、こうした聖天の言葉の意味を反芻することはない。この後の同須とのやり取りでは、「戯論空語」に捉われたまま、そのことに気づこうとしない次郎の様子が露呈されていく。

次郎の「一献《こん》快く酌まん」という願いに忠実に、同須は通力を使って付近の漁師の家を焼き、奪ってきた住居や酒肴を設え、美女美少年を欺き寄せ集めて用意するのだが、次郎は「罪なきものに苦を与へたる、不仁とや云はん不徳とや云はん」と怒り、同須に全てもとに戻すように命じる。それに対して同須は「不仁不徳と仰せらるれど意欲の前に何の仁か之《これ》あるべき将《はた》何の徳かこれあるべき、〔…〕仮令《たとひ》我《われ》等《ら》に通力《つうりき》ありとも縁無きところには威及ばず、たゞ縁あれバ即ち入《い》り、因あれば即ち助けて彼等《かれら》に憂《う》き目を見するのみ」〔十八〕と答え、「意欲」の前にあっては「仁」や「徳」が意味をなさないこと、また因縁があったからこそ、彼等は「憂き目」を見たのだと主張する。次郎はこの同須の言葉を「非道なる魔族の論」と思うが、しかし反論できないため説得を諦める。ここでも次郎は自らの認識のあり方に疑義を投げかけられている。また、全て元に戻すように命じたものの、今までいた場では一緒にはなれないため、このまま自分たちを置いてほしいと懇願する八百屋お七や吉三たちの予想外の返答によって、次郎が考えるいわゆる「仁」や「徳」が、当人たちにとって必ずしも望ましいものではないことも明白になる。しかし、次郎はお七たちの意見を聞き「堪忍《かんにん》なり難《がた》く」同須に命じて魔風で吹き飛ばさせてしまう。

もともと、「魔」を求め、「自然福も、自快楽も、人中王為二帝師一、相娯楽得二自在一」（『山海里』前掲）という、欲を満たしてくれる聖天を求めた時点で、いわゆる「仁」や「徳」とされる行動をとるのが難しいことは当然である。また先の聖天の言葉を考慮するならば、「仏」「魔」という区別自体が「戯論空語」でしかないように、「仁」「不仁」という言葉の中身自体も疑うべきものであることは明白だ。しかも同須が次郎の分身であることを思えば、同須の言葉は、次郎の自分でも気がついていない心の一部を示したものであるともいえる。[18] しかし、次郎は先述した通り、同須の言葉を「非道なる魔族の論」という形で自分とは異質なものの言葉と捉え諦め、同須の論理やお七たちの価値観に関して深く考えようとしない。語り手は、このような次郎と同須のやり取りに対して「鬼神に横道《わうだう》無しとかや、これを思へば人間ほど不埒《ふらち》なるものは無し」（十九）と評していた。この「鬼神に横道無し」という言葉が、謡曲『大江山』で酒呑童子が源頼光に酒を盛られ騙されて殺される時に叫んだ言葉でもあったことを考えれば、[19]「鬼神」と「人間」という立場の違いによって「横道」「正道」というものも変わるような曖昧なものであり、次郎のものの見方だけが全てではないことがここで示唆されていることがわかる。

　したがって次郎を慕ってやって来た勇菊との対話を拒みながら、しかし自分の「良心」なるものによって完全に突き放すこともできず、結局、自らが化石となってその場から逃げるという次郎の選択は、自身の価値観のみにあくまでも捉われ続けたゆえの結着だったといえる。化石として過ごす年月が、ここで三年と明示されていることには、おそらく多くの浦島伝説で浦島が龍宮で過ごす年月が三年とされていることと関わるであろう。[20] すなわち、自分自身の「戯論空語」には気づこうとせずに、自分とは違う論理を突きつけられた時には現実から逃げ出す次郎は、化石となって世間から身を隠すことでしか、安住することができないのであり、化石となることこそが次郎が行き着いた龍宮（理想郷）となっていることを表している。しかし、三年という言葉で明示されているように、浦島伝説においても浦島は龍宮に永遠にとどまることはできない。「同須《どうしゅ》は謹んで守り居《を》り、次郎は今に化石せしまゝ静《しづか》に生死の外《そと》に在りとぞ」（二十二）という語り手の言葉で幕を閉じるように、いずれ次郎はまた自らが逃げた現実と対峙しなくてはならない時がくることを語り手は仄めかしている。また、次郎が同須に見まもられながら化石となっているように、当初、世の人を「見透《みとほ》」したいと思っていた次郎の方が、見られる側になるという皮肉な結末となっている。

　今まで見てきた通り、次郎の物語では明治期の帰郷小説における浦島の話型が取り入れられた上で、新たな独自の浦島物語が展開されていた。そこでは、世間の人を「受売」と批判し笑っていた男が、実は自分もその笑っていた人びとと大して変わらないことが露呈されている。加えて、テクスト内で、語り手は次郎の「智」の浅さを指摘するだけではなく、次郎の「仁」もさほど強固なものではないことを、例えば、宮殿や侍女たちを同須に元に戻させた後での次郎のやせ我慢を面白おかしく語り暴いていた。

流石《さすが》魔界の歓楽は我得《え》取らじと思ひきつたる次郎も淋しく物悲しく、ゐゝ眠るまでは彼男女等《きやつら》をば迚《とて》もの事に置けば宜《よ》かりしものをと少しは悔《くゐ》る気味《きみ》ありしが、此処《こゝ》ぞと歯を咬着《くひしば》つて弱いところを見せず〔…〕彼の宮殿の住居《すまゐ》とは事異《ことかは》りたる一室の中《うち》、如何《いか》に次郎とて何《なに》面白い事のあるではなし〔二十〕

世間の人を揶揄していた次郎が逆に語り手によって揶揄されるという構図をこの物語は有しているのである。

五、同時代における「新浦島」

「新浦島」が発表された日清戦争前後のこの時期は、「近来哲学の流行につれて、此の語の使用法漸くみだりなり」（「哲学といふ語に就きて」『早稲田文学』明治二八・六）といわれるなど、哲学の流行が一つの風潮となっていた。まさに「真正なる哲学講究の時代」（酉蹊生、小羊子「明治二十七年文学界の風潮」『早稲田文学』明治二八・一）だった。例えば、「哲理の存在するところを経験せし、実事談」を書き表し、日本固有の美徳を説明した「日本哲学」（島津義禎『日本哲学』明治二七・五、島津義禎発行）や、「哲理学」を応用し「地球の上に現はるゝ処の不思議は必す我脳力に於て理解することか出来る」ことを証明しようとした「処世哲学」（城田豊『処世哲学 奇術妙法』明二七・七、佐伯龍音）、戦争が「天地自然の理法にして、社会人事の常則」であるとして、戦争の原理や「国体」の特徴を論じた「戦争哲学」（井上円了『戦争哲学一斑』明治二七・一〇、哲学書院）など、多種多様な論が「哲学」と銘打って溢れていた。その中でも、特に有名であったのは「妖怪博士」という綽名の由来ともなった井上円了の「妖怪学」だろう。円了は「哲学の道理を経とし緯として四方上下に向て其応用の通路を開達したる者」（『妖怪学講義緒言』明治二六・八、哲学館）として、「哲学の道理」のもと不可思議な現象を次々と分析、解明し「妖怪学」なるものを提唱した。ただしこの「哲学の道理」も、例えば「精神上の神」とは元来「無形無質の精神の純気」であって、時を経て「全国民をして一種の元気即ち大和魂を養成し、万国無比の国体を護持して今日に至らしむ」（『妖怪学講義（巻六）宗教学部門』明治二七、哲学館）と説かれるように、「精神の純気」や「大和魂」の存在は無前提に認めるなど、実は偏ったものでもあった。もっともこうした「大和魂」等を無前提に容認する傾向は、先に挙げた他の「哲学」でも多かれ少なかれ見られるものでもあるが、円了の論の中では、こうした偏向について触れられることはない。また、彼らが掲げた「哲学」が「国民の感情に道理を与ふる」もの（「哲学流行の兆」『国民之友』明治二七・五）として期待されていたことからもわかる通り、そこでは「哲学の道理」の名のもと自論の正当性が強調され、「道理」を熟知する者が、啓蒙すべき「愚民」を導くという構図が展開されていた。

皇化の霑す所遠く草莽に及ひ余の如き微臣猶ほ茅屋の下に安臥して閑歳月に伴ふを得嗚呼窓間一線の日光も亦君恩の余滴にあらさる莫し余輩豈碌々として徒食するに忍ひんや於是積年研究せる妖怪学の結果を編述して世人に報告するに至る蓋し其意同胞と共に一点の心燈を挑け来りて天地の活書を読まんとし且つ自ら満腔の衷情を汲み来りて国家の隆運を助けんとするに外ならす〔…〕唯憾むらくは諸学の応用未た尽くさゝる所ありて愚民尚ほ依然として迷裏に彷徨し苦中に呻吟する者多きを是れ余が曾て今日の文明は有形上器械的の進歩にして无形上精神的の発達にあらすと云ふ所以なり若し此愚民の心地に諸学の鉄路を架し智識の電燈を点するに至らは始めて明治の偉業全く成功すと謂ふべし（井上円了『妖怪学講義緒言』明治二六・八、哲学館）

当然ながら、彼らの主張する「道理」に合わない「愚民」の論理は切り捨てられていく。

このような「哲学」が流行する中、露伴は「妖怪博士と戯作者」（『新小説』明治三〇・五）という小文で、神前の御幣が神降りたために動いたように見えるのも、実は鰌などを器中に入れておいて御幣を立てているためであると円了が明らかにしていることを取り上げ、こうした事は古い小説にも書かれており、二百年前から知られていることだと指摘する。そして次のように締めくくる。

瓢箪の水がらくりは極めてふるきものなれど、四五年前にも浅草にて人に見せ居りたるものあり、また訝り疑ひて、それを見る人もありたるほどの世なれば、博士の親切は猶多くの人の迷ひを解きつべけれど、さりとてはをかしき世のさまかな。

もちろん、ここで露伴は円了を否定してはいない。しかし、露伴が注目するのは迷信の分析でも「真理」の解明でもなく、いつの世になっても不思議なものに惹かれ「訝り疑ひ」見てしまうような人間の有様であった。そうした人間の有様を露伴は切り捨てることなく、「をかしき世のさまかな」という感慨のもと受け入れている。

「新浦島」発表時においては、次郎の父たちのように伝説を何の疑いもなく無条件に信じることはもはや困難であったといえるだろう。しかし、そのような〈今〉だからこそ、「戯論空語」が飛び交う中で生きているという自覚を持ち現実に向きあう必要があることを、自らの「戯論空語」に捉われ現実から逃げ続けようとする次郎の滑稽な姿をあえて描き、示唆していたのではないか。次郎の物語は、世間の人を笑う次郎が、同様に語り手にも笑われるという、「笑う―笑われる」の連鎖も表していた。したがって、次郎のことを笑う語り手、語り手とともに次郎を「見透す」読者もまた、いつでも笑われる側になり得ることもここで暗に仄めかされている。次郎と同じような現実を生きる読者たちにとって、この物語は決して無関係なものではない。

浦島の物語が、龍宮行と龍宮からの帰還ということに象徴されるような、複数の異なる論理・異なる価値観を有する〈世界〉の行き来を表していると考えるならば、浦島の後日談とは、そうした往還の中で直面する現実との食い違いにどう対峙していくべきかという問いに対する一つの答えでもあっただろう。化石から目覚め、再び現実に戻った次郎がどのように現実と対峙していくのか。このテクストは読者にそのような問いを突きつけている。

註

〔1〕「新浦島」連載後、露伴は「甚だ誤字誤訓等を多く生じ読者に謝する言葉無し」(「新浦島後書」『国会』明治二八・一・三〇)と述べた。初出から時間があまり経たないうちに、訂正され再掲されている点から、ここでは『文芸倶楽部』版を使用し、本文の引用も『文芸倶楽部』版に拠る。

〔2〕林晃平『浦島伝説の研究』(平成一三・九、おうふう)、小倉斉「明治文学における《浦島説話》の再生——露伴、鷗外、逍遙を中心に」(『淑徳国文』平成六・一二)など。

〔3〕齋藤礎英『幸田露伴』(平成二一・六、講談社)

〔4〕岡保生は、「新浦島」が鷗外「新浦島」の題名を借用して幸堂得知『浦島次郎蓬萊噺』のパロディを試みたものであると指摘している(「幸田露伴「新浦島」——幻妖」『解釈と鑑賞』昭和四八・一二)。また、川村湊は「露伴の書いた浦島次郎の物語は、「俗世間」という、〝神仙世界〟とは対極的な世界への往還の物語」であると捉え、浦島太郎の物語の一種のパロディと捉えている。(『言霊と他界』平成二一・一二、講談社)

〔5〕『群書類従』写本、国立国会図書館蔵。肥田晧三の注「新浦島」(『幸田露伴集(新日本古典文学大系 明治編二二)』平成一四・七、岩波書店)で指摘されているが、この校訂本では、当時流通していた群書類従本「浦嶋子伝」の末尾「嶋子忽然頂二天山之雪一垂二合浦之霜一」(ただし類従本では「垂」は「乗」である)に

「驚悔気絶不レ幾而死、可レ悲哉」という文が加えられ、さらに木下錦里補訂の文章が付けられている。

〔6〕「浦嶋子者。不レ知二何許人一。蓋上古仙人也」（『続浦島子伝記』／重松明久『浦島子伝（続日本古典全集）』昭和五六・一、現代思潮社）

〔7〕「こゝハ旧《もと》浦島が釣をたれし所といふ俗説あり浦島が事ハ日本紀雄略帝の條《でう》又は扶桑略記に見えたれども此地《この》に至りし事ハ見えずされバこゝは木曾路道中の名所《などころ》にして此《この》街道を行《ゆき》かふ人まづこゝに立寄《たちよら》ざるはなし」（秋里籬島『木曾路名所図会（巻三）』文化二、早稲田大学図書館蔵）。また『寝覚浦嶋寺略縁起』（内閣文庫蔵／重松明久『浦島子伝（続日本古典全集）』前掲）では次のような話が記されている。竜王より玉篋の他に弁財天の尊像と一巻の書を与えられた浦嶋は、帰郷後、月日の経過を知り驚いて書を開いたところ、そこには飛行の術や長寿延年の薬法が書かれていた。その後、寝覚の里へ来て釣をして過ごしていたが、ある時、玉篋を開くと老翁になり、弁財天像を残して行方知らずになったので、社に納め寺を建立し、寝覚山臨川寺と号した。

〔8〕「浦島は鶴になり。蓬莱の山にあひをなす。亀は甲に三せきの祝をそなへ。万代をへしとなり。扨こそめでたきためしにも。鶴亀をこそ申し候へ。只人には情あり。情のある人は行末めでたき由申し伝へたり。其のち浦島太郎は。丹後の国に浦島の明神と顕はれ。衆生済度し給へり。亀もおなじ所に神とあらはれ。夫婦の明神となり給ふ。めでたかりけるためしなり」（今泉定介校訂『御伽草子（後）』明治二四・四、吉川半七）

〔9〕「疾《とく》に軽挙の仙道を得て昇天の時を待つ間の戯れに魚漁り苧績みの業をされしか」（九）

〔10〕十川信介『「ドラマ」・「他界」――明治二十年代の文学状況』（昭和六二・一一、筑摩書房）、松村友視『近代文学の認識風景』（平成二九・一、インスクリプト）など。

〈11〉「宗教部二」（『故事類苑』明治四三・一一、神宮司廳）

〈12〉聖天を信仰すると裕福になると人に勧めたところ、「聖天様ハ七代の福を一代に授けるとか他人の福を此方へ引込むとか云ふ神様だから妄しハ七里ケツパイだよ」と言われ絶縁されたという記事（「唄ひ女屋のお内儀と聖天様」『東京朝日新聞』明治二六・六・二七）や、祖父の代から聖天を信仰し、父より「聖天を祈るものハ子々孫々まで信仰疎かにすべからず万一懈怠中絶の妄念萌す時ハ仏罰立所に猛火となつて其家に祟る」と、礼拝を怠らないよう遺言されたのに、偶像信仰だと嘲り礼拝を怠った帝国大学属官の男の家が焼け、「聖天の祟り」だと語られているという記事などがある。（「聖天の祟?」『読売新聞』明治二九・二・一七）

〈13〉「爾時世尊與二軍荼利。烏枢沙摩等一共会。宜レ二説是大自在威力陀羅尼法印神呪一。時三千大千世界六種震動。毗那耶伽諸悪鬼神等不信敬者生二大驚怕一」（『陀羅尼集経（第八）』／仏書刊行会編『阿娑縛抄』大正二・一二）

〈14〉「大聖天ヲ降伏スルニハ、大威徳明王ノ法ヲ誦ス」（『増補　仏像図彙』明治一九・六、寺田熊治郎）

〈15〉「先《ま》づ魔道を修《しゆ》して魔王と朋友交際《ともだちづきあひ》をなす身にも至らば其上にて心易く仙となり仏とならん」（十二）

〈16〉「『首楞厳』に云はく、『魔界の如と仏界の如は一如にして二如無し』と。実際の中にして尚仏を見ず、況んや魔あるを見んや」（『摩訶止観』／『昭和新纂　国訳大蔵経（宗典部第一三巻）』昭和七・二、東方書院）とある。長尾雅人・丹治昭義訳『維摩経・首楞厳三昧経（大乗仏典七）』（平成二一・一一、中公文庫）を参照して和訳した。「仏魔一如」の思想は謡曲『善界』などにも見られる。

〈17〉『摩訶止観』の別の箇所では、「衆生をして、魔界に於て即ち仏界、煩悩に於て即ち菩提ならしめんと欲す」（『摩訶止観』前掲）とある。解釈は、「何としてもこの魔界がそっくりそのまま仏界に転換するような工夫をしなければいけない、思い煩い苦しみ悩んでいる現実の生き方をそっくり仏の世界へと変革しなければたまらないと思いなおし、少しでも向上しようという慈しむ心が起こることになる」（池田魯參『摩訶止観』を読む』平成二九・三、春秋社）となる。

〈18〉川村湊『言霊と他界』（前掲）でも、次郎と同須の関係を、「同須が次郎の内的な〝もう一つ〟の自我」だと捉えている。ただし、「一種の理想主義者・次郎と現実主義者・同須との対立」と捉えている点で本書と立場が異なる。

〈19〉謡曲『大江山』では、「情《なさけ》なしとよ客僧達。いつはりあらじと云ひつるに。鬼神に横道なきものを」（大和田建樹編『謡曲通解（四巻）』明治二五・六、博文館）という酒呑童子の言葉に対して、源頼光たちは「土も木も我大君の国なれば。いづくか鬼の宿りなるらん」という論理で成敗していく。

〈20〉「かくておもしろき事どもに。心を慰め。栄華に誇り。あかしくらし。年月をふるほどに。三年になるはほどもなし」（『御伽草子（後）』前掲）

第五章 〈煩悶、格闘〉する詩人

――「心のあと　出廬」

日露戦争開戦から約一ヵ月を経た明治三七（一九〇四）年三月、幸田露伴は『読売新聞』で連載中の小説「天うつ浪」を一時休載し、代わりに新体詩「心のあと　出廬」（以下「出廬」）（明治三七・三・一四〜一二・三二）の連載を開始した。露伴は休載の理由として今後の描写部分が「比較的に甚だ媚かしき一段の文字」（「「天うつ浪」愛読者諸君に」『読売新聞』明治三七・三・一）となり、「日々に江湖に示さんことハ予の最も胸苦しく感ずる」（同）ということを挙げた上で、「出廬」の連載について次のように述べている。

字を列《つら》ねて辞《ことば》をなし、辞を累ねて文をなすもの、いづれか心より出でざらん。〔…〕されど皆これ自ら娯《たのし》めるものにして、人に示すべき際《きは》のものならねバ、世に公にしたるハ殆ど無くて止めり。〔…〕今歳《ことし》ハ世のありさまもたゞならで、我が心も徒《たゞ》に我が身の上の私情《わたくし》にのみ関りて動きも沈みもせざるなれバ、我が拙《つたな》き心のあとも、おのづから人に視《しめ》し世に公にすとも怪しうハあるまじと思ひて、はじめて世に出さん心構をもて、我ハ我が心の之《ゆ》くがまゝ泣かんと欲するところに泣き、憤《いか》らんと欲するところに憤らんとハするなり。（「心のあと　はしがき」『読売新聞』明治三七・三・一三）

普段は示すほどでもない「我が拙き心のあと」を綴った詩も戦争という非常事態では「我が心も徒に我が身の上の私情にのみ関」わって浮き沈みしていない、すなわち、自分の私情も何かしら戦争の影響を受けており、皆の問題意識にも通じるだろうから発表する意味があるというのである。このことは、胸中を語る最も相応しい虚構として、詩という形式が選ばれたことを意味している。

ただし、連載前「露伴氏が戦時に於ける感興を、其の錦心繡腸《きんしんしゆうちやう》によりて、玲瓏たる美文と化せしめた」「戦争文学の上乗」（「社告」『読売新聞』明治三七・三・二）と宣伝されてはいたものの、「出廬」の内容は決して当時多く書かれていた、いわゆる「戦争文学」といえるような戦争を直接題材としたものでも、戦争を称えるもの、あるいは戦死者を悼むようなものでもなかった。この長詩は、数度の中断を経たのち完成しており、[1]その内容も初刊本『心のあと　出廬』（明治三八・一、春陽堂）の「引」にあるように、「第一篇は世の悦ぶに足らぬをいひ、第二篇は詩の愛す可きを叙し、第三篇に至つて、空想に遊ぶもまた竟に実在の累するところとなるを免れざるを述べ、第四篇に於て、詩と世と共に悦び愛すべく、実在と空想と相即き相容るべきを詠じたり」とまとめられる。いわば一人の詩人の思想の変遷ともいうべきもので、戦争は「空想に遊ぶもまた竟に実在の累するところとなるを免れざる」ことを気づかせる一つの契機として盛り込まれているのである。

最初の中断前の、世間から切り離された廬に「詩人」が籠もることを決めて生活しているところ、戦闘の歌が聴こえてくるという初版第一篇、第二篇、第三篇の最初の章に相当する前半部分（一～二十三）（明治三七・三・一四～四・一七）が掲載されると、思想は深淵でも新奇でもないが「厭世の極」に「永住の域」を文芸に求めた絶妙なものという評〔2〕や、「雄渾清園の想」があり「人生哲学」を歌おうとしたもの〔3〕、あるいは「あらゆる万象を以て、自家人生観の理趣に渾融」した人の肺腑に入る〔4〕というように賞賛された。また綱島梁川は、この詩の〈煩悶〉が深大でも沈痛でもないと批判しながら、しかしやはり「世界的煩悶の大潮に漂」って「悟達の岸に上れる健闘の勇者」である作者が「人生の煩悶と要求とに詩筆を着けた」もので同情と敬意を表すと評価した〔5〕。このように、世間から隔絶された「想」（「詩」）の世界で生きる「詩人」が到達した人生観や「悟達」を謳った詩として、「出廬」の前半部分は同時代で評価されていたことがわかる。

しかし「出廬」全体を読み返せば明らかな通り、同時代評が賞賛した前半部分の「詩人」の「人生観」は最終的には覆される。しかもこの時点では、現世がいかに厭うべきものかについて述べられてはいるものの、主人公の「詩人」は〈煩悶〉などしていない。女蝸氏の伝説などを引用し、「現《うつ》し世　いふに　足らず」「現《うつし》身　いふに　足らず」という語を再三繰り返しながら、「現世」（「実」）を否定しているように、「想」（「詩」）の世界へ向かうことは「詩人」に疑われていないのである。したがって〈煩悶〉自体がテクストに書かれていない以上、煩悶が深大沈痛かどうかという観点で作品を評価すること自体、実はおかしなものである。しかも奇妙なことに、再開後、引き続き書かれた部分（二十四〜四十九）（明治三七・六・七〜一二・三一）では、「詩人」が戦争を契機に、現実から隔絶された廬の世界に籠もるあり方を悩むという、「想」の世界と「実」の世界の狭間でまさに〈煩悶〉する様子が具体的に書かれているにもかかわらず、同時代評では、そのことについては触れられていない。そして作品完成後には、散文的な詩として批判され[6]、『出廬抄註』（神谷鶴伴、明治三八・一〇、春陽堂）という注釈本こそ出るが、詩の具体的な内容についてはほとんど注意が払われなくなっていく。

では、このような中断前（一〜二十三）と完成後とでの「出廬」に対する同時代の反応の違いは、一体何を意味するのだろうか。本章では同時代における「出廬」に対する評価の変化を一つの手がかりとして、この時期どのような形で「詩」や詩人が表象され、流通していたのかということを考察し、その上で「出廬」というテクストを読み解きたい。

一、生成される〈煩悶、格闘〉する詩人像

義人の声、詩人の琴を待つの時、世の光、世の塩たるべき心霊の文明の爛熟に酔ひ、物質の虚栄に迷へる間に、この心、紛として流星の如く地上に堕ちぬ。〔…〕新らしき生命と、鮮なる活気を渇

仰するの声、世に満つる時、一人の温き同情と、清き信念を以て、輿衆と共に悩み、輿衆と共に煩ひ、悩めるものを慰め、煩へるものを拯はんとするものはなきか。

記せよ。まさにこれ詩人の神々しきしらべを奏でつべき時。〔…〕我か国民の詩人よ。（「国民的詩人（雑報）」『帝国文学』明治三六・一二）

ここで記者は、「心霊の文明の爛熟に酔ひ、物質の虚栄に迷へる」現実の中で「輿衆と共に悩み、輿衆と共に煩ひ、悩めるものを慰め、煩へるものを拯はんとするもの」として「国民の詩人」を、またそうした詩人による「神々しきしらべ」としての「詩」を期待しているのだが、こうした要求はこの時期の「詩」や詩人をめぐる言説に共通するものであった。例えば金子馬治はワグネルやニーチェ、ショーペンハウエルなどを、分析解剖の科学に頼るか、もしくは物欲のみに駆られているかどちらかの現実世界の不調和に対する不満の中で、「勇ましい精進の気風」を持って、「精神的に国民を高尚にし国民の真生命を進歩させ」ようとした理想的な詩人として想起している（「独逸詩人に就て（上、下）」『新小説』明治三七・七、八）。また「意ふに詩と神と、大源一也」（「一家言」『明星』明治三五・九）というように、「詩」と宗教との同質性を説く綱島梁川は「「完全」を望んで何処までも向上」し、「何処までも"struggle onwards"」して「理性の同感以上に超する悲哀」に泣く詩人と宗教家の姿に、勇士の姿を重ねている（「悲哀の高調」『文芸界』明治三五・五）。

このように、論者によって多少の差異はあるものの、「詩」は近代科学文明の欠陥と破綻と苦悶から社会を救出する、それ自体「広大なる真実と高尚なる目的を有す」るもの（十時彌「社会学上より見たる詩の原理」『帝国文学』明治三六・四）として憧憬されており、詩人はそうした言葉を発し世の中を救う者として期待されていた。もちろん、このような形で現実の世界に救いをもたらす「詩」や詩人を期待するあり方自体は、すでに明治二〇年代のはじめに、徳富蘇峰「新日本の詩人」（『国民之友』明治二一・八）などでも示されており、何もこの時期に限った新しいものではない。しかし「宇宙の美妙」を探り、「吸収して人類に分配するは即ち詩人の職分なり」と述べる蘇峰にとって、詩人とはあくまでも一つの職分を果たす存在としてしか捉えられていない。

それに対して、この時期の論者たちは「共に悩み」（「国民的詩人」）、「勇ましい精進」（「独逸詩人に就て」）を持って「struggle onwards」（「悲哀の高調」）する詩人の姿を強調し、理想的な「詩」の世界に至るために〈煩悶、格闘〉する存在として詩人を捉えている。ここには、藤村操の自殺（明治三六・五）をはじめとして、この時期「煩悶青年」をめぐる議論が盛んに行なわれていたこととも関わっている。詩人が共に悩み共に煩悶し、そして彼らを救うものとして期待されていたのも、そうした煩悶青年たちへの応答の一つであった。ただし、詩人の〈煩悶〉が取り上げられる場合は、しばしばそこに〈格闘〉の要素も付与され積極的に肯定される傾向があった。[7]

したがって先述したように、「出廬」の同時代評が、「現世」を否定し理想的な「想」の世界を安住の場とした詩人の歌（一〜二十三）にのみ焦点をあて、〈煩悶〉の末に到達した理想的境地での詩人の人生観を作品内に見ようとしていたのも、現実を超越した「想」の世界に到るまでに〈煩悶、格闘〉する詩人が一つの理想的な像として流通し、その〈煩悶、格闘〉自体に普遍的な価値（美）を見出すあり方が共有されていたからだといえる。おそらく「硝煙弾雨の間に残塁を死守する勇士の奮闘」よりも悲壮な苦戦をした「想界の戦士[8]」として北村透谷が再び想起され『透谷全集』が再刊されたことも、また赤塚行雄[9]が推測するように〈「ハアトの事」以上のもの〉というヴィジョンを持っていた「詩」を「弱々しい〈恋の歌〉」によって〈単なる「ハアトの事」〉にしてしまったため、井上哲次郎ら帝大派の詩人たちに無視された島崎藤村の詩が、「現代文明の苦悶に対する慰藉と、其の慰藉によりて起すべき激励(Belebung)」を与える「牧歌」という意味づけ[10]のもと、この時期『帝国文学』などで改めて評価されるようになったことも、先述したような〈煩悶、格闘〉する詩人像が流通していたことの一つの表れとみてとれる。

しかし詩人の〈煩悶、格闘〉が強調されるとはいえ、同時代の言説では目指すべき理想的な「想」の世界は、「現実」の近代文明の反措定として捉えられているだけで、その中身は単に「吾人心霊の法鏡に宿りたる大我の幻像[11]」などと極めて抽象的にしか語られない。また、その〈煩悶、格闘〉の具体的な内容は、「愛人を失ひ、親友を失ひ、郷党をさへ失[12]」ったためのものなど様々であっても、最終的に現実を超越した場へ行きつくためのもの、すなわち「苦痛と煩悶を離脱せむは、これ実に吾人の存在の意義なり[13]」とまとめられるように、否定すべき「現実」から超越し存在意義を表すために必要なものとして肯定されているだけで、個々の〈煩悶、格闘〉の具体的内容による差異などは無視されていた。つまり、〈煩悶、格闘〉する詩人は具体的な内実を欠いたまま、あくまでも理想的な像《イメージ》の一つとして生成され、流通していたのである。したがって、こうした詩人像は、その内実が曖昧であるがゆえに、理想的な世界を実現させるために〈煩悶、格闘〉する「国家」像へと容易に結びついていくことになる。

二、「まことの心」を語ること

ところで、日露戦争中よく使われた言葉として、「戦争美」なるものがある。例えば海老名弾正は、当時、詩人としても捉えられていたキリストが、十字架上で苦しみ悩んでいる苦痛の中に「栄光のキリストが生れる」ことを指摘した上で、このキリストの〈煩悶〉と日露戦争を結びつけ、「もし吾々がこの見方から日露戦争を見る時は、そこに矢張一種尊い、美しいものが見られないであらうか」(「戦争の美」『新人』明治三七・八)と発言している。海老名の論理では、「戦争其物のみを見るならば、堪へられることではない」が、しかしそうした「悲惨なる苦闘を経るでなければ、国民の大人格は造り出すことは出来ない」のである。つまり、ここで重視されているのは「悲惨なる苦闘」そのものであり、その結果ではない。この時、戦争における「国家」の「苦闘」は、キリストという詩人の〈煩悶、格闘〉と結びつけられ肯定されていく。そしてそうであるからこそ海老名は、「もしこゝに眼を注ぐならば常に勝利あるのみである。敗けても勝つたのである」と、実質的な勝敗を無視した発言ができた。

海老名のこの発言は、確かにかなり極端なもので、多くの言説では実質的な勝利を求めているのだが、しかし「戦争ハ一個の惨劇なり、寧ろこれ人生の惨劇を最も具体的に現ハせるものとも見るべし」(「甲辰文学（好箇の詩題）」『読売新聞』明三七・三・二七）と戦争の惨劇を人生の惨劇に喩え、個人の〈煩悶、格闘〉と同一線上に戦争を捉える中島孤島もまた、「人生の最も悲壮なるものハ常に之れを偉人没落の際に見る」（同）として、戦争の惨劇それ自体に悲壮ゆえの「美」を見ている。新聞紙面などで、あからさまなロシア批判がされると同時に、ロシアを偉大なる好敵手とみなし、[14]広瀬中佐とともに敵将マカロフを賞賛していくことの背後には、戦争の烈しさを強調し、その惨劇の中に美的価値を見出そうとする視線が存在していた。[15]

そして「戦争の惨劇の中にも詩人ハよく人生永劫の影を捉ふるを得ん」（「甲辰文学（好箇の詩題）」前掲）と孤島が言葉を結んでいるように、そうした「美」を見出し語ることのできる存在として、詩人は求められていたのである。つまり詩人には、戦争の惨劇の中で「人生永劫の影」（「美」）を見出し、「自己の中に神命の囁を聞き自己の中に威力と勇気の煥発を覚えて」（齋藤野の人「詩人ケヨルネル」『帝国文学』明治三七・三）語ることが期待されていた。したがって戦争という惨劇に直面した時に、「真骨頭より流露するの情感力」（角田剣南「風頭語」『読売新聞』明治三七・二・一四）に溢れた詩人の発する内部の声として「詩」は捉えられ、特に「同胞を鼓舞し慰藉して人道を擁護し同情を流露」（「風頭語」前掲）し救う役割が期待されていったのである。しかも、戦争の惨劇の中にあっては、誰もが「身を詩的領地に置く」（高須梅溪「生命ある新文学」『新潮』明治三七・六）ことになり、誰もが「戦時に於て瞬間の詩人」となって、「天真流露、真情横溢せる」「詩的生命を帯びたる」「詩」を語り得る。

ただし、では「真情」や「真骨頭より流露するの情感力」とは、実際にはどのようなものなのか、ということが当然ここで問題になってくる。与謝野晶子「君死にたまふこと勿れ」(『明星』明治三七・九)の評価をめぐって、角田剣南と大町桂月の間で交わされた議論はこの問題を端的に表している。二人の議論の焦点は「まことの心」とは何か、ということであった。「詩」が「情をありのまゝに歌ふ」という前提を両者は共有しながら、しかし「情」の中にも「公情」と「私情」とがあり、「詩」で歌うべき「まことの心」とは「公情」であると主張する桂月(「文芸時評」『太陽』明治三七・一二)に対して、剣南は「公私の別無」く、「理性を加へざりし刹那詠嘆の情を表白」したものこそが「まことの心」だと主張した(「理情の弁」『読売新聞』明治三七・一二・一二)。「真骨頭より流露するの情感力」を詩人に求めていた剣南が、ここで晶子の詩を「直情を披瀝して詩美を得たる」と弁護し、どのような感情も同一に認める姿勢を見せたことはある意味当然だと思われる。しかし、剣南はここで同時に「直情なる児女の情を歌ひたるを以て、直に思想の影響を思ふハ、また早計」と、晶子の詩に表れる「情」を「児女の情」と呼び〈男子〉の「情」と差異化した上で、「まことの心」として認めていた。つまり歌うべき「真骨頭より流露する」「まことの心」とは、無条件に全ての感情を等しく同一に指すものではなかったのである。[16]

そもそも、「詩」が「同胞を鼓舞し慰藉して人道を擁護し同情を流露」(「風頭語」前掲)し救う役割を期待されている以上、そうした役割を果たすべき言葉(「情」)が要請されるのは当然であり、「まことの心」として語られるべき言葉が制約を受けることになるのは不思議ではない。しかし、にもかかわらず「詩」が「刹那詠嘆の情を表白」したものとして強調されることで、そこで語られる言葉こそが何の制約も受けずに自然に生れた詩人の内部の声そのものであるかのような錯覚が生じる。つまり「同胞を鼓舞し慰藉して人道を擁護」するような「情」、すなわち「まことの心」こそが、先天的に皆が共通して抱えているものであるかのように錯覚され、語るべき「詩」の「情」として共有されていく。その時、詩の語り手が発する苦悶の言葉は、先述したような、理想的な世界へ向かうべく〈煩悶、格闘〉する詩人の言葉として意味づけられ、現実の状況もまた、向かうべき理想的な世界へ至るための〈煩悶、格闘〉の中での惨劇として美化され肯定されていく。

このようにして、期待される「詩」や詩人像が広く流通し、誰もが詩人となり得る状況が説かれる中で、詩を書くことへの欲求も高まっていったといえるだろう。次節では、「出廬」の掲載紙である『読売新聞』の投書欄「ハガキ集」の中での動きを見ることで、実際に詩を書くことへの欲求が高まっていった様子を確認していきたい。

三、高まる詩作への関心

周知の通り、この時期の『読売新聞』は文学好きの学生読者を中心にした特殊な新聞であった[17]。特にその投書欄である「ハガキ集」は、金子明雄が指摘しているように、投稿者や読者の懇親会を開くなど「奇妙な傾向を共有した周辺的な読者」で構成されるものの、「単に現実の読者集団を代表するばかりでなく、そこで展開される話題に多くの読者の関心を吸収し、その話題を理解、共有するための一定の読解コードを形成する力」を持っていた（「小栗風葉『青春』と明治三〇年代の小説受容の〈場〉――『読売新聞』

「ハガキ集」を中心に」『語文』平成一一・一二)。

時期を日露戦争前後に限って「ハガキ集」での詩に関する動きを見てみると、明治三六（一九〇三）年末頃より、徐々に詩らしきものが掲載されはじめ、明治三七（一九〇四）年には数多く見られるようになることがわかる。それまでは例えば、四季の情景や失恋の情を詠んだ「低吟」「微吟」和歌、新聞記事や連載中の作品を題材とした漢詩などが載せられていた。特に、久しくやめていたのに「即今の風雲ハ端なく不眠質なる生をして死灰再び燃えしむるに至」り「敢て小詩人の群れに入らむず大望なり」といって漢詩を披露した投稿記事（明三六・一一・九）があることなどからも、この時点では「即今の風雲」に刺激された「情」を語る適当な形式として漢詩が用いられていたことがわかる。

一方、詩に関しては明治三六年一月一日の『読売新聞』紙上で、募集した「大日本膨張の歌」の当選作を、古代の女性とおぼしき挿絵と行進曲の楽譜を添えて大々的に掲載し〈図5〉、話題も呼んでいる。しかし「新体詩」として掲げられているものの、ほとんど軍歌に近いこの詩は、「詩界の珍」（落々石仙「三十六年の評論界」『白百合』明三七・一）と不評であった。その後も「ハガキ集」では、例えば「近時新体詩とやら云ふ間の抜けた端唄《はうた》の如き歌作るもの漸く減少せしがアンナもの作るよりハ都々逸でも作る方が余程趣味情愛が有《あつ》て好い」（明治三六・一〇・五）という意見が出るなど明治三六年一一月頃までは、詩の創作は余り見ることができない。少なくともこの段階の「ハガキ集」では、漢詩や連句、和歌、狂歌の類が創作形式として主流であり、わずかに情景を描いた美文調の散文や新体詩のようなものが掲載されていた。

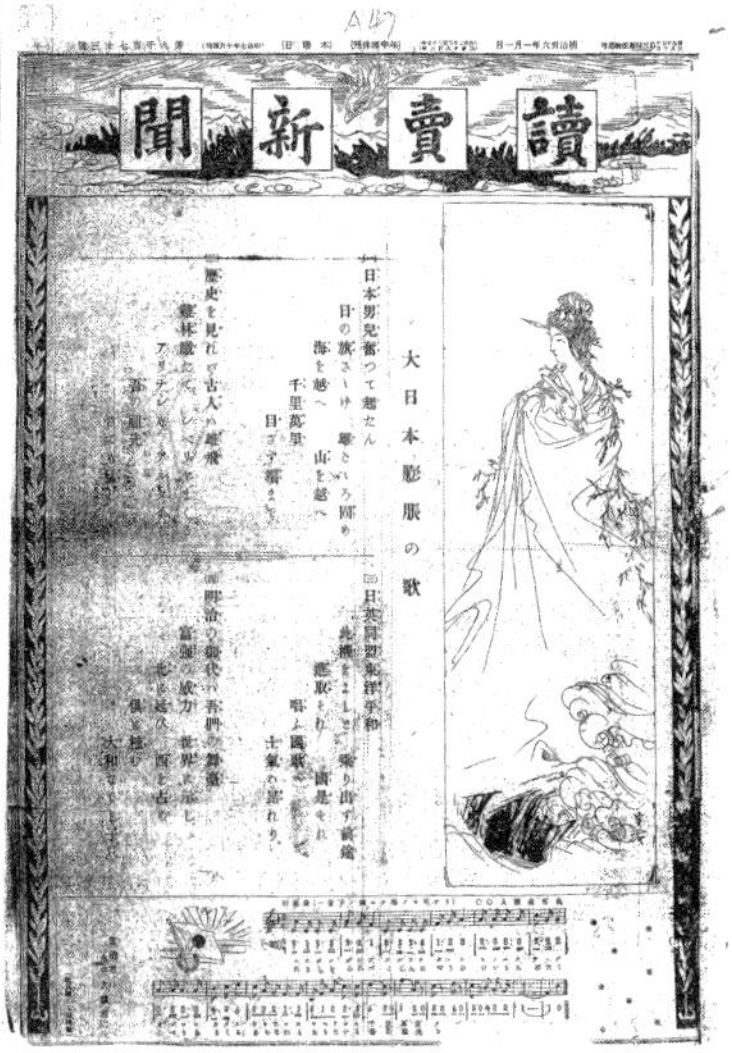

図5　「大日本膨張の歌」

しかし、詩の創作自体は僅かであるものの「詩」に対する関心は徐々に出てきていた。明治三六年一一月二二日の『読売新聞』「日曜附録」では、ゲーテのシャクンタラ劇を賞賛した詩の英訳、漢詩風の訳、さらには芳賀矢一や巌谷小波、大塚楠緒、上田万年等それぞれの和訳が紹介され、「気の付いた処ハ聞かせて貰ひたい、新作、無論歓迎する」という呼びかけで結ばれた記事（高楠順次郎「ゲーテ泣かせ」）が掲載される。そしてそれを受けて早速、翌々日の「ハガキ集」では、読者の新作が載せられ、その後もしばらく紙面を賑わしている。また一二月になると、東北の冬の「美」を「藤村氏がうたひし「常磐樹」の詩の如き」と喩え「青年詩人諸君、きたりて此佚宕《いつたう》たる美と壮大なる美とを歌へ」（明治三六・一二・一三）というように、詩で自分の身近なものを歌うことが求められはじめる。また、それとともに「あゝいかにせん此恋を／今はた何をか願ふらん」（明治三六・一二・一九）といった失恋の煩悶を歌ったもの、「人の世」を超越した自然を讃えた「天女の歌」などが詠まれはじめ、明治三七年になると詩が今まで以上に多く「ハガキ集」で掲載されるようになる。その内容も、先述した孤島や剣南のいう「人生永劫の影」を見出し「真骨頭を流露する情感力」によって歌う詩人を求める言説と呼応するかのような詩が目につき出す。例えば「いづれ死すべき身なれども、我凱旋を祈ります、／父母が面影忍びてハ、胸の思ひの迷ふ哉。／されど生くべき身にあらず、いさはやさらバ月影よ／あすこそ清き光りもて、我屍を照らせかし」（「露営の月」明治三七・二・一二）や、「銃《つゝ》の響剣の閃《ひらめき》今や収まりて野ハ寂寥々夕陽ハ西の森に入らんとす、〔…〕見よ草を染むる紅の血潮見よ玉の緒絶えし武夫《ものゝふ》の亡骸、胸のあたりにハ血汐滲める」（「詩題画題」明治三七・四・六）など、総じて「死」にまつわる感慨や寂寥感を詠んだものが多い。剣南が呼びかけたように、「同胞を鼓舞し慰藉して人道を擁護し同情を流露」するという内容のものがほとんどであった。

なお、「出盧」に関しての感想も「ハガキ集」では取り上げられている。「出盧」を読んだ感想としては、「あゝ我が心を癒す」「永久に我が福音たれ」（明治三七・四・二六）や「読みてぬばたまの闇の中を辿り行く身の前途に一閃の光明を得たり」（明治三七・四・一九）など、やはり前半部分を取り上げ、「詩人」が到達した理想的な「想」の世界を称えており、ここでも先述した同時代評と同じ様に享受されていたことがわかる。また「宇宙」を「戦場」に喩え、その戦いに「優勝」したものこそが「理想の天国に邁進する」ことができるとして「万物」の戦いを肯定する文なども見られ[18]、理想の世界に到るための〈格闘〉が、やはりこの場でも希求されていた。

そして、このように詩が自らの「まことの心」を語る表現形式として選択されていく中で、「新体詩欄」の創設を求める声も出てくる。特に、ここで注意したいのはこの「新体詩欄」創設にあたって、いち早く「ハガキ集」から独立した「川柳欄」の廃止が同時に求められたことである。この時、廃止の理由として「川柳ハ一時の快感を起すに止る恒久的の生命ハ美学上に認められず」（明治三七・一〇・一五）と「美学」なるものが持ち出され、川柳は否定された。もっともすぐに反発を呼び、結局「川柳欄」も残しながら、公募による詩を掲載する「新体詩欄」を創設することで落着する。しかし「ハガキ集」において「新体詩」が自立した一つの「場」を確保するためには、ここで書かれている詩が、川柳が持つような「遊び」の要素を一切排除した「恒久的の生命」を持ったもの、すなわち文芸時評などで語られていたような「人生永劫の影」を捉え「真骨頭より流露する」詩であることが明示される必要があったといえるだろう。したがってこうして創設された「新体詩欄」の枠に収められた詩は、今までのように「ハガキ集」の中で語られる雑多な言葉の中の一つとしてではなく、一つの「文学」的価値を持った「詩」としての位置づけを確保することになる。いわば同時代の「詩」をめぐる言説と呼応し、その枠組みを共有しながら、自らの「まことの心」を語るのに適した虚構の形式として「詩」は選択され、作詩への欲望も広がっていったのである。

四、「出廬」における「詩人」

このように同時代において、詩人の〈煩悶、格闘〉と、「国家」の〈煩悶、格闘〉である戦争が何の葛藤もなく結びつきながら、「詩」がそうした〈煩悶、格闘〉の中で感じられる「まことの心」を語り得るものとして広く書かれるようになっていたことを考えた時、中断を経て再開後の「出廬」（二十四〜

四十九〉で書かれた「詩人」の〈煩悶〉のあり方は特異なものであったと思われる。ここでは先述したように、現実を超越した理想的な廬（「詩」「想」の世界）の中に籠もっていた「詩人」が、戦争の勃発を知り、「劫運の風　吹くあした、／身を吹かれざる　人もなし」と廬の外の世界（「実」の世界）に出ることを考えつつも、「あらおろかなり、おろかなりけり。／われたゞ廬の　我が神の／玉の御声を　聞かんのみ」と思いとどまろうとするなど、どちらに身を置くべきか惑う胸中が、次のように「形」と「影」の問答形式が用いられながら綿々と語られている。(19)

形『おゝ此の我ハ　地《つち》の人、
「我ハ地の人、国の人、
国に事あり、国のため
我太刀執りて　立たんず」と
おもはぬことハ　あらねども、
我若しこゝを　立出でゝ
地の人とのみ　なりも果てなバ、
我ハ汝と　長く別れん。
おゝいとほしの　吾が友よ、
我ハ地より　生《な》り出でぬ。』

影『おゝいとほしの　我が友よ、
　我ハ天より　来れる身。』
　〔…〕
影形『互に悩む　我と汝と。』〈三十五〉

　ただし、「国に事あり、国のため／我太刀執りて　立たんず」や「国土の縁に　引かされて、／国に事ある　此の日頃、／果敢なき心　打震ひ、／ひとり悩むぞ　あはれなる！」と語っているように「詩人」は自らが「国土の縁」を引いていることは疑っていない。「愛国の念」を歌い「詩の神」を否定する若者を批難したものの、若者の後に訪れた「客」に「国に事ある　昨日此頃、／君の心のひとり　安きや」〈四十八〉と諭され、最終的に廬を出る決心をするなど「詩人」は一見、若者のあり方を認めたようにも見え、その限りではこのテクストも同時代の「詩」と同一の枠組みの中にあるといえる。しかし、「詩神ハ廬に、　いますばかりか、／天地いづくに　歌の御神の／おはさぬところ　そもやあるべき」〈四十九〉といって廬を出た「詩人」が向かう先は示されていない。これから「詩人」がどのような歌を歌うのかは、不明のままだ。「詩人」のいう「浮世」を歌うことが、若者がいう「愛国の念」を歌うことに直結するわけではない。

　むしろ、テクスト内で大きく取り上げられているのは、理想的な「想」の世界にいるあり方と、「現実」で「国のため」「我太刀執りて　立」つということが、果して一致し得るのか、という疑問であり、

「現実」から切り離され超越した理想的な「想」の世界などが存在し得るのか、ということを〈煩悶〉する「詩人」の姿であった。また、休載前と異なり、〔二十四〕以降では、船中の人の歌や子どもたちの歌、若者の歌、「客」の歌など盧の外の人びとの歌が披露される。また、それらを聴いた「詩人」自らの中での分裂が「形」と「影」の問答という形式を用いて詠まれたり、あるいは、若者や「客」と対話する様子が詠まれたりしていることには注意したい。「詩人」は他者との対話の中で、「想」と「実」との狭間に揺れ続けていたのである。これは個人の〈煩悶、格闘〉と国家の〈煩悶、格闘〉を同一線上に捉え、向かうべき理想的な「想」の世界と「国家」の向かうべき理想的な世界を何の葛藤もなく一致させていた同時代のあり方とは立場を異にしている。また現実を超越した「想」の世界を無前提に信じ、その過程としての〈煩悶〉それ自体に「美」を見出すような同時代に共有された視線も、このテクストには見ることはできない。その意味で、この詩で書かれた「詩人」の〈煩悶〉は、同時代の「詩」の枠組みからは逸脱するものであったといえる。

先述した通り、「出盧」は休載前の前半部分に関しての好意的な評価とはうらはらに、再開後、紙上に掲載されはじめても、特に取り上げられることがほとんどなくなる。その後、完結しすぐに単行本『心のあと　出盧』（明治三八・一、春陽堂）として出版されるが、その時は、「今の詩壇に革新の火を投げられたかの様[20]」や「全篇一つの霊火から出来上つて、読み去り読み来ればそこに何となしに熱があり、活気があり、生命がある[21]」という好評価もわずかに見られるが、「尻きれ蜻蛉に終はりたる[22]」や「情意の融合せる芸術の閫域に楽しむを得ずして冷刻なる理智の境に迷うて苦味酸味に眉をよする如き」という否定的な評価[23]などが散見されるにとどまり、もはやそこまで話題になっていない。

このように「出盧」で語られる「詩人」の〈煩悶〉は、日露戦争中の「詩」で求められた〈煩悶、格闘〉――否定されるべき「現実」の反措定として憧憬された理想的な「想」の世界へ至る過程のもの。それ自体に「美」的な価値を有しているもの。――とは異なっていた。同じく胸中を語るのに相応しい虚構の形式として詩を選択しながら、「出盧」は「まことの心」ならぬ、まさに「詩人」の「拙き心のあと」を語ったものだった。[24]したがって「出盧」前半掲載時における熱烈な歓迎ぶりと、後半における関心の低さという状況も納得できるだろう。

「出盧」というテクストと同時代の「詩」をめぐる言説との間に示された齟齬は、〈煩悶、格闘〉という言葉が一つの結び目となり、「国家」の〈煩悶、格闘〉と「詩人」の〈煩悶、格闘〉、ひいては「私」の〈煩悶、格闘〉が同一線上に縫い合わされ、戦争の正当性が補強されていく中で生じた綻びの一つであったといってよい。その意味でも、「出盧」は「珍とすべき[25]」テクストだったのである。

註

〔1〕 本章では新聞連載という形式に注目しているため「出盧」のテクストは『読売新聞』に掲載された初出を使用している。「出盧」は、大きく分けると明治三七年三月一四日から四月一七日〔一～二十三〕まで、六月七日から七月三日〔二十四～三十八〕まで、九月二〇日から一〇月四日〔三十九～四十一〕まで、一〇月三〇日から一一月一〇日〔四十二～四十七〕まで、一二月三〇、三一日〔四十八～四十九〕という形で

途中、休載をはさみつつ分断されて掲載された。なお初刊本の第一篇は初出の〔一〕から〔九〕の途中まで、第二篇は〔九〕の途中から〔二十二〕まで、第三篇は〔二十三〕から〔三十六〕まで、第四篇は〔三十七〕から〔四十九〕に相当するが、表現の異同が見られる。

「心のあと　はしがき」（前掲）で、露伴は「心のあと」とは、以前より折にふれて心に浮かんだことを節にしたものや戯歌等を一編、一章の題ごと別々に作っておいて入れておいた「袋」のことだと述べていた。これを受けて塩谷賛は、「心のあと」のまず第一のものとして露伴は「出廬」を出したのであって、長詩「心のあと」という作品は実は未完だと指摘している。（『幸田露伴（中）』昭和五二・三、中公文庫）

〔2〕大町桂月「近時文壇の偉観」（『太陽』明治三七・六）

〔3〕後藤宙外「始めて国詩に接す」（『新小説』明治三七・五）

〔4〕角田剣南「風頭語」（『読売新聞』明治三七・五・二二）

〔5〕「詩界小言」（『白百合』明治三七・七）

〔6〕「新刊批評」（『帝国文学』明治三八・三）

〔7〕先に挙げた以外でも、例えば「偉大にして真摯なる苦悶、深沈にして誠実なる懊悩、実に好個の詩題ならんとせんや。〔…〕真個の苦悶煩悩の代表者たらんには須く結跏坐経文を三誦して、歓心錬胆の苦業を経べきなり」（疑峯生「偶語録」『帝国文学』明治三五・六）などがあり、特に『帝国文学』の記事で散見できる。

〔8〕戸川秋骨「序文」（『透谷全集』明治三五・一〇、博文館）。なお、吉野臥城『新体詩研究』（明治四二・九、昭文堂）では、明治三五年版『透谷全集』は「詩集」として紹介されている。

〔9〕『新体詩抄』前後——明治の詩歌』（平成三・八、学藝書林）

〈10〉桜井天壇「何故に牧歌は出でざるか」（『帝国文学』明治三六・一二）
〈11〉齋藤野の人「理想の世理想の人」（『帝国文学』明治三七・四）
〈12〉橋本忠夫『詩人ハイネ』（明治三六・七、金港堂）
〈13〉齋藤野の人「最大の悲哀」（『帝国文学』明治三七・一）
〈14〉「光栄ある戦争（雑報）」（『帝国文学』明治三七・四）
〈15〉角田剣南「風頭語」（『読売新聞』明治三七・四・二四）
〈16〉この時期「女詩人」が特に求められていたことについては、中島美幸「日露戦争下の女性詩」（『日本近代文学』平成八・一〇）で詳しく論じられている。
〈17〉山本武利『近代日本の新聞読者層』（昭和五六・六、法政大学出版局）
〈18〉「大観すれバ宇宙ハ一大戦場に非ずや万物ハ装甲帯刀の戦士に非ずや其の能く優勝するものハ万歳歓呼の裏に向上主義の先鋒となり揚々として理想の天国に邁進するを得ん」（「ハガキ集」明治三七・八・二九）
〈19〉本庄あかね「幸田露伴『出廬』論」（『稿本近代文学』平成二四・一二）では、「形」と「影」の問答形式は、陶淵明の詩「形影神」を踏まえていることを指摘している。なお、本庄は「出廬」に「国家と個人とを切り離し個の自覚を深めていくという風潮の中、個我の文学へと収束していこうとする文壇の一つの方向性に対する露伴の独立した立場」を見ている。
〈20〉弔花生「『新浦島』と『心のあと』」（『文芸界』明治三八・三）
〈21〉姉崎嘲風「近時文壇の好作」（『時代思潮』明治三八・二）
〈22〉出羽の守「老衰文壇」（『時事新報　文芸週報』明四一・四・八）
〈23〉「新刊批評」（『帝国文学』明治三八・二）。この他、平出修「韻文と技巧」（『明星』明治三八・六）などでも本詩の技巧に関して否定的な発言がある。ただし技巧の稚拙さという点では、休載前の前編の部分についても、綱島梁川「詩界小言」（『白百合』明治三七・七）で指摘されていた。

〈24〉露伴は、この後、四行詩（一章四行から成る詩）を推奨し、一般応募者の作品を集めた『さわらび』（幸田露伴選、大島寶水編、明治三九・四、読売新聞社）も出版している。『さわらび』では、情景を詠んだ詩、草花を詠んだ詩、恋の詩、哲学的な詩、戦争の詩等、多岐にわたる内容の詩が収録されている。

〈25〉大日本国民中学会編『明治四十五年史』（大正一・一〇、東京国民書院）では「出廬」を取り上げ、「此は作者が小説に受ける人生哲学を韻文としてあらはししもの、その自在なる口語の使用を珍とすべきのみ也」としている。

第六章　「詩」の行方

――「天うつ浪」

続編の予告が出されたまま[1]、ついに書き継がれることがなかった幸田露伴「天うつ浪」（『読売新聞』明治三六・九・二一〜三八・五・三一）[2]は、後に腹案が紹介されたこと[3]などからも、未完のテクストと捉えることができる。そのため「「天うつ浪」論は、一つの限界を越えられない宿命にある。これが未完の、おそらく発端部だけで中絶された小説だからである」（『幸田露伴論考』平成一八・一〇、学術出版会）という登尾豊の発言に代表されるように、「天うつ浪」は従来より限界を抱えたテクストとみなされることが多い。

「天うつ浪」は、前半部（其一〜其百）（明治三六・九・二一〜三七・二・一〇）終了後、今後展開する物語が「媚《なま》かしき物語」となり、「国家有事」（日露戦争）の際に公表するのが好ましくないという理由で、前章で取り上げた「出廬」（明治三七・三・一四〜一二・三一）が代わりに連載された。[4] そして、戦争終結後、後半部（其百一〜其百五十七）（明治三七・一一・二六〜三八・五・三一）の連載が再開されるものの、未完となるという経緯がとられている。したがって、「天うつ浪」全体を一貫した一つのテクストとして解き明かすことは困難であるように思われる。

しかし、時代状況を意識した上で中断されたという経緯がとられているならばなおさら、同時代との関わりとともに、「天うつ浪」の前半部、「出廬」、後半部という三つのテクストが、どのような繋がりを有しているのかを問うことは重要であろう。特に、前半部の主人公ともいうべき水野が詩人であり、「天うつ浪」に代わって連載された「出廬」もまた、前章で論じたように、「詩人」を主人公とした新体詩であったことを考慮した時、同時代の「詩」をめぐる言説との関係は看過できない。

本章では、同時代の「詩」をめぐる言説と照らし合わせ、「天うつ浪」というテクストが抱える問題を検討していきたい。

一、詩人という位置

前半部の物語は、男四人の宴会の場面からはじまる。ここではまず軍人日方の言葉によって、彼らがもとは同郷の「貧乏同士」で、「志すところハ異《ちが》つても互に助け」あって、「世に立つて生き甲斐《がひ》のある身ともなれやう」〈其二〉と二荒山神社で信義を誓い合った過去が確認されるのだが、同時に「自己《おの》が勝手の女沙汰《をんなざた》」のために、朋友、羽勝のこの祝賀会に欠席した水野の行為が批判されている。

高山樗牛「美的生活を論ず」（『太陽』明治三四・八）をふまえる「本能主義」という語や、「有るかい？いよ〳〵、戦争《どんちやん》ハ」という日露戦争を示唆する言葉がテクスト内にあることから、物語の現在は執筆当時とほぼ同時期と推測できる。このような彼ら共有の「立身」を目指す「われわれ」という論理は、例えば当時の雑誌『成功』の言説などと同質のものであった。「中学校→高等学校→帝国大学→国家エリート（官界）」という立身出世コースが定型化された反面、そうした「正系」のコースに乗れない青年が増加した時代状況の中で、雑誌『成功』では全ての立志独立に志ある人を対象に、「正系」のコースに向かうための手引きをすると同時に、軍人や実業など別コースでの成功の道も示していた[5]。軍人となった日方、遠洋漁業の道に進んだ羽勝、相場師となりさらに実業家として一旗挙げようとする島木らは、こうした同時代の雑誌『成功』で提示されていた「成功」の論理を共通の基盤としているといえるだろう。

しかし、立身の方法がそれぞれ違うとはいえ、「身を立て」「出世」することこそを仲間たちが目的としていたのに対し、水野の大望とは「一生をかけて此《こ》の世の中に、たゞ一篇の詩を留《とゞ》め」ることであった。かつて日方に「大丈夫《だいぢやうふ》の身をもつて詩文の小技《せうぎ》に身を委《ゆだ》ねやうとハ何の事だ」と罵られた時、水野は次のように答えている。

百年千年にして一ト度《たび》出づる大詩人の、一代の人心《じんしん》を新《あらた》にして、万世《ばんせい》に天意の真を伝へんとする、〔…〕此の水野ハたとひ世に背《そむ》いても、世と争つても、屹度《きつと》血もある涙もある詩を作つて、聖代に生れ合はせた男児《をとこ》一人だけの、仕務《つとめ》ハ其《それ》で果《はた》すつもりだ〔其八十〕

このような水野の考えは、例えば「己が代表する国民の為」の「真実にして虚飾なき人生の説明者」（北村透谷「万物の声と詩人」『透谷集』明治二七・一〇、文学界雑誌社）として、詩人の有用性が既に説かれていたことを考慮すれば、不思議なものではない。しかし依然として「忌憚なく言へば国文学などより商業の如き実業的進歩的の学問に向ふ方後来の為宜しからむ」（「記者と読者」『成功』明治三六・一一）という見方は一般的であり、詩人は特異な存在であった。水野を「隠君子《いんくんし》」と呼び、「一同《みんな》ハ誰しも、身を立てる道に汲々として、随分骨を折つてそれ〳〵に、辛《から》く出世も仕《し》て来たに、彼《あ》の男ばかりハ澄《す》ましかへつて」〔其三〕いると捉える彼らには、こうした水野のあり方を理解することができない。

だが、水野自身は「羽勝君の会に出無《でな》かつたのハ、真誠《ほんと》に諸君に済《す》まなかつた」〔其十六〕と発言するなど、彼らをないがしろにした罪を感じており、詩人の特異性について顧みることはない。水野は仲間たちの論理を引き受けながら、「書に精神を潜めて、つく〴〵と読み入」り、詩を作ることを勉強の延長と捉え、成功を目指していたことがわかる。またテクスト内では、苦学の証とされる水野の雑記帳に、和書や漢籍、洋書の中の語、詩句、『万葉集』の和歌などが書き連ねられていることが明かされ、書物から得る水野の知識が多様なものであることが明示されている。しかし水野が重視する「智」というものが「理」という言葉でも代用されるように、理性に基づく認識方法によって、水野はそれらを把握しようとしていたことがわかる。したがって、水野の五十子への恋情および、その恋情ゆえの信仰への傾斜は、単なる仲間たちの「成功」の論理からの逸脱であるだけではなく、理性を重視する水野の今までの認識のあり方からの逸脱としても捉えられる。

二、読みかえられる『ツァラトゥストラ』

最初に水野が「愚か」と自覚し煩悶するのは、五十子の病が快復せず、神に「我知らず」祈った時であった。また「前表」を気にし、平生の「雄心《をごゝろ》持ちし我」と今の「恋の誠に洗はれ」た自分とを対比させるなど、水野は恋情の問題と信仰の問題を「智」では捉えられないものとして一括して問題化しており、この後、浅草寺で思わず観音を拝んだ時もまた同様に後悔し、煩悶していくことになる。

こうした観音信仰を嘲笑するのが「本能主義」という言葉を振りかざす書生たちである。[6] 語り手はこの書生の言葉を「ニイチェが真趣《おもむき》を実《まこと》に知れりや、それも覚束無《おぼつかな》げなる」〔其二十三〕と言い、『ツァラトゥストラ』を既に読んでいた水野も書生たちの態度には「傍《かたはら》痛く」思うなど、水野はここで書生たちよりも『ツァラトゥストラ』を深く知っている人間として描かれている。ただし、この時点では『ツァラトゥストラ』は、水野の「智」の枠内で抵触することなく組み込まれていたといえ、だからこそ『ツァラトゥストラ』の言葉は、その後、五十子の容態の悪化を前に「我にも我の解らぬ感想《おもひ》」に惑う水野の耳に聞こえてきた「観世音菩薩普門品」（以下「観音経」）の言葉と対立する形で聞こえてくる。先の浅草寺で一緒になった老人の声とともに「観音経」の言葉が聴こえてくるものの、すぐに水野に「記憶の現れ」として冷やかに聞き捨てられるのに対して、『ツァラトゥストラ』中の「神明《かみ》ハ殪《たふ》れたり」「仏陀《ほとけ》ハ死したり」という言葉は、「外に見聞《みきゝ》せずして内に如是《かく》見聞きせる」ものとして水野に捉えられている。しかもそれは「年齢ハ二十四五」で「恋に窶《やつ》れたる顔」の男を見つめる、猛鷲《あらわし》と大蛇を随えている男――ツァラトゥストラと同時に水野自身とも通じる風貌の男の幻(7)――の言葉として現れてくる。

菩薩の言葉、鷲の言葉、妙典の教《をしへ》、大蛇の教、我にいづれを取り那方《いづれ》を捨《す》つる力無し〔…〕神明《かみ》仏陀《ほとけ》を頼み奉りたき心地のするも、我が欺かぬ真情《まこと》なり、神明《かみ》仏陀《ほとけ》をも肯《うけが》はずして、智慧《ちゑ》の鋼鉄《はがね》の杖に頼《よ》つて此の戦闘《たゝかひ》の世に立たんとするも我が欺かぬ真情なり。〔其三十六〕

ここで示される、神仏を否定し、「智慧《ちゑ》の鋼鉄《はがね》の杖に頼《よ》つて此の戦闘《たゝかひ》の世に立たんとする」猛鷲と大蛇を随えている男とは、勉強しながら「万世に天意の真を伝へんとする」詩人を目指していた水野の、以前からの理想像ともとれる。しかし水野はそうしたかつての理想的なあり方を選ぼうとはしない。むしろ水野は二者の対立をどちらも「真情《まこと》」として捉え、その対立の様子を客観的に見つめるだけである。

このように『ツァラトゥストラ』は最初は「仏の教え」と対立する「智慧の鋼鉄」として水野には想

起されていた。だが、次に水野が葛藤する場面では逆に「智慧の光輝《ひかり》の及ばぬ隈」の側の言葉として、「幽怪神異の趣味《おもむき》」のある『ツァラトゥストラ』中の「幻《ヴイジヨン》と謎《リツドル》と」の章が引用されている。『ツァラトゥストラ』の言説が、例えば、先の書生たちのように本能主義を表すものや、仮の世界に入って楽しむような審美的な書、(8)あるいは「Ubermensch（引用者註／超人）」の理想という点で仏陀の観念とも相接する(9)など、当時、多様に解釈されていたことを考えれば、ここでの水野の『ツァラトゥストラ』理解自体は必ずしも特別なものではない。しかし注意すべきは、この言葉が水野にどのような形で想起されたかである。

狗の声を聞いたお濱は、幼少の頃も同じ狗が同じ声で鳴いていたのではないかと感じ、「万一《ひよつと》すると真実《ほんと》に前の世つてことが有るんぢや無いか知《し》らん」（其五十）と述べる。お濱の前世があるのではないかというこの言葉に接続させる形で、語り手は「実《げ》に思へバ人ハ或事にあへる時、か丶る事にハ往時《むかし》既に一度《ひとたび》逢ひたることのありしと、思はる丶やうなる心地の為《す》る事も無きにハあらぬなり」と解説し、『徒然草』の言葉(10)と結びつけていく。その後、水野の内言で、お濱の言葉は「幻と謎と」の中での、登山を邪魔する重力の精に対してツァラトゥストラが発した言葉と結びつけられていく。この部分は、「天うつ浪」自筆原稿（岩波書店所蔵）では、『徒然草』の言葉の横に“The what can run of things in that long lane out there, it must run once more!”という、直後に引用される「幻と謎と」中の一文が書かれた後、傍線で消されていた。修正前のように語り手の言葉の中で、『徒然草』の言葉と「幻と謎と」が並列されるのではなく、〈お濱の言葉→『徒然草』の言葉→水野が想起する「幻と謎と」の言葉〉という連想の過程が書かれ、特に水野の内言で「幻と謎と」の言葉が詳しく引用されるという形式に修正されたことによって、水野の認識の変容を見る上で、『ツァラトゥストラ』の解釈が重要であることが一層明白になっている。ここでは、お濱のような「何の思案も無き少女《こども》の言葉」が、自身が「智」の一部として読んでいた『ツァラトゥストラ』などの「考慮《かんがへ》に老いたる人の言葉」と同質なものであると知り、「真理《まこと》」が「智者」によって創られるのではなく「婦女童児《をんなこども》の胸にも浮」かぶのではないかという疑問を水野が持つ様子が描かれている。また前世の存在を妄信として切り捨てようとしながら、「幻と謎と」に書かれている言葉を思い出して無視できなくなるなど、[11] 今まで「智」の枠内で享受していたはずの『ツァラトゥストラ』の言葉によって、逆にその「智」の枠組み自体、すなわち理性に基づく認識のあり方自体が揺るがされていく様子が明示されている。しかも、水野はこの時、自身も狗の声を聞き、「忽然《こつぜん》として我が前《さき》の世に、我ハ猶《なほ》今の我の如く」いることをまざまざと実感し、「慄《ぞつ》然と情無く堪へがたき心地」〈其五十二〉を抱くなど、実際に「幻と謎と」の言葉を体験する中で、「智慧の光輝《ひかり》の及ばぬ隈《くま》」の認識を深めていく。

したがって次の水野の夢の場面〈其五十二〉は、『ツァラトゥストラ』を下地としながらも全く異なる世界へと変わっている。ツァラトゥストラが山へ登る途中、重力の精と対峙し自力で打ち克つのに対し、この夢では水野も上昇しようと重力の精と格闘するものの、途中、五十子を助けようとしたその瞬間、奈落の底に沈みそうになり「南無」と叫ぼうとして羽勝に助けられるという形に変形されている。「超人」を目指す『ツァラトゥストラ』のテクストが、「観音経」の「施無畏」の世界へと読みかえられているといえよう。この夢の中で『ツァラトゥストラ』と「観音経」という二つのテクストを同時に体験することで、水野は今度は「観音経」の教えも受け入れていくことになる。この後、水野は老人に導かれ、再び浅草寺に行き葛藤するものの、いつしか我を忘れ、突如「今まで知らざりし慰安《やすらかさ》を得て」「神の子」「仏の子」という悦びを得るなど、急速に神仏の信仰へ傾斜していく。

三、〈煩悶、格闘〉する詩人

五十子の快復を水野自身が「眼のあたりに利生を仰ぎ得」（其九十五）たと捉えていることなどから、前半部の物語の構成は〈発心〉〈観音との交感〉〈祈願の成就〉という、いわば観音霊験譚[12]の話型が下地となっている。例えば「一度あることハ二度あり」と語り手に解説されているように、水野が医師の家から偶然、浅草寺に寄る行為が「同じ暁《あした》」「同じ時刻《ころあひ》」で反復され（其五十七）、また先述の通り、水野の夢が信仰への傾斜を暗示しているなど、前半部では「予感や夢を伏線とする方法」（登尾前掲書）が用いられながら、大きな星が流れるのを見ては「前表」と捉え、理性では捉えきれない領域を顕在化させていく、詩人水野の〈信仰をめぐる物語〉が展開していることがわかる。

しかし、にもかかわらず水野の信仰の物語が単なる観音霊験譚に収まらないのは、先に見たような形で『ツァラトゥストラ』を引用しながら、水野の「智」と信仰の葛藤の過程が前景化されているからに他ならない。水野が一心に祈念する様について、語り手は次のように述べている。

水野が胸中の消息ハ水野ばかりぞ知る、傍観《わきめ》より云へバたゞ是恰《これあたか》も神文密呪《しんもんみつじゅ》の妖しき道に因つて縛心鎖意《ファッシネート》されたる人の如く、今までの水野某《なにがし》はいづくへやら消えて、全く愚痴文盲の爺婆のやうになり、一心に御仏《みほとけ》を頼み奉れるさまの、男児《をとこ》らしからず憫然《あはれ》にのみ見えたり。〔…〕神の御心《みこゝろ》即ち意義なり、仏の御心即ち意義なり、化醇《くわじゅん》の大法《おきて》ハこゝにあるなり、〔…〕我ハ此の温暖《あたゝか》き意義の中《うち》より生れたる子なり、神の子なり仏の子なり正真《まこと》の子なり、我と神仏《かみほとけ》とハ血の相通へるなり、と如是《かく》思ふ時おのづと悦ばしからバ、水野ハ今まさに此の悦びをおぼえたるなるべし。〔其六十二〕

語り手は、水野の様子を「愚痴文盲の爺婆のやう」「男児らしからず憫然《あはれ》」と捉える「傍観《わきめ》」に対して、「水野が胸中の消息ハ水野ばかりぞ知る」として斥け、「傍観」と水野との差異を明示する。その上で、「天地と歳月との存在」に意義を見出した水野の信仰を肯定的に説明している。このようにテクスト内では水野の信仰のあり方は、「愚痴文盲の爺婆」たちの信仰とは異なるものとして語られており、その構造はむしろ同時代の「詩」をめぐる言説と共通するものであった。

実際、『読売新聞』の読者投書欄「ハガキ集」で「徒《いたづら》に科学的呼ばゝりする哲学宗教倫理書抔《など》を読むより天うつ浪を熟読翫味する方が遥に多くの慰安と光明とが得らるゝ」（明治三七・一二・二四）という発言があるように、「天うつ浪」というテクストは、同時代の哲学書等と同質の内容として読まれていたことがわかる。しかも姉崎嘲風『復活の曙光』（明治三七・一、有朋館）の「道徳と宗教」の冒頭では、

「天うつ浪」の先の引用の一部分と、ドイツの神秘主義者ヤコブ・ベーメの「父なる神」と「子」が同根であることを説いた*Aurora*の一節とが併載されている。[13] ここで嘲風は、「詩」や「宗教」「道徳」とは、「各独立の我れ」が「一つ根底の大我から出て居る」ために生じる精神交通の表れであるという説明を補完する形で「天うつ浪」のテクストを引用している。また、嘲風は人間が精神内に具えている「現象的」存在と「実体的」存在を深く意識し、二者の背反を融和させる存在を、詩人と呼んでおり、背反を融和させるための煩悶と健闘を遂げた存在としてキリストや仏陀を高く評価していた（「宗教と人生」『復活の曙光』[14]）。その意味で、宗教家と詩人は同一とみなされる。詩人にこのような期待を抱く嘲風の思想が、「あらゆる幽玄の思想を排斥しようとする」現在の浮薄な科学万能主義や物質文明への反措定として、「人生宇宙の深義に達せしめ」る芸術（「人生と科学」「科学と芸術」『復活の曙光』）を期待したものであったことはいうまでもない。

このように〈煩悶、格闘〉を経て「大我」「神」などの超越的な存在と交通し、科学万能主義の現実を救う存在として詩人を期待する言説は、前章でも確認した通り、齋藤野の人や綱島梁川の言説をはじめ他にも多数見られ、この時期共有されていた認識であった。

したがって、理性と理性で合理化できない領域の二者の間で〈煩悶、格闘〉した後、精神交通を経て信仰の境地へ至るという過程を経る水野の煩悶のあり方は、同時期に求められていた詩人のそれとも一面では通じるといえる。が、しかし同時にそれらとは大きな違いも有していた。なぜなら「天うつ浪」における水野の煩悶の語られ方は、実体験に基づいたお濱の感慨と、「観音経」や、自らが「智」の一部として享受していた『ツァラトゥストラ』の言葉とが接続しながら、水野自身もテクストを実際に体験していく中で自らの認識のあり方が疑われ、「智」（「理」）と信仰という対立自体が壊されていく過程が具体的に明示された上で、語り手によって「水野が胸中の消息ハ水野ばかりぞ知る」「水野ハ今まさに此の悦びをおぼえたるなるべし」と意味づけられているからだ。語り手は、水野の信仰をあくまでも水野が得た悦びと語り、決してその境地を誰にでも当てはまるような普遍的な真理として語ろうとしてはいない。

それに対して、嘲風や梁川、野の人などの言説では、〈煩悶、格闘〉の中で起こる「悲哀」や「苦悶」が強調され、[15]「智」の内実が具体的に問われないまま、理性と理性では捉えきれない領域との対立構図の中で、合理化できない領域が憧憬されていた。そして「芸術」や「宗教」など様々な形で顕現される、現実を超越した理想的な世界は、〈煩悶、格闘〉の末に到達できる、共有されるべき普遍的な真理として自明視されているのである。そのため、嘲風たちの〈煩悶、格闘〉する詩人が、「人」や「国家」を代表する象徴としても語られ、特に日露戦争中には新しい思想、新しい観念が是認されるような理想的な世界の実現に向かって、ロシアと戦い〈煩悶、格闘〉する日本ともアナロジカルに結びつけられていったことは前章で述べた通りである。[16]「詩」は、戦争という〈煩悶、格闘〉の最中にあって、誰もが感じ得る同胞を鼓舞し慰藉するような「まことの心」を歌ったものとして期待され、[17]この時期、多く書かれていた。

こうした時代状況の中で、先述したように、露伴は日露戦争中、「天うつ浪」に代えて「出廬」を連載した。前章で論じた通り、「出廬」では、現実から隔絶された場自体が存在するのか、また国家の〈煩悶、格闘〉としての戦争と「詩人」自身の身の処し方の問題がどのように結びつくのか、ということが検討されていたことを思い出したい。狗の声を聞き、前世も「猶今の我の如く」あることを実感した「天うつ浪」の水野の体験も、詩人一般の〈煩悶、格闘〉として、ましてや国家の〈煩悶、格闘〉として決して形象化し得ないものであるのは明白である。つまり「出廬」で示された、現実から超越した場自体が存在するのかどうかといったことを問い直す「詩人」のあり方は、「天うつ浪」の〈水野の信仰をめぐる物語〉で示された、同時代の「詩」をめぐる言説との差異を受け継いで展開されたものであったといえる。ただし周囲の状況を全て自らの「智」と信仰の問題へと収斂させ、信仰を獲得した後は浅草寺に通うだけで、辞職させられても自らの生計に無頓着のまま社会や周囲の人間と積極的に関わろうとはしない水野と異なり、他者との対話を経て廬の外へ向かう「出廬」の「詩人」には、社会との関わりの中で、すなわち、「想」と「実」が混在する中で、「詩」を見出そうとする姿を見てとることができる。

日露戦争終結頃には、梁川は自らの「見神体験」を経て得た「神子の自覚」（「予が見神の実験」『新人』明治三八・七）を再三語り、自らを神格化していく。また嘲風も『美の宗教』（明治四〇・五、博文館）などで、仏教、キリスト教、芸術と「心霊」との関わりを詳細に説明するなど、「超絶したる或物を把拄せんとする熱烈の情念」（鼎浦「現代の神秘趣味」『帝国文学』明治三八・一二）が高らかに謳われる傾向が強まり、「神秘趣味」なるものが一つの風潮となっていた。こうした神秘趣味が流行する中で、露伴は「見神」

について次のように発言している。

ハ、ア、見神と云ふ事がそれ程世間の問題になつて居《を》ますかな。〔…〕個人にしましても右と左はあるもので、社会に右と左とあるのは当然の事と思ひます。一方に物質的の議論が熾《さかん》なれば、また一方に精神的の議論が起らねばならぬので、先づ近い例が迷信とは云ふもの丶神仏を信仰する者に、余り世間知らずの坊ちやま育ちはないやうです。〔…〕昔から信仰の上から神を見たとか、仏を見たとか云ふ例は多いので、これは自分にのみ見えて、人には見えないのだから、何とも云はれない、（記者、談話筆記「排万能主義と見神説」『文芸倶楽部』明治三九・三）

ここで露伴は、「見神」を「物質的の議論」の反動としての「精神的の議論」とみなし、〈社会の右と左〉として冷静に捉えている。また「見神」自体は否定していないが、しかし、それは「自分にのみ見え」るもの、つまり、個人に固有の体験であることをこの後も強調しており、そうした体験を普遍的な真理として決して称揚しようとはしない。ここに露伴と、日露戦争期の「詩」をめぐる言説や、その後の神秘趣味との立場の違いを見ることができる。

では、このような状況の中で書き継がれた後半部は〈水野の信仰をめぐる物語〉とどのように繋がっていたのだろうか。

四、書き継がれた物語

前半部を〈水野の信仰をめぐる物語〉として捉えた時、おそらくお龍はその物語の枠内ではほとんど機能していないといえる。もちろん、お龍と水野が出会うのが、水野が既に信仰の境地に至った後であることを考えれば、〈水野の信仰をめぐる物語〉の中で、お龍が影響力を持ち得ないのも当然だろう。しかし、お龍は物語のかなり早い段階（其三十七）から登場し、水野が信仰に傾斜していく過程と、お龍の過去の物語は平行して語られている。つまり、お龍の物語は〈水野の信仰をめぐる物語〉とは異なる位相にあって並列されていたのであり、後半部では、この異なる位相にあった、もう一つの物語、すなわち、お龍をめぐる物語が展開していくのであるが、しかしその時、重要な役割を果しているのが、お形である。

語り手は、お形を「外妾《めかけ》にハ過ぎぬ」と言いながら、「正室《つま》たるを得ざるが故に身を日陰者の其位《それ》に安《やす》んぜるにハあらず」と説明し、妻になることを拒んだ理由として「気楽にして斯様《かう》して居る方がマア宜《よ》さゝうですから」というお形の言葉を挙げる。しかし同時に「如何なる意《こゝろ》にて之を辞《いな》みしか知らず」と、お形に何かしら別の意味、「真意」があるかのようにも語るのである。同時に、お形の家の造りや衣服に対するお形の拘りなどが説明され、そこからお形の「良《い》いもの好き」「粗悪《いや》なもの嫌ひ」の趣きが推測されたり、「胸の中のさまを鮮やかに他人《ひと》に読めるやうにハ面《かほ》に出さぬ」お形の「口の辺《あたり》に見ゆるか見えぬほどの誇りの笑《わらひ》」などの微細な表情から「心楽しきなるべし」といった心情が推測されたりしている。さらに、お龍に寄り添う視点で「両眼をやゝ寄せて上眼《うはめ》づかひしたる」一瞬の様子が見出され、心の悶えが読み取られるなど、明確にされない、お形の真意を見出そうとする語りが多くなされている。

　このような語りが、積極的に心情が語られる水野やお龍、また「田舎気の正直三昧」などのように性質が説明される他の登場人物に対するものと大きく異なっているのはいうまでもない。また、前半部では、登場人物の過去が語られ、その過去を通じて、水野の視点に寄り添う形で、人物が解釈されていくという形式がとられていた。例えば、男に裏切られたというお龍の過去から、水野はお龍を「不幸福《ふしあはせ》の物語を有せる悲しき薄命の婦人」と解釈しているし（其九十七）、高利貸のお澤の鬼々しさも、娘婿の裏切りという過去を根拠に納得している（其三十二）。つまり、ここでは現在を過去との因果関係で説明するという認識方法がとられており、「過去―現在―未来」という単線的な時間認識に拠っていることがわかる。しかし、こうした前半部の語りに対して、後半部では、お形の過去が不明なままストーリーが展開していく。特にお龍が白鷺の絵の幻想を見る場面（其百三十七～百四十）では、〈お形の真意をめぐる物語〉の異質さが際立っている。

　お形の家で、ふと見た絵の中の白鷺が近づいてくるように、お龍は感じ「慄然《ぞつ》と」するのだが、いつもは何とも思わなかった白鷺の絵のこの幻想は、お形に引き取られ「次第々々に自由を奪はれ奪はるゝが如く」覚えていた、お龍のお形への違和とみてよい。

お龍はこの違和の中で、かつて、お彤に「此《こ》りやあお前の書いた絵ぢやあ無いか」といわれ、「気味の悪さに吃驚《びつくり》し」たという「古き記憶《おぼえ》」を突如、思い出す。自分とは全く無関係であるはずの絵が、「お前が書いた」と断定され、今そこに存在しているという「事実」は、自分にとって未知の過去であり、自分の知らない自分が存在する可能性があることを示している。もっともこれはすぐに、お彤の「戯談《じやうだん》」であることが明かされていたのだが、しかし、その時お龍が感じた気味の悪さは、白鷺の絵の幻想を見て、慄然とした時にも生々しく甦ってきている。お龍は、こうした違和感の中で、「又新規に男を有《も》つもの」というお彤の自分への解釈と、男に裏切られ「女の廃《す》たつて仕舞《しま》つた斯様《こん》な身の上」では水野のことを「何様《どう》の斯様《かう》のと思」わないという「真実《ほんたう》の妾の心持」との齟齬を嘆くのだが、この「真実の妾の心持」とは、先述した「不幸福の物語を有せる悲しき薄命の婦人」という過去を根拠とした水野の解釈と同様のものであることがわかる。しかし、先の白鷺の絵の「古き記憶」は、そうした「不幸福の物語」として回収されない出来事として、今、お龍に到来したのであり、そこで感じた「気味の悪さ」は、現在を過去との因果的な関係で説明することでは解消し得ない。言い換えれば、この「古き記憶」は、「不幸福」な過去に基づいて現在を解釈する、お龍の認識のあり方、ひいては水野の他者に対する認識のあり方に亀裂を生じさせているといえよう。

したがって、「真実の妾の心持」を語るお龍の言葉は空転している。お龍は水野のことを「何様の斯様のと思つて居」ない、というが、しかし「気の毒なと思つて居るばかり」「嫌ひでハ無いけれども」「好いてハ居るけれども」と、結局、水野への恋心を告白していくことになる。しかも、この告白は実は前半部の最後で水野が、お龍に「欣《よろこ》びて貰《もら》ひた」いと思い、五十子の快復を伝えたのに対し、お龍の様子は「安からぬ心地の窃《ひそか》に為《す》れバにや」〈其九十八〉と、語り手に推測されていたように、テクスト内で既に示されていた水野との食い違いを語ったに過ぎないのである。ここでは水野の認識するお龍とは異なる〈お龍〉が提示され、前半部で十分語られることがなかった、お龍の物語が補完されている。

　お龍は、この後「自分に比べて姉さんの往時《むかし》をおもふと、あゝ何と無く朦朧《ぼんやり》と解《わか》るやうな気がする」〈其百四十〉と、お彤の過去に自分と同様のものを類推し、お彤の真意を理解しようとするのだが、しかし、お龍の前には白鷺の絵の「爾《なんぢ》我が心を知れりや、我ハ謎なり、と云はぬばかりに黙々たり寂々たり」〈其百四十〉という空間が広がるだけで、過去から「真意」を探り出そうとする視線はやはり遮断されていく。

　このように、お彤の真意は解き明かせない謎として残され、お龍の違和感も解消されないまま、テクストは中断したまま終わる。もっとも、この後、島木に寄り添う語りの中で、自分を罠にはめた男に復讐した過去が明かされ、「白蝙蝠《しろかうもり》」と表象されるお彤も、過去を根拠に内面が解釈されていくかのようにみえるのだが、しかし「一寸《ちよいと》実際《ほんと》ぢやあ無さゝうな気がする」〈其百五十二〉と、解釈は留保されたままテクストが途絶えている。[18]〈お彤の真意をめぐる物語〉は、過去と人物の内面とを結びつけるような認識のあり方を拒否したまま、むしろお龍および水野とお彤との齟齬を浮き彫りにして終わる。

　前半部において観音霊験譚を下地にした〈水野の信仰をめぐる物語〉は、理性によって全てを統括するような認識方法を相対化する物語として、また、同時代に共有されていた〈煩悶、格闘〉する詩人像をも相対化する可能性を有した物語として存在していた。しかし「幻と謎と」と同様の体験をし、「過去─現在─未来」という時間認識に集約されない時間があることを悟りながら、一方で他者を認識する際には単線的な時間認識に基づき、過去を根拠に相手の内面を安易に想定していくなど他者とのコミュニケーションを欠いたまま、閉塞していく水野のあり方も、水野とお龍との食い違いを語る語り手によって前半部の最後でわずかに示されている。

したがって「出廬」執筆後に書かれた後半部では、そうした水野の閉塞したあり方と異なる立場を提示する物語として、他者と自己との関わりを示した〈お彤の真意をめぐる物語〉が書き継がれたといえる。結果的に前半部と後半部がどう結びつくのかはわからないまま投げ出され、一見不均衡な形となっているが、しかし、テクスト内では、〈水野の信仰をめぐる物語〉の可能性が示される一方で、同時に、〈お彤の真意をめぐる物語〉が書き込まれたことにより、社会や他者との葛藤の中で「詩」を語る場を見出す方向性も示されていたと捉えることができるだろう。

「詩」をめぐる言説が、ともすると「不可知論」に陥り、あるいは「宗教」「芸術」「霊」といった空虚な言葉だけを氾濫させていく中で、〈社会の右と左〉(「排万能主義と見神説」前掲)を見極め、そこにふみとどまること──「天うつ浪」では、同時代の「詩」をめぐる問題を共有しながら、そうした〈社会の右と左〉の構図自体を問い直し、むしろ両者が混在する、そのせめぎ合いの中にこそ「詩」の境地を見出そうとする語りが試みられている。

註

〔1〕『天うつ浪（第三）』（明治四〇・一、春陽堂）に、第四の近刊予告がある。

〔2〕前章と同様、新聞連載の状況が重要と考えるので「天うつ浪」のテクストは初出に拠った。ただし、誤字等については適宜、初刊や全集と照合し校訂をした。

〔3〕柳田泉によって、この後、水野が殺人を犯し、羽勝の船で国外に逃れ、無人島での漂流生活をするという展開が予定されていたことが指摘されている。（「露伴談叢抄」『国語と国文学』昭和九・八）

〔4〕「「天うつ浪」の是より描写せんとする一大段ハ、彼の「お龍」といへる一婦人の上に渉りて、比較的に脂粉の気甚だ多き文字を為さゞるべからざるところに臨み居り候。〔…〕某甲《なにがし》ハ一昨日婚礼を済ましたるばかりの妻を後にして召集せられ、某乙《くれがし》ハ老いたる母と幼き児とを親戚に托して軍に従へりといふやうなる態の世の中に、此を見そなはせ、此の物語を見たまへや、と日々に新聞紙上にて示さん事ハ、予の聊か以て好ましとする能はざるところに候」（「「天うつ浪」愛読者諸君に」『読売新聞』明三七・三・一）

〔5〕雨田英一「近代日本の青年と「成功」・学歴——雑誌『成功』の「記者と読者」欄の世界」（『学習院大学文学部研究年報』平成一・三）

〔6〕長沼光彦「「天うつ浪」と「ツァラトゥストラ」」（『日本近代文学』平成九・一〇）では、「美的生活論争」をふまえたニーチェ主義の言説とテクストの前半部を比較分析し、「「ツァラトゥストラ」との間に生産的な対話的関係を築こうとした同時代でも希な例」として「天うつ浪」の可能性を見るという興味深い指摘がされている。ただしテクストにおける『ツァラトゥストラ』の重要性を見る点では、本書も同意見だが、当時の『ツァラトゥストラ』及びニーチェ受容の問題を考えた時、必ずしも「美的生活論争」のコンテクストに集約できるものではないといえる。この他、ニーチェ受容については、井田卓「『天うつ浪』ノート」

（『ニーチェとその周辺』昭和四七・五、朝日出版社）や鈴木修一「『天うつ浪』のなかのニーチェ」（『人文研究』平成一三・一二）等の指摘もあるが、本書では、同時代の「詩」をめぐる言説との関係の中でテクスト内の『ツァラトゥストラ』の機能を見ることに主眼を置いており、その点で立場を異にする。

〔7〕既に長沼前掲論文で「鷲と蛇がツァラトゥストラ山中生活での伴侶である」ことは指摘されているが、『ツァラトゥストラ』ではツァラトゥストラが四〇歳前後で、しかも「恋に窶れた」という記述もないので、ここではツァラトゥストラを表す幻と同時に、二四歳と設定され、五十子への恋情に悩む水野とも重ねられる幻だと捉えたい。

〔8〕島村抱月「思想問題」（『新小説』明治三六・二）

〔9〕無署名「ニーチェ思想の輸入と仏教」（『太陽』明治三一・三）

〔10〕「只今人のいふことも、目に見ゆるものも、我が心のうちも、かゝることの何時ぞや有りしかとおぼえて、いつとハ思ひ出でねども、まさしくありし心地のする」（其五十）。「天うつ浪」の自筆原稿の閲覧に際して、岩波書店に便宜を図って頂いた。心より御礼申し上げます。

〔11〕「さハあれど、「爾見よ。此の「刹那」を。「刹那」の此の関より彼方にハ涯無き路の長路ぞ遥に亘れるなる。〔…〕」とありしも思ひ出されて」（其五十一）

〔12〕「観音」が、その名を称え念じれば衆生を救済する（坂本幸男解説『法華経（下）』昭和四二・一二、岩波文庫）とされるように、例えば『今昔物語集』巻一六などの観音霊験譚では現世利益を求めたものが多いがそのほとんどが祈念することによって救われている。

〔13〕*Aurora* の引用は以下の通りである。"...der Sohn ist das Herz in dem Vater, das aus allen Kräften des Vaters immer geboren wird, und des Vaters Kräfte wieder erleuchtet. ...Er ist ewig in dem Vater, und der Vater gebäret ihn von Ewigkeit zu Ewigkeit immerdar, und ist der Vater und der Sohn Ein Gott, gleiches Wesen in Kraft und Allmachat."なお、「天うつ浪」の引用は多少、表現が変えられている。

〈14〉「彼等（引用者註／仏陀とキリスト）の一生は、人としては吾等人間と同じ肉体を有し、同じ煩悶と健闘とを遂げた、それ故に吾等は此の人に同情し、此の人を尊敬することに依て、人たる吾等の生命に大なる力を与へられる。〔…〕神人の一生に現はれた「人の子」「人天師」の煩ひ、悩み、戦ひ、勇気等の深刻なる題目は最もよく芸術によつて吾等に伝へられ、吾等を感動する力を持ておる」（姉崎嘲風「宗教と人生」前掲書）

〈15〉例えば「歴史と科学と過去の屈従と因果は、げに吾人の最大苦痛なり。／吾人は此の如き苦痛に反抗す。作為により冥想によりて、此の如き苦痛と煩悶を離脱せむは、これ実に吾人の存在の意義なり。あゝもし夫れ吾人にして、神秘を離れ、夢幻を離れ、憧憬を棄てゝ永しへに人類発展の命運を辿り以て実在の世界に執着せざるべからずむば、吾等は寧ろ慟哭して憤死せむのみ」（齋藤野の人「最大の悲哀」『帝国文学』明三七・一）など。

〈16〉姉崎嘲風は「戦へ、大に戦へ」（『太陽』明治三七・一）で「一に自己人格の信頼に基いた者は公闘である征戦である、〔…〕美術、文学、思想、信仰何れの方面に於ても吾等の自信のある限り、力の及ばざる所までも大に戦て戦て戦死しなければならぬ」と発言している。なお、深澤英隆は「戦争行為を含む行為の主体の様相と、個と相互媒介する国家とが、どのような場合に正当化されうるか、それは宗教の問題とどう関わってくるか、ということが、姉崎の主たる関心事となる」と指摘している（「姉崎正治と近代の「宗教問題」――姉崎の宗教理論とそのコンテクスト」磯前順一、深澤英隆編『近代日本における知識人と宗教――姉崎正治の軌跡』平成一四・三、東京堂出版）。日露戦争に関して、梁川は特に発言をしていないが、しかし「神に打出して泣く」ことを「勇士の態度」と比喩するなど（「悲哀の高調」『文芸界』明三五・五）、共通の構図を有している。

（17）角田剣南「風頭語」（『読売新聞』明治三七・二・一四）。前章参照。

（18）例えば、初刊本（『天うつ浪（第一～第三）』明治三九・一～明治四〇・一、春陽堂）で、この島木の話（其百四十一～其百五十七）が削られ、『明治大正文学全集』（昭和三・一、春陽堂）が刊行されるまで掲載されることがなかったことからも、現行テクストの中でお彤の過去については、そこまで重きを置かれていないことが推測できるだろう。

第三部　「幻」をめぐる談《はな》し

第七章　「移動」と「境界」

——「観画談」

「観画談」が発表された大正一四（一九二五）年七月の雑誌『改造』には、奇しくも「幽寂の世界」と題する小見出しのもと、正宗白鳥、野口米次郎、小川未明、森田恒友、島木赤彦らの文章が掲載されている。

私は稀れにしか、寺院へは行かないが、たま〳〵葬式のあつた時分など、寺の境内に入つて、真に、幽寂を一幅の絵として見るやうに感得するのであります。〔…〕しかし、この東洋特有の冥想的な幽寂の妙域は、旧文化の発祥地として、永久に、彼の樹間を彩る夕焼の如く、時に、憧憬となつて、私達の血脈に流れるのでした。（小川未明「幽寂感から、沈黙へ」）

例えば、未明のこの文章では「近代の機械文明から構成せられた大都会の生活」から切り離された「自然」と調和する、「東洋特有の瞑想的」な世界として寺院が発見されている。このようにここに掲載された文章はみな、山上の湖水（白鳥「幽寂の境に触れた時」）、日本座敷や禅寺（野口「幽寂の世界」）、山の湖や野の村（森田「山の湖、野の村」）、渓谷（島木「幽寂境」）等の場で各自が体験したイメージが語られているのだが、それらはある種の共通した構造を抱えていた。すなわち「幽寂の世界」とは、「自然」との一体感が感じられる場で、同時に李白の詩（島木）や芭蕉の句（野口、森田）、東洋画（島木）などのイメージと重なる「東洋特有」のユートピアとして描出されており、しばしば、長い間外国生活を送っていた人物の視線（野口）や、ラフカディオ・ハーンなどの異国情緒を愛好する眼差し（未明）を借りて憧憬されているといえる。

「幽寂」という語が元来、漢詩文などで使われる熟語であることを考えると、ここでイメージされる世界が類似した構造を持つのは当然の結果でもあるのだが、逆にいえば、そのような共有されるべき「幽寂」なる世界が、なぜこの時期に憧憬されたのかということは、同時期の「支那趣味」の問題とも関わる重要な問題であると思われる。

第一次世界大戦後、パリ講和会議における山東返還問題、ワシントン会議での軍縮問題と極東問題など欧米列強と日本間の中国をめぐる利権争い、また中国国内の政権抗争や、五四運動に代表される排日運動など、中国に関する問題は前景化されていた。その中で大正一三（一九二四）年一一月、『改造』は同誌として初めての座談会を「対支国策討議」のテーマで催している。[1]そこで交わされた議論では「教育、文化的の事をやるのは宜いが、さうでないことをやるのはいけない」というように「支那」の動乱に対して政治的に日本は不干渉を取るべきことがほぼ同一に主張されるが、その時、堀江帰一は、維新を経て既に資本主義が確立した列強の一国である日本に対して、「支那人」は保守的観念が強く「現状に甘んずるといふ所は強い」と発言している。また福田徳三は、「自分の国に於ける例を以て支那に望むと云ふことは無理ではないか」と語るなど、いわば優越的に「支那」を見つめていた。

しかしこのような西洋化という基準のもとで作られた日本と「支那」の上下関係は、同時に「近代日本という自国の文化に対するかすかな嫌悪感と、日本よりもはるかに長い、長い歴史を持つ中国という他国の文化に対する過剰な思い入れとが複雑に入りくみ、「西欧文明にやみくもにとらわれていない、イノセントなユートピア」（川本三郎『大正幻影』平成二・一〇、新潮社）としても「支那」を発見させた。例えば「支那趣味の研究」（『中央公論』大正一一・一）、「現代支那号」（『改造』大正一五・七）という特集が組まれるなど「支那趣味」なるものが時代の一つの潮流として形成されていた。

谷崎潤一郎はこの時期の「支那趣味」について「われ〱今日の日本人は殆ど全く西欧の文化を取り入れ、それに同化してしまつたやうに見えるが、われ〱の血管の奥底には矢張支那趣味と云ふものが、思ひの外強い根を張つてゐるのに驚く」（「支那趣味と云ふこと」『中央公論』大正一一・一）と述べている。この場合の「支那」とは、例えば後藤朝太郎が「永い歴史」と「自然の宏大無辺なる威力の結晶」（「支那文人と文房具」『中央公論』大正一一・一）と捉えたように、いわば日本文化の中で古来、培われてきた伝統的、文化的場《トポス》として仮構されたものであった。

このような「支那趣味」の流行について、露伴は直接発言してはいないが、「現代支那号」に「蘇子瞻米元章」を掲載していることや、「古典心眼」（『東京日日新聞』大正一〇・四・二六、二七）で「今の人が支那の典籍に新しい眼を輝かすのは自然の勢だ」と述べ、「支那の研究」を奨励していることからも、無関心でなかっただろうことは想像に難くない。しかし例えば「支那好きは支那に傾き、日本ぼめは日本に傾かう、ほんとに研究するなら粗枝大葉的ではいけぬ」といい、古金石の話からはじまって近世の小説や和歌の話に至るまで、具体的に「支那文学」の影響関係を考証する（「支那文学と日本文学との交渉」『日本文学講座』大正一五・一一、一二）など、露伴の「支那」への興味が同時代の「支那趣味」とは異質なものであったこともまた明らかである。

これらのことを考慮すると、「観画談」というテクストが、例えば瀬里広明が指摘したように〔2〕「純東洋的」な露伴の「禅的覚醒」を主題としたテクストとしてのみ位置づけられるか疑問に思えてくる。「観画談」では晩成先生が自らの体験を親しい友人に語り、その「談《はなし》」をずっと前に、ある人から聞いた語り手が、「今」思い出して語るというスタイルがとられており、しかも「人名や地名は今は既に林間の焚火の煙のやうに」忘れ去ってしまったと設定されている。つまり、この「談」は語り手の記憶と意識をもとに再構成されたものなのである。ならば、なぜ、語りの地点である大正一四年のこの時期にこの「談」が語り出されたのかということこそ問われるべきだろう。

一、晩成先生の「移動」

この「談」自体の時間設定は、例えば石倉美智子が指摘したテクスト内の「神経衰弱という病名が甫《はじ》めて知られ出した時分」という言葉や、また他にも海岸を「騒雑《さうざつ》」として野州上州の山地を旅の場として選んだということ、奥州地方における「十余年前」の山林伐採の記述などから、おそらく明治二〇年代から三〇年代後半頃までのことと推定できる。(3) したがって、晩成先生は明治期の「苦学生」として語られているのだが、しかしそれは一方で、大正期に流通していた「苦学生」のイメージとも共通していた。

大門正克は「農村から都市へ」(『都市と民衆』平成五・一二、吉川弘文館)で、磯村英一「本邦都市における少年雇用事情」(『社会政策時報』昭和二・一一、一二)を例にとり、一九二〇年代から三〇年代を出稼ぎ型の女子労働者から男子若年労働者へと日本の労働力構成が変換し、「苦学」が大衆的に広がった時期だと捉えている。実際、大正一三(一九二四)年には高等教育機関の入試競争率(試験検定)は高等学校で約六倍、官立実業専門学校で約五倍となるなど激化していた。(4) そのためこの時期『東都に於ける苦学の実際』(大正一一・六)、『最新東京苦学案内』(大正一〇・三)、『東京の苦学生　附自活勉学法』(大正一〇)など、「苦学」の入門書が多数出版された。その中では例えば「苦学成功者略伝」(『東都に於ける苦学の実際』)などで、同時代の学生たちに苦学の道を示す先人として、明治期の苦学生が紹介されていた。

したがって「田舎の小学」を出て、「困苦勤勉の雛型其物の如き月日」を送り、上京後は「立志篇的の苦辛」を重ねて大学に入学、恐ろしい倹約と勤勉で作り上げた貯蓄で学生生活を送る「極めて普通人型の出来の好い方」という晩成先生の人物造型は、大正期に一般化していた明治期の苦学生像と共通するものでもあった。もちろん、余念も無く碩学の講義を聴き、十分に勉強することを何よりも嬉しいと、「勉学の佳趣」に浸っていた晩成先生の学問が立身出世に直結するものであったかはわからない。しかし少なくとも、晩成先生は大学アカデミズム内において、同窓生からも尊敬され、「何人にも非難さるべきところの無い立派な」学生であった。そして、語り手はそんな晩成先生のあり方を「低級で且つ無意味な」または「青年的勇気の漏洩に過ぎぬ」交際をする同窓生たちと差異化し、さらに「清浄純粋な、いぢらしい」という評価によって、語り手自身とも差異化していくのである。

語り手と晩成先生の学問観の違いは、晩成先生にとっての俳句や小説稗史の位置づけによく表されている。「極《ご》真面目な男」である晩成先生は、「俳句なぞは薄生意気な不良老年の玩物《おもちゃ》」で「小説稗史などを読むことは罪悪の如く考」え、明治初期から教科書等にしばしば掲載されていた(5)「徒然草をさへ、余り良いものぢや無い」と評している。このような晩成先生の旅は語り手にとって「随分退屈な旅」であった。ただしその中でも漢詩を作ることは、晩成先生にとって唯一の旅中の楽しみであり、語り手にも「まだしも仕《し》合《あは》せな事」と評価され、両者を繋ぐものとして機能している。それは晩成先生の「移動」を「白雲の風に漂ひ、秋葉の空に飄《ひるがへ》るが如く」等の「漢詩」的表現を用いて語っていた語り手の言葉に接続していく。語り手は晩成先生が周囲の風景を「漢詩」化していくその眼差しを借りつつ、この移動を語ることが可能になる。
ところで、晩成先生の目指す場が「米法山水や懐素くさい草書」を「資本《もとで》」に旅をする遊歴者に紹介された場であったことは注目に価するだろう。確かに東京の名医たちが治すことのできない不明の病にかかり、東京の塵埃から山水清閑の地へ向かう晩成先生の「都会」から「田舎」へという旅の図式は、『学問のすゝめ』や『西国立志編』が励起した立身出世的人間像を、文学的形象として最初に定着した[6]」といわれる菊亭香水『世路日記』(明治一七)や宮崎湖処子『帰省』(明治二三)などの図式を踏襲しているといえる。しかし同時にそこは霊泉の伝説を持つ「幽邃」な場として紹介されており、また奥州の「辺僻の山中」は先述した「幽寂の世界」中の「山の湖、野の村」でも「幽寂」を感じ得る場《トポス》として選択されていた。晩成先生の向かう場はここでは「幽寂の世界」で憧憬された世界とも重なる形で語られているとひとまずはいえるだろう。

路は可《か》なりの大《おほき》さの渓に沿つて上つて行くのであつた。両岸の山は或時は右が遠ざかつたり左が遠ざかつたり、又或時は右が迫つて来たり左が迫つて来たり、時に両方が迫つて来て、〔…〕あのさきへ行くのか知らんと疑はれるやうな覚束ない路を辿つて行くと、辛うじて其の岩岨《いはそば》に線《いと》のやうな道が付いて居て、是非無くも蟻の如く蟹の如くになりながら通り過ぎてはホッと息を吐《つ》くことも有つて、〔…〕薄暗いほどに茂つた大樹の蔭に憩ひながら明るく無い心持の沈黙を続けてゐると、ヒーッ、頭の上から名を知らぬ禽《とり》が意味の分らぬ歌を投げ落したりした。

ここで語り手は晩成先生の視線を借りて「両岸の山」の様子など漢詩を思わせる風景を語る。また同時に晩成先生の心内語も語り、更には「蟻の如く蟹の如く」という形で、その移動の様子自体もいわば一つの風景として語っていく。[7]「名を知らぬ禽」の「ヒーッ」という声が「意味の分らぬ歌」と捉えられていることに表されるように、ここでは〈意味のわかる世界〉に対して〈意味はわからないが何か別の意味がある世界〉が存在するかのように語られている。つまり、この後の晩成先生の移動は別の世界への参入とされ、語り手のレベルではこの別の世界を語ることこそが一つの問題となってくる。

対岸の高い巌壁と下を流れる川、そして次第に見えてくる粟や黍《きび》や畠は例えば「秋野無人秋日白　禾黍登場秋索索」（張耒「福昌北秋日村行二首」）といった風景に通じるものがある。しかし「兎に荒されたらしい至つて不景気な」畠や、また「瞬く間に峯巒《ほうらん》を蝕み、巌を蝕み、〔…〕忽ちもう対岸の高い巌壁をも絵心に蝕んで」といった風景の中で、雨はやがて「ザアッ」という音を伴って本降りとなり、「他国《たこく》者《もの》」をいじめるように襲うなど、[8]漢詩的風景ともいうべき「絵」のような好い景色は語り手の語りの中でずらされていく。

山中で出会い、晩成先生に上への移動を促す「モヤ〱頭」の婆さんは、いわばその分岐点に位置している。「金釦《きんボタン》の黒い洋服に尊敬を表」すという点で、婆さんはそれ以前に語られていた晩成先生の立身出世観に基づく社会基準と一応は共有する部分を持っている。しかし振り返って見ると次の瞬間、「木彫のやうな顔」が妙に眼にしみ付くなど、晩成先生に違和感を与えてもいる。

この違和感は、訪れた山中の夜具の中で雨の音を聴いた時、晩成先生の中で明確に意識されることになる。山中の移動で「絵」のような風景として描かれていた雨が音を伴い、その語りが変容し出してから、雨は晩成先生にとって何か意味を持つものであるかのように語られてきた。例えば、切株の跡の上へ降り「其処《そこ》に然様《さう》いふものの有ることを見せ」て寺の由緒を偲ばせたり、また寺内で晩成先生の「頼む」という言葉に最初に答えたのも「サアッ」という雨の音であった。さらにそれは「前にも増して恐しい量で降」って「空虚にちかい晩成先生の心を一ぱいに埋め尽《つく》」し、また「蔵海も和尚も、時々風の工合でザアッといふ大雨の音が聞えると、一寸暗い顔をしては眼を見合せるのが心に留ま」るなど、晩成先生にとってある種の違和をそそる意味深長なものとして語られていた。

このような雨の音を「他には何の音も無い」中で聴き、晩成先生は「今迄の自分で無い、別の世界の別の自分になつた」ような感覚、「吾が五官の領する世界には居無い」という感覚を覚える。そこでは晩成先生自身の中で、〈今迄の自分の居た世界（五官の領する世界）／別の世界（五官の領さない世界）〉という対比がなされ、さらに「此のザアッといふのが即ち是れ世界なのだナ」と思うなど、雨の音がいわば「一切《いつさい》の音声《おんじやう》」を包みこんだ世界を表す音として意味づけられていく。

瀬里広明は「大器氏の聴いた雨音もまた観た画も詩化された禅の公案とでもいうべきものである」[9]と述べ、この場面と『碧巌録』第四十六則「虚堂雨滴声」との類似点を指摘している。確かに「恰《あたか》も太《たい》古《こ》から尽未来際《じんみらいざい》まで大きな河の流《ながれ》が流れ通してゐるやうに雨は降り通して居て、自分の生涯の中の或日に雨が降つて居るのでは無くて、常住不断《じやうぢゆうふだん》の雨が降り通して居る中に自分の短い生涯が一寸挿《ちよつとはさ》まれて居るものでゞもあるやうに降つて居る」という部分は、『碧巌録』の「虚堂の雨滴声（従来間断無し、大家這裏に在り。）[10]」という表現に通じるものがある。晩成先生が雨音の中に「一切《いつさい》の音声《おんじやう》」を見出していく様子を、語り手は「音声《おんじやう》」「諦聴《たいちやう》」「分明《ぶんみやう》」などの仏教語を使用し、『碧巌録』の世界を下地とした「禅」的世界として語っていこうとしているといえるだろう。

二、打ち砕かれる「禅」的世界

語り手によって語られた「禅」的世界ともいうべきこの安定した位置は、しかし、「俄然として睡眠は破られた」というように、突如起こった洪水によって破られてしまう。語り手は「雨の音は例の如くザアッとして居る」というが、晩成先生にとっては、それは先程「一切の音声」を聴き「ア、然様だつたかナ」と納得して眠りに落ちたものとは全く異なる「何だか物凄い不明の音」であった。晩成先生は闇の中で「たゞもう天地はザーッと」音を立てているのを聴き、泣きたくなる。そこでは「足の裏が馬鹿に冷い」「夜雨の威がひし〳〵と身に浸みる」「痛い」などの身体感覚しかない。だが、語り手はそんな先生の様子を「平常は一ト通りの意地が無くもない晩成先生も、こゝに至つて他力宗になつて仕舞つて」と仏教語を用いつつ幾分揶揄的に語っていく。

かうなると人間に眼の有つたのは全く余り有り難くありませんね、盲目《めくら》の方が余程重宝です、アッハ、ハ、。〔…〕ト蔵海め、流石《さすが》に仏の飯で三度の埒《らち》を明けて来た奴だけに大禅師らしいことを云つたが、晩成先生はたゞもうビク〳〵ワナ〳〵で、批評の余地などは、余程喉元過ぎて怖いことが糞になつた時分までは有り得はし無かつた。

「意味は分らな」い、ほとんど身体感覚しかない空間にあって「たゞもうビク〳〵ワナ〳〵」してしまう晩成先生に対して、動じることなく冗談めかして批評する「大禅師らしい」蔵海を対比させることで語り手は晩成先生のこの移動をより滑稽に語り出している。語り手が晩成先生とは違う特権的地点にいることは、むろん最初から変わってはいない。それは既に最初の山中の移動においても見ることができる。しかし、そこでは風景の漢詩化において、晩成先生と語り手の語りは接続しているかのように語られていた。また語り手は時に晩成先生の心内語を語り、少なくとも晩成先生を掌握していた。いわば「全知」の立場にいた。しかし、ここでは晩成先生の暗闇の中での身体感覚は、語り手の語りの中で異質なものとして浮上してくる。暗闇という視覚が排除された空間の中で、晩成先生は耳をとぎすまし「瀧の音は耳近く」なるのを聞いたり、また水が「段々足に触れなくなつて」きたのを感じたり「爪先上りになつて来た」ことを知るなど、自分の今いる場を「吾が五官」で捉え返そうとしている。このように晩成先生は常にその「身体」を脅かされ続けているのだが、語り手はそんな晩成先生の姿を「まるで四足獣が三足《ぞく》で歩くやうな体《てい》になつて」などと外側から語っていくことしかできない。

語り手と晩成先生の位相の違いは「死せるが如く枯坐して居た」老僧を見て驚く晩成先生に対して、

「比丘《びく》たる者は決して無記《むき》の睡《ねむり》に落ちるべきでは無いこと、仏説離睡経《ぶつせつりすゐきやう》に説いてある通りだといふことも知つて居なかつた。又いくらも近い頃の人にも、死の時のほかには脇を下に着け身を横たへて臥さぬ人の有ることをも知らなかつたのだから、吃驚《びつくり》したのは無理でも無かつた」と解釈を加える部分にも表されている。老僧の行為が全くわからず怪み惑う晩成先生と、それがわかる語り手。しかし、語り手は晩成先生のことを老僧が呼ぶように「□□さん」と本名で呼ぶことができない。それはもちろん、その名を忘れてしまったからなのだが、蔵海《ぞうかい》の場合は「仮設し置く」という留保が付けられた上で、「唯識説で説く最も根元的な識のはたらき」「心の奥底に蔵されている識[11]」という意味を持つ名前がつけられていた。晩成先生が体験した別の世界で出会う人間、そして更に上への移動を案内する人間に、そうした意味を持つ名が与えられているのに対して、晩成先生は「大器晩成」という立身出世の文脈に繋がる意味の中でしか語り手には対象化し得ない。

　このことに象徴されるように、あくまでも同窓たちが共有の価値観を前提に名づけた「大器氏」「晩成先生」という名でしか呼べない語り手は、この時既に晩成先生を掌握することができなくなっている。今まで確実な歩調で均質な時間を刻んでいた時計の「チ、チ、チ、チ」という音に驚く晩成先生にとって、今いるこの場は、時計で刻まれるような時間とは異質な領域であり、そうした時間は意味を持たないことが暗示されている。

　「橋流水不流」の句も、雨の中で「次の脈が搏《う》つ時」を経験した晩成先生には、言葉上の意味、すなわち『楞伽師資記』にある傅翕の偈の一句で「橋は流れず水は流れてやまないというような、常識的な概念にとらわれないこと」（『仏教語大辞典』前掲）という解釈を離れて、「水はどう〳〵と流れる、橋は心細く架渡されてゐる」という実景を伴って、耳の側で「ガーン」と怒鳴りつけられたような「身体」に訴える言葉としてイメージされるのであり、さらにその後で「大江に臨んだ富麗の都の一部を描いた」画を観る時、語り手とは一層乖離していく方向を持つといえるだろう。

三、語り手と晩成先生との乖離

関谷博は晩成先生が観る大きな古びた画の軸が「清明上河図」であるとし、「画巻全体のうち、郊外から次第に河を右から左に上り、城門近く賑いも増すあたり、それが晩成先生の観ている場面ではないだろうか[12]」と指摘している。

ところで、大正期には先述の通り「支那趣味」が一つの潮流となっていたのだが、絵画においても同様の傾向を見ることができる。この時期東洋画が西洋画との対比のもと、一旦西洋画における美的感覚を通過する形で発見されていったことは、小杉未醒の『支那画観』序（大正七・一、アルス）の発言にも表されている。未醒は今の文人墨客が憧憬する欧米に対し、現在は「半野蛮国の如く軽視」されているが、古の文人墨客が憧憬した「支那」を「夢想郷」と呼ぶ。そして実際に「支那」へ行き、その「下層民の卑陋と城市の不潔」に嫌悪を覚えるのだが、帰郷後の今は「古の支那」として、その山水の風景を夢想して描いていると語る。また同様に岸田劉生も「東洋のものは、一皮剝ぐと、そこに深さ、無限さ、神秘さ、厳粛さ、さういふものがある」（「東洋芸術の「卑近美」について」『純正美術』大正一一・三）と述べ、西洋画と比べてより優れた美をそこに見出そうとしていた。

東洋画の中でも特に注目されたのが、岸田劉生が「今日支那の画と云ふと、大てい山水画や水墨の南画等を想ふ様である」（「東西の美術を論じて宋元の写生画に及ぶ」『改造』大正一三・一）と指摘しているように、「山水画」であった。山水画は「中国の哲人が悟りを開く理想境」（宇佐美圭司「「山水画」に絶望を見る」『現代思想』昭和五二・五）を描いたもので、フェノロサによって命名され、絵画表現のカテゴリーの中に位置づけられた。つまり、その規定自体が「西洋近代的な意識と、日本文化とのズレによって出現した」（同）ものであり、したがって先述した「幽寂の世界」でイメージされた東洋画を含め、この時期想定される東洋画のほとんどが山水画であったことは首肯できる。

しかし、ここで晩成先生が観た画は、山水画でも、寺院によくある涅槃像でもなかった。福田眉仙『支那大観』序（大正五、金尾文淵堂）や『支那三十画巻』跋（大正九・一、金尾文淵堂）も書いた露伴が、この山水画の流行を知らなかったはずがないことを考えれば、晩成先生の観る画が、春江の景色とともに描いた風俗画で、明代の美人画で有名な仇英の「清明上河図」を下地としたと思われるものであることは興味深い。

最古と目される張択端「清明上河図」は汴京の街の荒廃後、遠隔の地で追憶されて描かれたと推定されるノスタルジーの画とも捉えられる。[13] しかし、その後は各時代の画家によって、中国の都市風俗の典範として街中で生活する人びとの風俗が都市の中に描き入れられたものであり、[14] 晩成先生の観た画も山水画で示されるような、都市生活者の理想境の希求から生まれた抽象的な風景などではなかった。遠山や丘陵、宮殿様の建物、民家、また士農工商樵漁、「あらゆる階級の人々が右往左往してゐる」光景が並列されて活き活きと描かれたこの画には、失われたユートピアとしての「農村」という視点はない。

晩成先生の眼差しも明らかに憧憬として画の風景を眺めるというものではなかった。その直前に「字」を見て実景をイメージし、意味づけを「放下」するという過程を通過した晩成先生は、今度は直接画をそのまま観る。その時意味づけるという行為は消去されていく。晩成先生の観たものを追っていくと、その視線が移動するのと同時に、自身も徐々に画に引き込まれていく様子がわかる。はじめは「蟻ほどに小さく見えてゐ」た人、「胡麻半粒ほど」であった人の様子が「蔬菜を荷《にな》つてゐるもの」や「跣足《はだし》で柳条《りうでう》に魚の鰓《あぎと》を穿《うが》つた奴をぶらさげて川から上つて来たらしい漁夫」など、人の様子も詳細になり、「これは面白い」といった後では「蘆荻《ろてき》の中には風が柔らかに吹いて居る。蘆のきれ目には春の水が光つて居て〔…〕船頭の老夫《ぢいさん》は〔…〕片手を挙げて、乗らないか乗らないかと云つて人を呼んでゐる」とある。つまり、晩成先生は「其顔がハッキリ分らないから」「燈火《ともしび》を段々と近づけた」と語り手に語られるその前に、既に少なくとも春の水が光るのを見ることができ、船頭の声を聴ける位置にいたことがわかる。確かに晩成先生は船頭に声をかけることはできず、言葉を交わそうとした瞬間、船は消えてしまう。しかし、だからこそ余計にこの画中への移動は、鮮烈に浮上してくるのだ。

李孝徳は『表象空間の近代』（平成八・二、新曜社）の中で、スーザン・ウッドフォードの「最も大切なのは、私たちがこれから単に絵を見るだけでなく、絵について語ることになるという点である」[15]という言葉を引用し、近代的な絵画の見方について言及している。李の言葉を借りれば、近代的な絵画の見方においては理解されるべきものと理解するべきものという峻別が先行し、鑑賞者は単に「見る」だけでは十分ではなく、深く理解することが求められるなど鑑賞者と作品の間には、越えられない「境界」が引かれてしまっている。だが、晩成先生の移動行為には、そのような作品と鑑賞者との「境界」自体が既に存在していない。

しかし語り手は晩成先生の視線を追いつつも、あくまでもその行為を外側から眺めることしかできない。晩成先生が船頭に近づく様子を「燈火を段々と近づけた。遠いところから段々と歩み近づいて行くと段々と人顔《ひとがほ》が分つて来るやうに、朦朧たる船頭の顔は段々と分つて来た」と語る語り手は、晩成先生の行為を、燈火を段々と近づける行為と重ね合せる形でしか捉えられない。同じく「寒山か拾得の叔父さんにでも当る」ような「無学文盲」の男を観ていても、その声を聞き、呼びかけに応じようとする晩成先生と、語り手とでは画との距離は明らかに異なっている。同様に雨の音も「屋外《そと》は雨の音、ザアッ」と語り手に何の意味づけもなされないまま、その解釈から放り出されている。

四、「農村」への眼差し

結局、晩成先生は語り手や語り手の仲間のところには戻らなかった。語り手は学窓に戻らなかった晩成先生を「平凡人」と「なり了《おほ》するつもり」という。この「平凡人」とは、語り手にとっては「山間水涯に姓名を埋め」たままの人であり、ある人の「日に焦《や》けきつたたゞの農夫」という言葉と繋がりを持ってくる。ここでは〈ただの農夫／学窓にいた都会に住む我々〉という構図がとられており、このような構図こそ同時代における「農村」への眼差しと共通するものであった。

露伴がこの時期の農村の危機的状況に対して十分意識的であったことは「真に社会を支持する業務に従ふところの農業者に十二分の好き状態を与へるやうにすることは、真の社会政策の根本義であらねばならぬ」（「農業第一論」『実業之世界』大正一三・三）と、農業の社会における重要性を訴えていることからもわかる。一九一七年のロシア革命の成功、翌年の米騒動、第一次世界大戦後の農業恐慌、工・鉱業に対する農業の地位の低下、農業の商業化への進展、農産物価格の暴落、小作争議件数の倍増など、農村問題は社会問題として論議を醸していた。

こうした中で大正一二（一九二三）年九月には『改造』で「農村青年に与ふ」という小特集が組まれる。長谷川如是閑「都会文化の模倣と農村自身の生活」では「都会と農村とは恰度資本家と労働者のやうに全く違つた生活の範疇を持つてゐて、都会が文明国だとすると農村は野蛮国と云はねばならないやうな別々の生活をしてゐる」と、都会と農村は差異化され、「新たな生活を建設する努力は農民をして自己の無智を国家教育以外の方法に依つて矯正す」べきことが主張されていた。このように「農民」を「無智」と捉え、そこに都会とは異質な「力」を見るという構図は、次の室伏高信「都会文明から農村文化へ」（『改造』大正一二・四）で顕著に表されている。

文明は境を知らない。〔…〕都会は文明の場所である。来るべき時代は再び農民の時代ではないであらうか。〔…〕都会人は機械人だ。農民は霊性人だ。農民に金は入らない。ほんとうの農村生活には外的秩序は入らない。晴耕雨読。悠々自然とともにある。こゝにほんとうの人間の生活はないか。

機械や科学など西洋文明に征服された「都会」のアンチテーゼとして、自然とともにある「農村」を「霊」の世界として理想化するというこの構図は、同時代において「単調で神秘的な田舎」の自然を「ほんとうの芸術や、力強い思想」を生む場として期待していく構図(16)とも共通している。それは先の「幽寂の世界」が漢詩や東洋画など東洋特有の世界として憧憬されていたのと同時に、大都会の生活から切り離された「自然」の中で発見されていたこととも深く関わっているといえる。単純化すれば、現在の「我々」の状況を西洋化された都会の文明社会として否定的に捉える時、〈西洋／東洋〉という対比の中で理想化されたのが、失われてしまった「東洋」「支那」の文化であり（そこには「東洋人」としての「我々」の自負もあるのだが）、その一方で「自然」は時に失われた風景と結びつけられつつ、しかしそれ以上に神秘的な力強い「霊」の世界として、特に〈都会／田舎、農村〉という対比の中で注目されていくという方向性を有していた。

もちろん「農村」はユートピアとしてだけ捉えられたわけではない。千葉亀雄「農村文化運動の旗幟」（「農村青年に与ふ」前掲）などに見られるように「農村の非文化」に対して都会文化の積極的な流入も主張されている。だが、いずれも都会の「智」を持つ者と、「智」を持たない異質な「農民」を分節する強固な境界が存在していた。晩成先生を「平凡人」「日に焦けきつたたゞの農夫」として語っていく語り手の眼差しは、このような同時代の構図とも重なるといえるだろう。

だが、それはあくまでも語り手たちの価値観でしかない。ある人は「たゞの農夫となつてゐるのを見たといふことであつた」と表現されているように、晩成先生が「たゞの農夫」となったというのは、あくまでも人づてに聞いた曖昧な情報だ。さらに、それが語り手たちの価値観でしかないことは、続けて語られる「大器不成なのか、大器既成なのか、そんな事は先生の問題では無くなつたのであらう」という言葉によってより明確にされていく。先述した通り、「大器晩成先生」という名は同窓の者たちの価値観に基づいた命名なのであり、学窓を出てしまった晩成先生にとって、その言葉は最早全く意味を持たない空虚な言葉でしかないのだから。今や語り手たちが「晩成先生」と名ざした人はいない。

五、「移動」と「境界」

過剰なまでに真面目な学生像を与えられていた晩成先生の移動は、一面ではそれ以前の大学アカデミズム内の偏った学問観への批判の物語として捉えることができる。それは受験術に巧妙なる者を選抜し、形式的課題に重きを置く入学試験のための「智」の獲得や[17]、過度の勉強による神経衰弱の流行[18]といった、語りの現在における問題とも通じている。

しかし、同時にそれは晩成先生を「平凡人」と呼び、「たゞの農夫」と対象化して「現在」を生きる語り手たちのいる地点へ疑問をつきつけるものとしても語られている。晩成先生は語り手が語った「幽邃」な風景とも結局一致せず、「日に焦けきつたたゞの農夫」という同時代に共有の「生命力」溢れる「農夫」のイメージに晒されながら、そのイメージから身を躱し続けている。晩成先生のいる地点とは、同時代の学問や、都会の「智」とは異質なところにあり、また語り手の「知」(「禅」的知識など)による意味づけすらできないものであることを語り手の最後の言葉は露呈している。そして、そこにこのテクストにおける語りの二重性がある。なぜならテクスト内の語りのベクトルは必ずしもこの「談《はなし》」を一つの物語として漢詩や「禅」的知識によって意味づけ、解釈する方向にだけ向かっていたわけではないからだ。例えば寺内での和尚との対面でたじろぐ晩成先生の様子を「元来正直な君子で仁者敵無しであるから驚くことも無い」と揶揄的に語り、また「禅」的知識を語ることで先述した洪水の場面での蔵海との対比を滑稽に語るなど、この「談」は最初から「気味合《きみあひ》の妙《めう》」という意味づけできないものとして語り出されていた。このような語りには、晩成先生の移動体験が語り手の語る「知」の枠内で意味づけることができないことに決して無自覚でない語り、すなわち作者露伴の思想の片鱗を思わせる側面を有していた。(19)

このような形で語られることによって浮き彫りにされた晩成先生の移動の意味を考える時、露伴の「智」に関する一連の小品(「智小」「智究」「智原」『新修養』大正二・四、七、九)は重要な意味を持つだろう。

ここで露伴は「概念は空虚なり。〔…〕概念の確実ならむことを求むるは、求むる者過《あやま》てり」と、「概念」がいかに「空虚」であるかを語る。ここでは「人の智」とは「蟻の球内を歩するが如」き小さなものであるという自覚が示されていた（「智小」）。また、「智小」に続く「智究」では「智や一元に生ず、一元や智に藉《よ》らず。人を天地間の一物として観る、則ち主客君臣おのづから分明なり」と「人の智」が「一元」や「神意」また仏教の聖典で説かれる「聖量の智」に及ばないことが述べられ、「人の智の漸く大なるや、対境また漸く大なり」という。[20] その上でさらに次のような見解が加えられている。

智は一界を劃して其の半を領す。不可知を滅して可知を成ずる能はず。必ず可知と不可知とを劃分して、而して可知の郷の君たる者を名づけて智といふ。

智の漸くにして大なるや、可知と不可知との分界線は漸くにして移動す。しかも不可知の郷土の大は減せず。たゞ全界の漸くにして大なる、すなはち分界線の移動を致すのみ。

燭台なる闇を滅するに足らず。

「智」が深まり、「智」の領域が大きくなればなるほど、「不可知」の領域も大きくなりその境界が動くだけである。同時代の言説が、常に安定した「可知」の側から強固な境界を生成し、その向こう側を自分とは異質なものとして憧憬しながら、「幽寂」や「霊」といったイメージを語ることによってその境界を隠蔽していたのに対し、[21] 晩成先生の移動は常に、そこからすり抜け続けている。語り手は同時代の言説と共有する形で、「可知」の領域から晩成先生の行為を意味づけようとするのだが、しかし逆にその語りは絶えず「不可知」の領域を生成し、晩成先生が決して創出された構図の中に終息しないことを露呈していく。晩成先生の段階を追った移動体験は「不可知」の領域として「可知」の領域を相対化し、二つの領域の往還運動が続く様を表していた。つまり、晩成先生の移動とは、この「可知」と「不可知」の「分界線」の絶えざる「移動」を体現したものといえよう。

したがってこのテクストがいわゆる異郷訪問譚の系譜に位置づけられるようなものではないことはもはや明白である。「異郷」は「異郷」として残されるのではない。「可知」の領域から創出される一つの物語たることを拒み、流動し続けるその行為がダイナミックに描き出されたこの「談」は、先述したように「境界」を生成し、その構図の中で安住しようとしていた同時代の言説とは方向を異にしていた。そしてそれゆえ、この「談」は大正一四年の「今」再び語り出されたのである。

註

〔1〕出席者は長谷川如是閑、堀江帰一、吉野作造、永井柳太郎、米田実、福田徳三、小村俊三郎、山本実彦。

〔2〕「『観画談』とその背景」(『鹿児島大学法文学部紀要　人文学科論集』昭和五七・三)

〔3〕石倉美智子は『明治事物起源』「神経衰弱の始」の項に『女学雑誌』二〇四号(明治二三)の記事があることを指摘し、晩成先生の大学在学期を「明治二十三年頃までのこと」とした(「『観画談』論」『露伴小説の諸相』平成一・三、専修大学大学院文学研究科畑研究室)。この記事からのみ、時代設定を明治二三年と速断することはできないが、明治一九年一一月から「帝国大学大学院および分科大学学生服制」が実施され

た（『明治事物起源（七）』平成九・一一、ちくま学芸文庫）ことや、近県旅行が明治二〇年代に盛んとなり、熱海などの海岸の混雑を伝える広告や記事がその時期に多く見られること（織田久『広告百年史 明治』昭和五一・一二、世界思想社）、明治二四年の東北本線の全通など鉄道の開通により奥州地域の木材が大量に流出されるようになった（林業発達史調査会編『日本林業発達史（上）』昭和三五・三、林野庁）ことなどから、明治三〇年代後半頃までと推測できるであろう。

（4）木村元「「受験知」の生成と浸透」（『近代日本における知の配分と国民統合』平成五・六、第一法規出版）

（5）例えば明治一八年、全編を論説（政治・道徳・勧学・感慨・雑説）と叙事（時節・雑事）とに分け、人名・出典を頭註として記し、作文の模範文集とした『和文学教科書 徒然草類選』（大和田建樹）が発行されている。（三谷栄一編『徒然草事典』昭和五二・七、有精堂）

（6）前田愛「明治立身出世主義の系譜――『西国立志編』から『帰省』まで」（『前田愛著作集 二』平成一・五、筑摩書房）

（7）関谷博は「彼は触目の景を次々に詩語に置き換え、周囲を漢詩的世界に仕立ててゆくわけだ。語り手もまた、先生の試みに協力している風情で、〔…〕」と述べ、さらに「路は可なり〔…〕」の部分についても、晩成先生が「山水画中に描かれた点景人物として」語られていると指摘している（『幸田露伴論』平成一八・三、翰林書房）。晩成先生による風景の漢詩化と語り手の漢詩的表現との接続、語り手による「山水画」的風景の描出という点で同意見であるが、しかし「観画談」を「それ（引用者註／先生が絵を観る）以前に、実は先生自身が一幅の山水画の世界に入り込んでおり、画中の人としての先生の物語を、我々読者が観る、いわば二重の〝観画体験〟を、題名は指し示しているのである」と、終始一貫して語り手と晩成先生との距離を固定されたものとして捉えている点では本書と意見を異にする。本書ではむしろ両者の距離の変容過程を分析することを主眼としている。また、関谷博は「『望樹記』が同時代との関連を具体的にたどる作業を通して作品の本質に迫りうるものであるのに対し、なにより「幻境」の質そのものを――時代性はしばらく措いて――明らかにしようとするものでなければならないだろう」と述べ、「貧しい都市／田舎の対立図式」を克服し「新しい都市と田舎の関係、新しい生き方を模索する」「すぐれて現実的な「問題」」を提示する作品として評価しているが、同時代の言説との関わりから「観画談」を読み解く本書とはこの点でも立場が異なっている。

(8) このような「雨」は、『剪燈新話』「牡丹燈記」の「天陰《くも》り雨湿《うるほ》すの夜、月落ち参《しん》横たはるの晨《あした》」（塩谷温訳註『国訳漢文大成（第一三巻）』大正一〇・一二、国民文庫刊行会）という言葉に代表されるように「怪異」出現の一つの型でもある。

(9) 「露伴と禅」（『講座禅（五）』昭和四九・五、筑摩書房）

(10) 『国訳仏果圜悟禅師碧巌録（巻五）』「第四十六則」（国訳禅宗叢書刊行会編『国訳禅宗叢書（第七巻）』大正九・七、国訳禅宗叢書刊行会）

(11) 中村元『仏教語大辞典』（昭和五〇・二、東京書籍）

(12) 関谷博『幸田露伴論』（前掲）

(13) 「制作時期の推定にも関係するが、清明上河図をノスタルジイの産物とみる所説がある」（古原宏伸「清明上河図（上）」『国華』昭和四八・二）

(14) 新藤武弘「都市の絵画――〈清明上河図〉を中心として」（『跡見学園女子大学紀要』昭和六一・三）

(15) スーザン・ウッドフォード『絵画の見方』（高橋裕子訳、平成一・二、岩波書店）

(16) 小川未明「田舎と人間」（『生活の火』大正一一・七、精華書院）

〈17〉 堀江帰一「経済上から見た高等教育並に教育機関」(『改造』大正一四・七)

〈18〉 「生殖器の神秘作用発見　生殖機能衰弱神経衰弱は早老短命を招く」(『東京朝日新聞』夕刊、大正一一・一〇・三〇)

〈19〉 露伴の同時期の多岐にわたる研究について簡単に触れるならば、岡田式静坐法など「禅」的なものがいわば「超常現象」と結びつけられ取り沙汰される中で、露伴は「支那に於ける霊的現象」(『変態心理』大正六・一〇)や「神仙道の一先人」(『変態心理』大正八・二)で中国の文献から「霊異」の現象、「精神異常の状態」について考察を加えている。また『悦楽』(大正四・七、至誠堂書店)では孔子の教が「尽く是人間の事、尽く是実際の事」であったのに対し仏教、基督教を「高きこと過ぎて実無」きものとして捉えていた。このことからも同時期の近代科学の裏返しとして「霊」の世界を憧憬するあり方とは立場を別にしていたといえるだろう。

〈20〉 ここで露伴は「聖量智といひ、神意といふ、其の出所如何」(「智小」)といっており、それがどこから得られるものなのかは明らかにされていない。したがって、ここでは「人の智」のあり方を自覚しつつ、「人の性」として「敢然として万有の紛紜に処し、一元の儱侗《らうどう》に対せんとする」(「智究」)、その営みの中でこそ、「一元」の世界を見据えようとしていたのではないだろうか。「観画談」における晩成先生の「移動」も、そのような「一元の儱侗に対せんとする」営みとして位置づけられるだろう。

〈21〉 この時期、「文化」という語が一つの流行語となっていたことは多言を要しないが、それらは例えば「文化の根本原理は寧ろ内面的なものであつて、量的なものを質的にすると同時に、物的なものを霊的にすることを意味する」(帆足理一郎「文化とは何」『新青年』大正一四・九)など「霊」の問題として語られることが多かった。

第八章　「境界」に挑む者たち

――「魔法修行者」

　幸田露伴の発表した文章に「怪談」（『中央公論』、昭和三・九）がある。露伴は、ここで「人といふものは常態の事の円満なのを望みながら、常態の事で無い驚くべく怪むべく畏るべく危ぶむべきことをも見たり聞いたりしたがるものである」といい、そこから怪談が生まれると説く。「自分は安全平和の地に立つてゐて、そして目を瞠つたり魂を縮めたり、毛骨悚然となつたりするやうな事態を見聞したがる者は多い」（同）という。言い換えれば、「怪異」を語ることとは、自らの語る地点を「常態」と規定し、「常態」ならざる世界を語ることだといえよう。しかし、「常態」と「常態」ならざるものとの境界はどのようにして作られるのだろうか。語り手や聞き手の「常態」は本当に「円満」であり、「安全平和」

の立場は脅かされないのであろうか。

「怪異」を扱った露伴の小説では、語り手の「常態」が必ずしも「安全平和」ではないことがしばしば暗示されていた。前章でも論じた通り、「観画談」（大正一四・七）では、晩成先生が移動しながら遭遇した不思議な体験について、語り手が自身の「知」の枠組み（禅の智識や、同時代の「支那趣味」、学のある都会人による「農村」憧憬の視線など）によって意味づけようとするが、晩成先生の移動は、そのような語り手の「知」の枠組みでは語り切れないことを浮き彫りにし、語り手の住む世界（「常態」）の「知」が不充分であることを突きつける構図となっていた。また「幻談」（『日本評論』昭和一三・九）は、海に浮かぶ死体が握っていた釣竿を釣り人が引っ張って取ったところ、翌日も同じように海から竿が浮かんでいるのが見え訳がわからなくなり、前日に取った竿を念仏を唱えて海に戻すというストーリーである。ここでは「此世でない世界」と釣り人の生きる世界とが混じりあい、釣竿を見ている今ここが「常態」なのかどうかよくわからないまま物語は幕を下ろす。

このように露伴にとって、「怪異」を語ることとは、「常態」と「常態」ならざるものとの境界、もしくは「可知」と「不可知」との境界をめぐる問題を考えることと不可分だった。本章では、この境界をめぐる問題を扱ったテクストとして「怪談」とほぼ同時期に書かれた「魔法修行者」（『改造』昭和三・四）に注目したい。

一、「魔法」は廃れたか？

「魔法修行者」は、次のような言葉から始まる。


魔法。

魔法とは、まあ何といふ笑はしい言葉であらう。

然し如何なる国の何時の代にも、魔法といふやうなことは人の心の中に存在した。そして或は今でも存在してゐるかも知れない。


昭和三（一九二八）年の今の社会にあっては「魔法」はすでに無条件に信じられるものではなかった。その意味で「魔法」は「笑はしい言葉」になるだろう。しかし、同時に「魔法」への興味は「今」も廃れてはいない。

「魔法修行者」が発表された同誌同号では、稲垣足穂と阿部徳蔵による「四次元の世界」についての小文が掲載されている。稲垣足穂の文章では非ユークリッド幾何学を使った物理学によって空間が説明され、私たちが日常経験していると思っている時間や空間は、経験を述べるのに最も簡単で便利な時間と空間に過ぎず、「私たちといふのは決してそんな唯一の時間と空間を強ひられてゐる者でない」と説かれている（「近代物理学とパル教授の錯覚」）。したがって、無数の菩薩や悪鬼が須彌山に遊行する世界も、さかさまの市街も存在し得ると足穂はいう。実用に関心を持たなければ、いかなる理論も尖端的に発展させて構わないのであり、「所謂魔術とは、正しくそのやうな分野の実在を約束してゐるもの」で、「現に私たちが住んでゐるところこそそのやうな魔法の世界」なのだと足穂は主張する。ここで足穂は「科学」と「魔法」「魔術」を重ね合わせて、「未知」の世界への想像力を逞しくしているといえるだろう。

また、当時の有名な奇術師・阿部徳蔵は、「四次元の世界」のみならず、この時期の『改造』に「奇術閑話」（大正一五・一〇、一二）や、「怪奇小説 未亡人の妖術」（昭和二・四）などの作品を発表し、心霊学と「魔術」との関わりや、両者が見せる不思議な現象について書いている。阿部は「魔術」を「世の中に超自然的のある力が存在すると云ふことを仮定して、其の力の働きに依つて不思議な現象を造り出す術」と広範囲に捉えており、「魔法」と「魔術」の語の区別はしていない[1]。秘術研究館編纂所の『神秘鬼没虚術自在 魔法の奥の手』（大正六・一〇、千代田出版部）でも、「魔法とは古来相伝の不可思議なる秘術の意味であつて、其内には神秘的の物もあれば理化学的のものも含まれて居る」と定義されている。同書で、仙術は一見「理学や生理学では訳が分らぬが」「精神の感格作用」という観点から見れば不可能ではないことが主張されているように、「魔法」は決して時代遅れなものとして追いやられていたわけではなかった。一柳廣孝の指摘[2]にもあるように、「科学によって回収できない「精神」と、科学の拡大によって分析対象として吸収されつつある「精神」。このせめぎ合いによって「心」「霊」「魂」をめぐる言説は浮遊しはじめ」ており、その延長線上で「魔法」は再発見されていた。「魔法修行者」で指摘されるように、「魔法」は「今でも存在してゐ」た。

もっとも露伴自身は「魔法」に関して、興味を持ちつつも信じていたとはいい難い。露伴は「ふしぎ」（「炉辺漫談」『東京日日新聞』昭和六・一・三〜一二）と題する文章で、申繻の「人、隙無ければ妖は自ら作《おこ》らず、人、常を捨つれば即ち妖興る、ゆゑに妖あるなり」という言葉を引用し、次のように述べている。

> 常を捨てる心があると、変な事や不思議な事が出て来る。さうして或はこれを忌み嫌つたり、或はこれを怖れたり、或はこれを有難い神秘的の事などと思ふやうにもなる。〔…〕畢竟、人が正道を蔑ろにするところから、そんなものが世に迎へられるやうな事になるのである。〔…〕正法には奇特がない道理であるから、奇特があればそれは怪しいいかさまだ。（傍点引用文中）

ここで露伴は、変な事や不思議な事は「正道」を蔑ろにした「常を捨てる心」から出てくるもので、そのような事を信じて忌み嫌ったり、怖れたり、ありがたがったりすることを「かたはら痛い」と説き、「怪しいいかさまだ」とすらいう。また、冒頭でも述べた通り、「怪談」という文章では、人が異常な事、不思議な事に惹かれる性質を有していることを指摘していた。「科学」が拡大し、「心」や「精神」への関心が高まる状況下で、露伴は「心」や「精神」をめぐる未知の領域の解明よりも、いつの時代でも変わらない未知の「ふしぎ」に惹かれる人間自身にむしろ関心を寄せていたといえる。

そして「魔法修行者」もまた、タイトルに示される通り、「魔法」そのものよりも「魔法」に関わった人すなわち魔法修行者の生き方に焦点が当てられている。テクスト内で、特に取り上げられるのが、山伏や僧などではなく、細川政元と九条植通《たねみち》〔3〕というあくまでも「アマチュア」であるのも、「今」の人たちにとっても身近な事として魔法修行者のあり方を考えようという思惑があったからではないか。では、このような形で魔法修行者を語ることにどのような意味があったのか。以下具体的にテクストを読み解いていく。

二、「魔法」と距離をとる語り手

「魔法修行者」は、大きく三つのストーリーで構成されている。まず「魔法」に関する歴史や種類が概括され、その後で「魔法修行者」の第一の標本として細川政元に関する逸話が、さらに第二の標本として九条植通に関する逸話が語られるという形式になっている。露伴とおぼしき語り手が、多くの先行テクストを挙げつつ、自分の意見を挟みながら語るという方法をとっている。特に「魔法」の歴史や種類について語られた、いわばテクストの導入部分ともいうべき箇所では、古今の「魔法」を概括した上で、次第に「外法」としての「魔法」、とりわけ「本来餓鬼のやうなもの」で密教で説く鬼神の一種である吒祇尼《だきに》〔4〕や管狐を使う飯綱法〔5〕へと話題が絞られていくため、引用・参照されるテクストは『水鏡』『元亨釈書』『古今著聞集』『大日本史』『太平記』『甲斐国志』『文徳実録』『大日経』など多岐にわたる。

ただし注意したいのは、単に様々なテクストが並列されているわけではないということだ。例えば、日本における「魔法」の歴史を古来から辿る際に、仏教が渡来するに及んで物部守屋が自国流の呪詛を行なったという『水鏡』の記事を挙げた上で、「然し水鏡は信憑すべき書では無い」として、史料を選別していく。仙人が話したことを修行者が伝え、それを尼法師が記すという体裁をとる鎌倉時代の歴史物語『水鏡』は、「往々、後人の、好むで、怪談奇説を附加せるものあるが如し」（江見清風『水鏡詳解』、明治三六、明治書院）と位置づけられており、事実の正確さという点で留保がつけられる書であった。また、鎌倉時代の仏教史書『元亨釈書』や『大日本史』に記載されている、役小角の逸話に関しても、二百年近く経って聖宝が出た頃から伝説化されたものであり、「余りあてにならう訳も無い」とし、同じく泰澄と臥行者の話も「活動写真映画として実に面白いが」「大衆文芸では無い大衆宗教で、ハ、ア、面白いと聞いて置くに適してゐる」と一笑に付す。さらに「久米の仙人に至つて、映画もニコ〳〵ものを出すに至つた」と、喜劇映画の上映会の総称「ニコニコ大会」に擬えて『元亨釈書』や『大日本史』などで取り上げられる「道士羽客」や仙人が、一つの娯楽として享受されている様を解き明かす。先に挙げた『魔法の奥の手』などの同時代の「魔法」をめぐる書が、取り上げる書の性質を考慮せずに、そこに書かれていた「ふしぎ」の解明に力を注いでいたのとは異なり、ここでは、史料の性質や書かれ方を丁寧に検討することで、「魔法」が当時の人びとにどのように享受されていたのかということに迫ろうとしている。

此時代（引用者註／平安朝）の人々は大概現世祈禱を事とする堕落僧の言を無批判に頂戴し、将門が乱を起しても護摩を焚いて祈り伏せるつもりで居た位であるし、感情の絃《いと》は蜘蛛の糸ほどに細くなつてゐたので、あらゆる妄信にへばりついて、そして虚礼と文飾と淫乱とに辛くも活きて居たのである。〔…〕何でも彼でも低頭して之を信じ、之を畏れ、或は此に頼り、或は此を利用してゐたのである。〔…〕如何に此時代が、魔法ではなくとも少くとも魔法くさいことを信受してゐたかが知られる。今一々例を挙げてゐることも出来ないが、大概日本人の妄信は此時代に醞醸し出されて近時にまで及んでゐるのである。

語り手が見ようとしているのは、「魔法」自体の歴史というよりも、「無批判に」妄信し、「魔法ではなくとも少くとも魔法くさいことを信受し」、畏れ、頼り、利用してきたという「今」にも通じる形跡である。その際、語り手は「自分が飯綱二十法を心得てゐるわけでも無いから、飯綱修法に関することは書かぬ」と「魔法」の中身については詳述しない。飯綱法、吒祇尼の法が管狐を使うということに関しても、「自分は知らぬ」と「魔法」信仰からは距離をとり、傍観者的立場から「魔法」がどう捉えられたのかを位置づけようとする。

このような立場から、語り手は「魔法」が神教や仏教などの「正法」に対する「外法」であり、軍記物語『太平記』で志一上人の「外法成就(6)」としてあげられる吒祇尼の法が「魔法」として捉えられていたことを指摘する。特に注目したいのは、ここで紹介される、応永二七（一四二〇）年に足利将軍義持の医師高天らが、将軍に狐を憑けたことが露顕して処罰されたという記事である。これは室町時代の学者・中原康富の日記『康富記』に掲載された記事を基にしていると思われるが、[7]語り手は、狐を人に憑けることが信じられているのを利用した「他の者から仕組まれて被せられた冤罪だつたかも知れない」と『康富記』の「仕レ狐之由有二虚説一」という考えを受ける形で推測する。「魔法」が妄信されたがゆえに、政治的に利用され数々の陰謀が渦巻いていた生臭い事態を炙り出していく。

また語り手は、「今」では「魔法の邪法のと云はれるものであるから、真に修法する者は全く有るまいが」と、吒祇尼の法が語りの現在において存続していないことを指摘しつつ、しかし、信仰対象としての吒祇尼は色々な形で変容していることも明らかにしていく。例えば飯綱山では、本来は別々であった保食神の稲荷と吒祇尼が「狐によつて混雑して了つてゐた」といい、さらにそこで修行し奇験を現わした伊藤忠縄によって飯綱法がはじまったと語る。そして、この「密教修験的の霊区」が、「今は飯綱神社で、式内の水内郡の皇足穂命神社である」と説明するのである。皇足穂命神社を正式名とするようになったのは、明治維新以後、政府が宗教を整備する過程の中で行なったことであり、皇足穂命神社は明治六（一八七三）年郷社として配置された。[8]「今」では絶えた「外法」を行なう場は、形を変え明治期の制度の中で格づけされ、再編成された。結局、信仰対象も信仰の場もその時々の要請によって変えられているに過ぎないことを吒祇尼の変容は露呈している。しかも吒祇尼は稲荷と混同されただけではなく、飯綱山では、勝軍地蔵を本宮ともしていた。

勝軍地蔵か吒祇尼天か、飯綱の本体はいづれでも宜いが、吒祇尼は古くから云伝へてゐること、勝軍地蔵は新らしく出来たもの、〔…〕若し密教の大道理から云へば、茶枳尼も大日、他の諸天も大日、玄奥秘密の意義理趣を談ずる上からは、甲乙の分け隔ては無くなる故に兎角を言ふのも愚なことであるが、先づ茶枳尼として置かう。

愛宕信仰の本尊である勝軍地蔵と吒祇尼は新しくできたか古くからあるかの違いでしかない。そもそも吒祇尼自体、密教の道理でいえば「大日」（毘盧遮那仏）であって、「甲乙の分け隔ては無くなる」のである。実際、『大日経』（『大毘盧遮那成仏神変加持経』）巻一では「若し衆生有つて仏を以て度すべき者には、即ち仏身を現し、或は声聞の身を現し、或は縁覚の身を現し、或は菩薩の身、或は梵天の身、或は那羅延と毗沙門の身、乃至摩睺羅伽と人と非人等の身に至るまで、各各に彼の言音に同じき種種の威儀に住し給ふ」[9]と説かれている。吒祇尼の法が「外法」として捉えられていたことは、先ほど確認した通りだが、しかし溯っていくと、「外法」も実は「外法」たりえない。「外法」と「正法」との境が極めて曖昧なものであることを語り手は徐々に暴いていく。

このように、「魔法」の歴史や種類について語られた部分では、語り手が「魔法」を妄信する立場から距離をとり、史料を選別しながら「今」にも通じる「魔法」の享受のされ方を探るという方向性が明示されている。言い換えれば、この後の政元と植通の逸話も、この方向性に沿う形で読むよう示唆されている。「何様な人が上に説いた人のほかに魔法を修したか。〔…〕山伏や坊さんは職分的であるから興味も無い。誰か無いか。魔法修行のアマチュアは」と、「魔法修行のアマチュア」をあえて探そうとするのも、特殊な能力者ではなく、「今」の人にも通じる、俗世を生きる普通の人間が「ふしぎ」に惹かれ日常を超えようとするあり方を見ようとするがゆえであるといえるだろう。そして、その時、アマチュアの標本として挙げられたのが細川政元と九条植通の二人である。

三、魔法修行者のアマチュア・細川政元

細川政元の逸話とは、二人の養子を後継者に選び、家が分裂しても我関せずと魔法修行に耽る政元に不満を抱いた家臣たちが政元を殺害したという「史実」に拠ったものである。ここでは、テクスト内で名前が挙げられ、引用される『足利季世記』巻二「舟岡記」の記事が参照され、この記事とほぼ同じ内容のエピソードが紹介されていく。『足利季世記』は足利義尚の死後から織田信長の上洛、畠山昭高の死までが書かれた畿内を中心とする戦国時代の合戦記で『史籍集覧』（明治一六・八、近藤瓶城）に採られている。須田千里の指摘[10]にもあるように、「舟岡記」はこの『史籍集覧』のものに拠ったと思われる。しかし、次のような、政元の生れる前のエピソードは「舟岡記」には記載がない。

政元は生れない前から魔法に縁が有つたのだから仕方が無い。はじめ勝元は彼だけの地位に立つてゐても、不幸にして子が無かつた。〔…〕勝元は妙なところへ願を掛けた。〔…〕愛宕山大権現へ願

つた。〔…〕斯様いふ訳で生れた政元は、生れぬさきより恐ろしいものと因縁があつたのである。
政元は幼時からこの訳で愛宕を尊崇した。最も愛宕尊崇は一体の世の風であつたらうが、自分の特別因縁で特別尊崇をした。

「舟岡記」では、「魔法修行者」でも引用された通り[11]、「京管領細川右京太夫政元ハ四十歳ノ比マテ女人禁制ニテ魔法飯縄ノ法アタコノ法ヲ行ヒサナカラ出家ノ如ク山伏ノ如シ或時ハ経ヲヨミ多羅尼ヲヘンシケレハ見ル人身ノ毛モヨタチケルサレハ御家相続ノ子ナクシテ御内外様ノ面々色々イサメ申シケル」という文ではじまる。したがって、政元が生まれる前のことは記されていない。この愛宕山大権現への願掛けにより政元が生まれたというエピソードは、『大日本史』の後を受けて飯田忠彦が編纂した江戸時代の紀伝体の歴史書『野史』（嘉永四）巻九四「武臣列伝」の次の記述がおそらく参考にされている[12]。

初父勝元無レ子。祈二愛宕山一而生二政元一。是故政元甚尊二崇愛宕山一。居常斎戒。修二妖術一。遠二婦女一。既踰二壮年一。未レ有レ嗣。自悟二遂可レ無レ子。而欲下養二貴種一。以為中家門栄一。（『野史（三二）』、明治一四－一五、国文社）

このように、語り手は、「舟岡記」では記されていない、政元が愛宕の願掛けにより生まれたという逸話をあえて『野史』から採り、政元が魔法修行の道に進んだ理由を生れる前からの因縁として意味づけている。ただし、『野史』に記載のある「自悟二遂可レ無レ子。而欲下養二貴種一〔…〕」（「自ら遂に子無かるべきを悟り、而して貴種を養うて以て家門の栄を為さんと欲し」）(13)という、後嗣がいないために政元は積極的に「貴種」を養子にしようとしたという記述には触れられていない点は注意が必要だろう。政元が摂家の貴族を養子に求めたことは、魔法修行に熱中し政元が人を寄せつけず家督を継ぐ者がいなかったことに加えて軍記類では批難の対象となっていた。例えば、応仁の乱後の様子を描いた合戦記『応仁後記（巻中）』では、「身ノ栄耀ニ不二飽足一奢ヲ極ル余ニヤ」とされ、これらのことこそが細川家分裂を招いたと意味づけられており、そのような行ないをした政元は「心ノ儘ニ奢ヲ極メ」た「不義無道」の者として次のように厳しく批判されている。

政元行跡厲《ハケシフ》シテ思慮邪ナルカ故ニ是モ子孫ニ流ニ分レ終ニ兄弟世ヲ争テ互ニ挑合給フ其濫觴ヲ尋ルニ政元ノ不義無道先祖ノ人々ノ志ニ違シ故也（『史籍集覧　重編応仁記（九）』明治一四・一二、近藤瓶城）

しかし「魔法修行者」では、従来の悪逆で理解不能な異端（異常）者として政元を片づけるのではなく、政元が愛宕の願掛けにより生まれたという逸話をあえて載せ、そこに因縁を読み取ることで、政元が魔法修行の道に進んだことに理解を示す。加えて、語り手は「長ずるに及んで何不自由なき大名の身で有りながら、葷腥を遠ざけて滋味を食はず、身を持する謹厳で、超人間の境界を得たい望に現世の欲楽を取ることを敢てしなかつた。こゝは政元も偉かつた。憾むらくは良い師を得なかつたやうである」と、良き師に恵まれなかった不運にも同情を示す。また先述したように、世継ぎがおらず細川家分裂を招いた一因としてしばしば糾弾される、政元の女人禁制に関しても「婦人に接しない。これも差支無いことであつた。自由の利く者は誰しも享楽主義になりたがる此の不穏な世に大自由の出来る身を以て、淫欲までを禁遏したのは恐ろしい信仰心の凝固りであつた」と、認めさえしている。

此頃主人政元はといふと、段々魔法に凝り募つて、種々の不思議を現はし、空中へ飛上つたり空中へ立つたりし、喜怒も常人とは異り、分らぬことなど言ふ折もあつた。空中へ上るのは西洋の魔法使もする事で、それだけ永い間修業したのだから、其位の事は出来たことと見て置かう。感情が測られず、超常的言語など発するといふのは、もと〳〵普通凡庸の世界を出たいといふので修業したのだから、修業を積めば然様なるのは当然の道理で、こゝが慥に魔法の有難いところである。政元から云へば、何様も変だ、少し怪しい、などと云つてゐる奴は、何時までも雪を白い、烏を黒いと、退屈もせずに同じことを言つてゐる扨々下らない者共だ、と見えたに疑無い。

この部分は、「舟岡記」の「此時分ヨリ政元魔法ヲ行ヒ給ヒ空エ飛上リ空中ニ立ナトシテ不思議ヲ顕シ後ニハ御心モ乱ウツ、ナキ事ナト宣ヒケル」と対応する箇所であるが、語り手は「魔法」の歴史・種類について語った導入部分でも興味を示さなかったように、政元の「魔法」の中身について検討しようとはしない。政元のことも周囲が捉えたように「異常」として一方的に排斥せず、「もと〱普通凡庸の世界を出たいといふので修業した」のだから、「常人」とは異なるのは当然だと政元の言い分を推察し、政元自身が自ら普通凡庸の世界を超えようと修業していたことに理解を示す。

また、政元が殺害される場面を語る際に、「舟岡記」の「永正四年六月廿三日政元ノイツモノ魔法ヲ行ハン為ノ御行水ヲ召レント」という言葉を受けて語り手は次のように述べる。

永正四年六月二十三日だ。〔…〕政元は其等（引用者註／暑気の中、闘う家臣たち）の上に念を馳せるでも無い、たゞもう行法が楽しいのである。碁を打つ者は五目勝つた十目勝つたといふ其時の心持を楽んで勝たうと思つて打つには相違無いが、彼一石我一石を下す其の一石一石の間を楽む、イヤ其のたゞ一石を下す其の一石を下すのが楽しいのである。鷹を放つ者は鶴を獲たり鴻を獲たりして喜ばうと思つて郊外に出るのであるが、実は沼沢林藪の間を徐ろに行く其の一歩一歩が何とも云へず楽しく喜ばしくて、歩々に喜びを味はつてゐるのである。〔…〕そこで事相の成不成、機縁の熟不熟は別として一切が成熟するのである。政元の魔法は成就したか否か知らず、永い月日を倦まず怠らずに、今日も如法に本尊を安置し、法壇を厳飾し、先づ一身の垢を去り穢を除かんとして浴室に入つた。〔…〕この間に日影の移る一寸一寸、一分一分、一厘一厘が、政元に取つては皆好ましい魔境の現前で有つたらう歟、業通自在の世界であつたらうか、それは傍からは解らぬが、何にせよ長い〱月日を倦まずに行じてゐた人だ、倦まぬだけのものを得て居なくては続かぬ訳だつた。

〔…〕政元は何様いふ修法をしたか、何様いふ境地に居たか、更に分らぬ。人はたゞ其の魔法を修したるを知るのみであつた。

ここでも、語り手は政元の魔法修行の具体的な方法や、修行によって至った境地について語ろうとせず、「政元の魔法は成就したか否か知らず」「それは傍からは解らぬ」「更に分らぬ」と、再三、自分には分からないことを繰り返し、テクストの導入部分でも示していたように、傍観者としての立場を貫く。しかし、魔法修行をする政元の心持ちについては「たゞもう行法が楽しいのである」と代弁し、碁や鷹狩の楽しみに擬えて共感する。そして「事相の成不成、機縁の熟不熟は別として一切が成熟する」と、事の成就にかかわらず、政元が魔法修行の一瞬、一瞬を一心不乱に楽しみ、普通凡庸の世界（「常態」）を超えようと魔法修行をし続ける姿を評価する。語り手は最後に「政元は魔法を修してゐた長い間に何もしなかつたのでは無い。只足利将軍の廃立をしたり、諸方の戦をしたりしてゐた」と簡単に補足しており、軍記類が「不忠不孝」とする政元の行為については弁解しようとはしない。「今は政元の伝を筆にしたのでは無い」というように、語り手にとっては、政元を再評価することや政元の全体像を描き出すことが目的なのではなく、血生臭い政治の世界に身を置きながらあくまでも魔法修行者として「ふしぎ」に惹かれ、普通凡庸の世界を超えようと励み続けた政元のあり様そのものが重要なのだ。そして、こうした「ふしぎ」に惹かれ、普通凡庸の世界を超えようとした「政元よりも遙に立派な人」として、九条植通が次に呼び寄せられる。

四、魔法修行者のアマチュア・九条植通《たねみち》

同じく魔法修行をしながら、家臣に理解されず暗殺された政元と、長生きし弟子からも尊敬された植通は、一見、対照的に見える。確かに、植通は本文中でも「飯綱成就の人」と呼ばれ、魔法修行が成就したかどうかもわからない政元とは異なっている。しかし、語り手は両者のあり様を単に対比的にだけ捉えてはいない。

テクスト内で「此人（引用者註／植通）が弟子の長頭丸に語つた」と記されているように、九条植通をめぐる逸話は、長頭丸こと松永貞徳が、植通をはじめとした師の逸話を並べて随想風に記した江戸時代の歌学書『戴恩記』（天和二）を基にしている。「魔法修行者」で取り上げられている逸話は、順番こそ入れかえられ、ところどころ省略されているものもあるが、『戴恩記』とほぼ同じ内容となっている。ただし『戴恩記』では植通の博識で芯のある秀でた人格を語ることが目的となっており、「魔法」に関する記述は、何事も究めようとする植通の性格を示すエピソードの一つとして次のように簡単に触れられているに過ぎない。

何事なりとも思ひたつほとなれハ半にしてハ置す其極めに至らんことを肝要とせしかわれ飯縄の法を行しに成就したりと覚しハいつくにても寝たる所のやの上に夜半時分に鳶来りて鳴又ありかせ給

ふさきにハ辻風おこりしとなり（『戴恩記』[14]）

「魔法修行者」でも、この部分はそのまま使われ、解説が加えられている。

自分は何事でも思立つたほどならば半途で止まずに、その極処まで究めようと心掛けた。自分は飯綱の法を修行したが、遂に成就したと思つたのは、何処に身を置いて寝ても、寝たところの屋の上に夜半頃になれば屹度鵐が来て鳴いたし、又路を行けば行く前には必ず旋風《つじかぜ》が起つた。と斯様いふことを語つたといふ。鵐は天狗の化するものであるとされてゐたのである。〔…〕屋の上で鵐の鳴くのは飯綱の法成就の人に天狗が随身伺候するのである意味だ。旋風の起るのも、目に見えぬ眷属が擁護して前駆するからの意味である。飯綱の神は飛狐に騎つてゐる天狗である。

かういふ恐ろしい飯綱成就の人であつた植通は、実際の世界に於てもそれだけの事は有つた人である。

両者とも内容はほぼ同じであるが、『戴恩記』で植通の他のエピソードの後に配置されていたこの逸話は、「魔法修行者」では、植通の出自や来歴が紹介された後で、まず最初に披露されている[15]。そして「かういふ恐ろしい飯綱成就の人であつた植通は、実際の世界に於てもそれだけの事は有つた人である」として、「飯綱成就の人」という前提のもと、羽柴秀吉が藤原氏を名乗りたいといった時に、由緒を理由に毅然と一人反対したという逸話や、秀吉・秀次が関白となり神罰を受けるだろうと植通が常々いっていた通り、秀次が謀反の罪で処罰されたという逸話などが紹介されていく。秀吉に反対した逸話は、『戴恩記』では「歌道のミならす有職の方も其世に肩をならへたまふ人ハなかりき」と、植通の博識に焦点が当てられており、また秀次との逸話も、植通の先見の明を讃え「まことに神慮ハおそるへきことなり」と因果応報を見ていた。[16] しかし、「魔法修行者」では「飯綱成就の人の言葉には目に見えぬ権威があつた」と植通の「飯綱成就」と繋げて解釈する。そしてここでも政元の時と同様、飯綱の具体的な内容や修行方法には一切触れられない。それどころかすでに「飯綱成就」を果した植通は飯綱修行の姿すら描かれない。それにもかかわらず語り手は、植通のエピソードを「飯綱成就」とやや強引とも思われる形で結びつけて語っていく。植通の逸話が魔法修行者の話として取り上げられたのはなぜだったのだろうか。

明暮に源氏を見てゐたといふが、きまりきつた源氏を六十年も其様に見てゐて倦まなかつたところは、政元が二十年も飯綱修法を行じてゐたところと同じやうでおもしろい。〔…〕毎朝々輪袈裟を掛け、印を結び、行法怠らず、〔…〕食事の後には、たゞもう机に凭つて源氏を読んでゐたといふが、如何にも寂びた、細々とした、すつきりとした、塵雑の気の無い、平らな、落ついた、空室に日の光が白く射したやうな生活のさまが思はれて、飯綱も成就したらうが、自己も成就した人と見える。天文から文禄の間の世に生きて居て、しかも延喜の世に住んで居たところは、実に面白い。

ここでは、政元が一心不乱に魔法修行をしていた姿と、植通が『源氏物語』を愛読しひたすら読んでいた姿が重ね合わされている。確かに、植通の飯綱修行は成就したかもしれないが、植通は『源氏物語』を通じて、「天文から文禄の間の世」という日常を超え「延喜の世」へ向かおうとしていたことがわかる。また、テクスト内では引用部分の直前に、植通が「源氏物語にも言辞事物の注のほかに深き観念ある」といって「止観の説」を唱えていたことに触れられている。「止観」とは、「妄念を制止し、心を静寂にし、明智をもって諸物の実相を観照識別すること」[17]であるが、ここで「止観十巻のあるが如く」と植通が『源氏物語』を『摩訶止観』を引き合いに出して説明している点にも注意したい。第四章「新浦島」でも見た通り、『摩訶止観』では「魔界の如と仏界の如とは一如にして二如無し」(『首楞厳経』)という思想があり、惑わされることなくただ修行をすることの大切さが説かれていた。したがって植通の魔法修行は『源氏物語』を通じて続いていたとみてよい。また、顧みれば、政元の魔法修行のあり方を語る際に、語り手は碁や鷹狩の楽しみを並列させていた。語り手にとって魔法修行とは、飯綱法の修行に限定されるものではなく、自らの「知」の領域を超え、未知の「ふしぎ」へ向かおうとする絶えざる挑戦だったといえよう。

末尾で語り手は、唐松の実生を釣瓶に植えている「老い痩枯れた」植通に、若い松永貞徳が歌を詠み、植通が返歌をしたというエピソードを紹介する。

「植ゑておく今日から松のみどりをも猶ながらへて君ぞ見るべき」と祝ひて申上げると、「日のもとに住みわびつゝも有りふれば今日から松を植ゑてこそ見れ」と、たゞ物を云ふやうに公は答へた。其器其徳其才が有るので無ければ何様することも出来ない乱世に生れ合せた人の、八十ごろの齢で唐松の実生を植ゑてゐるところ、日のもとの歌には堕涙の音が聞える。飯綱修法成就の人もまた好いではないか。

語り手が「日のもとの歌には堕涙の音が聞える」というのは、貞徳がその後、植通の寂びれた住まいを通るたびに「そゞろに涙おとし奉る」という『戴恩記』の記事に呼応しているのだろう。しかし、そうした貞徳の感慨とはうらはらに、語り手は「飯綱修法成就の人もまた好いではないか」とむしろ肯定的に捉えている。植通の歌には、「乱世」に生まれ穏やかに暮らすこともままならなかった中で、簡素で閑寂とした「侘び」の生活を『源氏物語』を読みながら、実生とともに淡々と送り続けようとする植通の志があらわれている。世を恨んだり嘆いたりすることなく、「常態」ならざる「延喜の世」に向かうべく修行三昧に明け暮れる「飯綱修法成就の人」植通のあり様に語り手は称賛をおくっている。

五、「境界」に挑む者たち

政元と植通は対照的な運命を辿るが、しかし乱世のただ中に生き、「ふしぎ」に惹かれて、楽しみ邁進していた魔法修行者であった点は共通していた。「魔法修行者」より少し前に発表された「仙人呂洞賓」（『現代』大正一一・一〜五）で、露伴は「惟《たゞ》呂仙ありて、普済《ふさい》の心已む能はず、長く穢土《えど》に在りて化《け》度《ど》を事とせんことを誓ふ。是《これ》聖王の心なり賢相の心なり。人誰かこれを欣慕せざらん」と述べ、多くの神仙に見られるような、世俗から離れた理想郷に遊ぶのではなく、世俗の中にとどまり人を救おうとした呂洞賓を高く評価していた。露伴のテクストで興味を向けられているのは、固定化した「常態」もしくは「常態」ならざる世界に安住することなく、両者の境界を更新しようと挑戦する人の姿だったといえるだろう。

　本章第一節でも述べたように、テクストが発表された「今」においても、「魔法」は注目されていた。その際、「心」や「精神」をめぐる問題は取り上げられていたが、人が「ふしぎ」に惹かれることの意味や「魔法」の享受のされ方そのものに眼差しが向けられることは稀だった。

「安全平和」な立場から「ふしぎ」を見聞きするのではなく、「ふしぎ」に惹かれ、時には政元のように命がけで、そして時には植通のように飯綱修行の型にとらわれずに、自ら行動を起こし修行三昧に耽る二人の挑戦者たち。――細川政元と九条植通が並べて取り上げられることは、珍しかったのではないか。「魔法」が再発見されていく中で、「魔法修行者」は、「魔法」に対する新たな視点を提示している。

註

〔1〕「魔術の話」（日本放送協会関東支部編『講演《ラヂオ》趣味講座（第一巻）』昭和二・一、博文館）

（2） 一柳廣孝『無意識という物語──近代日本と「心」の行方』（平成二六・五、名古屋大学出版会）

（3） 九条植通の表記は、『戴恩記　折たく柴の記　蘭学事始（日本古典文学大系　九五）』（昭和五八・九、岩波書店）の小高敏郎の注で「植は植が正しい」とあるが、引用テクストとして用いた『戴恩記』や『野史』で「植通」となっており、「魔法修行者」本文でも「植通」という表記が使用されているため、ここではあえて「植通」で統一する。

（4） 「茶吉尼」「茶枳尼」などの表記があるが、ここでは引用文以外は「吒祇尼」に統一する。

（5） 「飯縄」とも表記されるが、ここでは「魔法修行者」の記述通り「飯綱」に統一する。

（6） 黒川真道校訂『太平記』（明治四〇・一一、国書刊行会）

（7） 『康富記』には「応永廿七年九月十日丙子、今朝室町殿医師高天被二禁獄一、父子弟等三人也云々、此間仕レ狐之沙汰風聞、然而昨日於二御台御方一、仰二験者一被二加持一之処、一疋自二御所一逃出、則被レ縛二件狐一之後被二打殺一、依二此事一高天ガ狐ヲ奉二詛付一之條露顕云々、仍今朝被二召取一云々、〔…〕是モ仕レ狐之由有二虚説一云々、末代之作法、浅敷々々」（「動物部五」『古事類苑』明治四三・九、神宮司廳）とある。

（8） 明治神社誌料編纂所編『明治神社誌料（中）』（明治四五・一出版／昭和五〇・一一復刻、講談社）参照。

（9） 『国訳大蔵経（経部第一三巻）』（大正七・六、国民文庫刊行会）。引用部は「もしも人びとにして仏によって救うべき者であれば、そのまま仏身を現わし、または（声聞によって救うべき者であれば）声聞の身体を現わし、または（縁覚によって救うべき者であれば）縁覚の身体を現わし、（同様に）また菩薩の身体、または梵天の身体、または那羅延・毘沙門の身体、もしくは摩睺羅伽・人・非人などの身体を現わし、それぞれそれらのことばの音声と同じ音声で（真理の教えを説き）、さまざまのふるまいをなしたもうている」（宮坂宥勝訳注『密教経典』平成一三・七、講談社学術文庫）という意味。

(10) 「幸田露伴「雪たたき」の構想――久生十蘭「鶴鍋」への影響に及ぶ」(『京都大学国文学論叢』平成二八・九)

(11) 「舟岡記に其の有様を記してある。曰く、「京管領細川右京太夫政元は四十歳の比まで女人禁制にて、魔法飯綱の法愛宕の法を行ひ、さながら出家の如く〔…〕」」とある。

(12) 政元の逸話を露伴が『野史』も参考にしているということは須田千里氏に御教示頂いた。厚く御礼申し上げます。

(13) 漆山又四郎訳『訳文大日本野史』(昭和一九・三、春秋社)。なお、訳者の漆山は露伴の弟子にあたる。

(14) 『戴恩記』の引用は『存採叢書』(明治一八・一〇、近藤瓶城)に拠った。

(15) 九条植通の逸話も『戴恩記』だけではなく、『野史』も参考にしている可能性がある。例えば、「植通も泉州の堺、――これは富商の居た処である、或は又西方諸国に流浪し、聟の十川(十川一存の一系だらうか)を見放つまいとして、搢紳の身ながらに笏や筆を擱いて弓箭鎗太刀を取つて武勇の沙汰にも及んだといふことである」という部分は、『野史』巻八三「文臣一」の「乃避二乱于界浦一。或漂二泊西海一。好二武勇一。欲レ援二女婿十河某一」の情報とも一致している。『野史』でも、この部分に続いて、すぐに飯綱修行の話が挙げられている。しかし「魔法修行者」で紹介される個々の逸話の順番は、『野史』ともまた異なっており、露伴が『戴恩記』や『野史』を参照しながら独自に配置し直していることがわかる。

(16) 『野史』でもこの部分は「人以為二其罰一云」となっている。

(17) 中村元『広説佛教語大辞典』(平成一三・六、東京書籍)

第九章　〈言《ことば》〉をめぐる物語

――「平将門」

「平将門」（『改造』大正九・四）は、露伴を彷彿とさせる博覧強記の語り手が『将門記』をはじめとする多様な史料を提示しながら、自分なりの解釈を加えるというスタイルをとる。『頼朝』（明治四一・九、東亜堂書房）に次いで書かれた露伴の史伝物の一つとされるテクストだ。このテクストは、同時代において歴史家たちから関心を寄せられ、その後も『将門記』を解釈する上で引き合いに出されるなど、史料調査が充実している点が評価されてきた。[1]しかし露伴自身は、「妄りに捏空搗鬼の言を為すを欲せず、筆を駆り墨を使ふや、皆依拠するところ有り、たゞ其材料を考覈するに於て厳密足らざる有る」「閑人放談の書」（「引」『蒲生氏郷　平将門』大正一四・一二、改造社）と述べ、伝記家や歴史家とは異なった立場で書いた作品であると自負していた。従来の歴史叙述と距離をとりながら、史料に基づき歴史上の人物について饒舌に語るという方法は、露伴の他の史伝物にも共通する特徴を有している。(2) しかし「平将門」冒頭における次のような発言は、歴史叙述と距離をとり、史料解釈の真偽を躱すための身振りとしてだけ捉えていては不十分だろう。

千鍾《せんしよう》の酒も少く、一句の言も多いといふことがある。受授が情を異《こと》にし啐啄《そつたく》が機に違《たが》へば、何も彼《か》もおもしろく無くつて、其れも是もまづいことになる。だから大抵の事は黙つてゐるに越したことは無い、大抵の文は書かぬが優《まさ》つてゐる。また大抵の事は聴かぬがよい、大抵の書は読まぬがよい。〔…〕酒を飲んで酒に飲まれるといふことを何処《どこ》かの小父さんに教へられたことがあるが、書を読んで書に読まれるなどは、酒に飲まれたよりも詰らない話だ。〔…〕どうも大抵の書は読まぬがよい、大抵の文は書かぬがよい。

ここでは、「書」すなわち〈言《ことば》〉とは「酒」のようなものであり、どちらにも人を酔わせる力があることが言及されている。この「書」と「酒」の関係については、その後もテクスト内でしばしば触れられるのだが、しかし「書」と「酒」をめぐる話と平将門にまつわる話とは、いったいどのように関わるのだろうか。本章では、従来より、史伝物の一つとして取り上げられるか、もしくは史料に忠実に書かれた近代作家の将門に関する作品という評価に終始してきた感がある、(3) このテクストを分析することで、露伴がこの時期、将門について語ることにどのような意味があったのかということについて考えてみたい。

一、従来の将門像

露伴「平将門」の分析に入る前に、まず典拠となる史料の確認とテクスト発表時に至るまでの将門像について簡単に整理しておこう。「平将門」では、平将門の乱の顚末を記した軍記物語『将門記』[4]の記事をベースに、他の関連史料が参照されている。『将門記』を基にして将門像に迫るという方法は、明治以降の将門研究において一般的な方法であった。しかし『将門記』は抄本が多くあることや、冒頭が欠けていること、文章が難解であることから解釈が揺れていた。また、露伴「平将門」テクスト内で直接名前が挙げられている史料は『将門記』の他にも『大日本史』『(桓武)平氏系図』『千葉系図』『相馬系図』『日本外史』『延喜式』『神皇正統記』『扶桑略記』『日本紀略』『今昔物語』『古事談』『大鏡』『吾妻鏡』『源平盛衰記』『元亨釈書』『本朝世紀』幸若舞『信田』『平将門故蹟考』「兵部省諸国馬牛牧式」(『下総国旧事考』)「平将門始末」(『下総国旧事考』)など多数あるが、これらも将門研究においては、度々参照される史料であり、珍しいものではない。ただし、特に注意したいのは、清宮秀堅『下総国旧事考』(弘化二成立、明治三八・二刊)内の「平将門始末」(以下「始末」)の扱いである。「始末」は、テクスト内でもたびたび引き合いに出され批判検討されている。「始末」では『将門記』に登場する二人の「真樹」

が同一人物だと解釈され、さらに「他田真樹《オサタ》」を「侘田真樹《わびた》」と誤って記しているが、「平将門」もこれをそのまま踏襲している。さらに「始末」で付されている註と同様の解説がテクスト内でも見られる点から、『将門記』を解釈するにあたって、露伴は「始末」に依拠したところが多いと推測できる。また、同じくテクスト内で何度も名前が挙げられる書に織田完之『平将門故蹟考』（明四〇・六、碑文協会、以下『故蹟考』）がある。将門の母の祖先（犬養浄人）の記述や将門拠有の地に関する解説などが『故蹟考』と重なることから、この書も露伴の『将門記』読解の一助となっていることがわかる。露伴は、将門を逆賊と捉える「始末」と、英雄と讃える『故蹟考』という、二つの相異なる立場の史料をこのようにバランス良く参照している。なお、典拠とした『将門記』に関しては、原文の漢文を露伴が書き下して引用する際、解釈を加えて改訂を施しているため、完全に一致するものは管見の限り見つけることができなかったが、真福寺本系統の『将門記』を参照していると思われる。したがって、本書では当時最も普及していた『群書類従』所収の活字版（明治二七・五、経済雑誌社）を底本とし、適宜、露伴の弟である幸田成友が所蔵していた寛政一一年版本、[5]並びに真福寺本と別系統の安永八年の写本『将門記略』、内閣文庫本『将門記抜書』などの諸本を参照し引用した。[6]

次に、将門像について考えていきたい。周知の通り、明治時代以前から将門は、北畠親房『神皇正統記』（南北朝時代の史論）や徳川光圀の命により編纂された歴史書『大日本史』（「叛臣伝」）をはじめ多くの書で「窺窬《きゆ》之心有り」として、逆賊と捉えられてきた。特にこうした逆賊・将門像は説話や芸能の世界では、死後、首が飛ぶという怪異を起こしたり、妖術を使い七人の影武者を操ったりするなど、人間離れしたものとして伝説化され、御霊信仰の対象ともなっている。このような逆賊・将門像は、明治初期から大正九(一九二〇)年に至る歴史科の教科書でも受け継がれるなど、根強く残っていた。(7)

しかし、その一方で、明治二〇年代頃から『将門記』を基に、将門の乱の真相解明の研究が進められていく。(8)これらの研究では、将門の存在は、地方政治が乱れ、武士が台頭した当時の状況を示す好例で、藤原純友や安倍頼時の乱、後の源頼朝の蜂起などと性質上変わらないものとして捉えられた。また、貴族政治を打破しようとした「革命者」とする論も出現し、(9)さらに明治三八(一九〇五)年、真福寺宝生院蔵の『将門記』(真福寺本)が国宝に認定されると、『故蹟考』の著者・織田完之が、将門を正当防衛し続けた悲劇の義士と捉えて冤罪運動を起こすなど、新たな将門像が提示される。

このように、「平将門」が発表された大正九年段階では、教科書にも受け継がれた「逆賊」というイメージが依然として残る一方で、それとは反対に、悲劇の英雄、また、武士の台頭という社会変動を表す存在という、主に三通りの形で将門は捉えられていた。

二、「平将門」における将門

露伴「平将門」では、語り手が「一体将門は気の毒な人」であると述べ、「ほんとに悪《にく》むべき窮窬《きゆ》の心をいだいたものであらうか」と将門逆賊説への疑問を提示するところから、将門像の探求がはじまる。『将門記』は冒頭部分が「端闕」となっているため、肝心の乱の発端に関する情報が不明となっている。

そのため、乱の発端をめぐって主に、次のような四つの要因が従来から考えられていた。[10]すなわち、（一）藤原純友と共謀して乱を起こすなど、もともとあった窺窬の心（『神皇正統紀』など）、（二）検非違使の佐《すけ》を求めて拒否された憤懣（『神皇正統紀』など）、（三）伯父国香等との領地をめぐる確執（平安時代の説話集『今昔物語集』など）、（四）国香や良兼等と姻戚関係にあった源護ら一族との女性をめぐる諍い（『将門記略』をはじめとする『将門記』抄本など）である。露伴「平将門」もまた、これらの諸説を踏まえた上で展開されており、最初に、乱の発端に関して考察されている。

語り手は、平安時代成立の歴史物語『大鏡』や『神皇正統記』などで取り上げられている藤原純友との共謀説をまず否定するのだが、その際、織田完之のように、単に『将門記』に記述がないという理由で切り捨ててはいない。将門の乱が起きた当時、漢文学の研究が流行していたという社会状況を分析し、「史記に酔はぬ限は受取れない」と、共謀説が『史記』の影響を受けて出てきた言葉ではないかと推測する。また、宮本仲笏が平安時代成立の歴史書『扶桑略記』の記事を引いて共謀説を否定したことに同意した上で、[11]さらに「正統記（引用者註／『神皇正統記』）の作者は皇室尊崇の忠篤の念によつて彼の著述をしたのであるから、将門如きは出来るだけ筆墨の力によつて対治《たいぢ》して置きたい余りに、深く事実を考ふるに及ばずして書いたのであらう」と、書き手の立場や意図により操作された説ではないかと否定する。将門が検非違使の佐を求めたということに関しても、「武人としては有りさうな望」とするものの、しかし検非違使の佐は身分が高くないことを指摘し、謀叛という大事と「釣合が取れ無さ過ぎる」と否定していく。つまり、語り手は種々の史料の言葉を並べて、史料が書かれた時代状況と書き手の意図に目を向けながら、ありそうな事を推測していくのである。

　ところで、ここで注目したいのは、共謀説を否定していく際、語り手が将門と純友とを比較している点である。語り手は、公家が栄華を誇っている反面、盗みや放火が多く、武士に政権が移る準備がされていたという当時の社会状況を考察した上で、「かういふ時代」に生長した将門と純友が乱を起こすのも必然性があるという。しかし一方で、「将門は然しながら最初から乱賊叛臣の事を敢てせんとしたのではない」と、純友の乱と異なり、あくまでも最初は私闘であったことを強調する。武士の台頭を表す例として同様に扱われていた純友と将門とを明確に区別し、乱の発端における私闘の要素を強調することで、将門の乱の特殊性を説いている。しかも、その私闘の原因として、領地をめぐる葛藤があったこともさることながら、それ以上に『将門記』抄本に書かれている「聊依二女論一。舅甥之中既相違云々」[12]という記載を受けて、将門の妻をめぐる確執が平国香や平良兼たちとの間にあったことに重きを置く。

　語り手は、将門が源護の娘を妻としようとしたが許されず恨みを抱いたという「始末」の説と、将門が迎えた妻に源護の息子たちが懸想していたという『故蹟考』の説とを比較しながら、「要するに委曲の事は徴知することが出来ない」としつつも、最終的には、自分がかつて聞いた実際にあった親戚同士のもめ事を参考に、「戯曲はこゝに何程でも書き出される」「これ（引用者註／実際の事件）を知つてゐる自分の眼からは、一齣《いつしやく》の曲が観えてならない。真に夢の如き想像ではあるが」として、今までの解釈とも異なる説を打ち出す。すなわち、国香が紹介した源家の娘を将門が娶らなかったことが、国香らとの争いの因となったのだという斬新な解釈を提示するのである。[13]もちろん語り手は、この解釈があくまでも想像に過ぎないと述べているが、しかし逆にいえば、想像だからこそ、『将門記』を基に語り手が作り出そうとしている将門像が明確になるといえよう。

では、「平将門」では、どのような将門像が提示されたのだろうか。

将門がはじめて積極的に戦いを挑んだ理由として、語り手は将門が良兼たちとの戦いで妻子を殺されたことを挙げているが、妻の殺害に関して『将門記』では次のように書かれており、「文が妙に拗《ねぢ》れて居る」と指摘している。

妻子同共討取。即以二廿日一渡二於上総国一。爰将門妻去夫留。忿怨不レ少。其身乍レ生其魂如レ死。雖レ不レ習二旅宿一。慷慨仮寐。豈有二何益一哉。妾恒存二真婦之心一。與レ幹明欲レ死レ夫。〔…〕然間。妾之舎弟等成レ謀。以二九月十日一竊令三還向二於豊田郡一。〔…〕件妻背二同気之中一。逃帰二於夫家一。然而将門尚與二伯父一為二宿世之讎一。(『将門記』)

ここでは、「妻子同共討取」とある一方で、「件妻背二同気之中一。逃帰二於夫家一」とも書かれており、『古蹟考』の解釈のように、妻が殺されたのか、それとも「始末」の解釈のように、殺されずに捕らわれた後、逃げ帰ったのかは明瞭ではない。また、同文中には「妻」という言葉と「妾」という言葉の両方が見られるため、殺されたのがそもそも妻なのか妾なのかも諸説わかれている。語り手は、ここでも『古蹟考』と「始末」の両説をあげているが、最終的には「どちらにしても強くは言張り難いが」と留保を加えつつ、「しばらく妻子は殺されて、拘《とら》はれた妾は逃帰つた事と見て置く」と妻子が殺されたという解釈をとる。そして、「落さうと思つた妻子を殺されては、涙をこぼして口惜がり、拳を握りつめて怒つたことであらう」と将門の心中を思いやり、「人間としては恩愛の情の已み難いのは無理も無いことである」と、恩愛にひかれて行動する将門の姿を見る。将門が起こす私闘のやむを得なさを、「これはまた暴れ出さずには居られない訳だ」「私闘の心が刻毒になつて来た」と強調する。

また、この後、将門が良兼を攻める場面では、復讐心に燃えた将門の攻撃の激しさを強調するべく、『将門記』の本文を少し変更して紹介している。『将門記』では、「将門固レ陣築レ楯。且送二簡牒一。且寄二兵士一。于レ時律中二孟冬一。日臨二黄昏一。因レ茲各挽レ楯。陣々守レ身。〔…〕然而各為二恨敵一不レ憚二寒温一。合戦而已」とあり、将門の攻撃に対して良兼が全く応じなかったわけではなく、両軍とも日が暮れたため戦いをやめざるを得なかったことが書かれている。しかし「平将門」では、「戦書を贈つて是非の一戦を遂げようとしたが、良兼は陣を堅くして戦は無かつたので、将門は復讐的に散々敵地を荒して帰つた」となっており、「固レ陣築レ楯」の主語も将門ではなく良兼に変えられている。この部分は『将門記』をそのまま参照したような身振りがとられているが、自らの主張、すなわち復讐心に燃える〈恩愛の情あふれる将門〉像を浮かび上がらせるために、操作されたと考えてよいだろう。

ただし、このように戦いの背後に人間同士、特に夫婦の情が絡んでいるということは、必ずしも将門にのみ該当することではない。「平将門」では、将門と対立する人物の行動の裏にも女性の存在を見ている。例えば良正と良兼の場合も、最初に将門を攻めるにあたって、「良正の妻は夫に対して報復の一ト合戦をすゝめたのも無理は無い」「良兼の妻も内から牝鶏《めんどり》のすゝめを試みた」と妻の勧めがあったことを『将門記』から離れて自由に推測している。(14) また、将門たちに囚われていた貞盛の妻と貞盛の再会場面も「何の書にもかういふところは出て居ない」ということを明言した上で、次のような形で想像している。

戯曲はこゝにまた一場ある。貞盛の妻は放されて何様《どう》したらう。およそ情のある男女の間といふものは、不思議に離れてもまた合ふもので、〔…〕漢の高祖の若い時、あちこちと逃惑つて山の中などに隠れて居ても、妻の呂氏がいつでも尋ねあてた。〔…〕あれ程の真黒焦《まつくろこげ》の焼餅やきな位だから、吾が夫のことでヒステリーのやうになると、忽ちサイコメトリー的、千里眼になつて、「君が行へを寝ぬ夢に見る」で、ありありと分つて後追駈《おつか》けたものであらうかも知れぬ。貞盛の妻もこゝでは憂き艱難しても夫にめぐり遇ひたいところだ。やうやくめぐり遇つたとするとハッとばかりに取縋る、流石《さすが》の常平太も女房の肩へ手をかけてホロリとするところだ。そこで女房が敵陣の模様を語る。柔らかいしつとりとした情合《じやうあひ》の中から、希望の火が燃え出して、扨は敵陣手薄なりとや、いで此機をはづさず討取りくれん、と勇気身に溢れて常平太貞盛が突立上《つつたちあが》る、チョン、チョ〳〵〳〵と幕が引けるところで、一寸《ちよつと》おもしろい。が、何の書にもかういふところは出て居ない。
然し実際に貞盛は将門の兵の寡《すくな》いことをば、何様して知つたか知り得たのである。

ここでは、夫に対する妻のヒステリーという、語りの現在にも通じるような夫婦の問題を面白おかしく紹介し、いつの時代であっても共通する男女の物語が将門の乱の背後には存在していることを仄めかしている。そして、自らが想像した貞盛と妻との再会のエピソードを根拠がない戯曲の一場のようなものだと述べながらも、すぐ後で「然し実際に貞盛は将門の兵の寡いことをば、何様して知つたか知り得たのである」と、貞盛の妻から貞盛が将門の陣営のことを聞いたかもしれないという想像が、ありそうな事であり、貞盛が知り得た一つの可能性として、読者に印象づけていく。

このように、テクスト内では、将門の乱の裏に、将門や将門に関わる人びとの男女の物語を浮上させ、こうした男女の物語の交錯の中で、〈恩愛の情あふれる将門〉がやむを得なく私闘を起こしたものであることを明らかにしようとしていた。

しかし、語り手は、「しかしまだ私闘である、私闘の心が刻毒になつて来たのみである」と、将門たちの戦いが個人的な私闘であることを強調しつつも、最終的には公に対する叛乱と捉えることができる点は否定していない。むしろ、ここでは、闘いの私性が強調されるがゆえに、それがいつしか公に対する叛乱として発展してしまったということが明確にされている。執拗な私闘性の強調は、〈恩愛の情あふれる将門〉像を浮上させると同時に、個人的な争いが叛乱へと変化する結節点が存在することをより鮮明にする。

三、「酒」と〈言《ことば》〉

将門の行動が私闘から公に対する叛乱へと至った原因として、テクスト内では、興世王の甘言や宇佐八幡大菩薩の託宣及び託宣を喜んだ群衆の言葉を将門が受け入れたことが挙げられている。これらの事柄自体は『将門記』の記述に拠るものである。特に興世王の甘言に関しては、『将門記』でも「于レ時武蔵権守興世王。竊議二於将門一云」と「議《たばか》りて云ふ」と明示されていることから、従来より将門が叛乱を起こすきっかけとして取り上げられてきた。しかし八幡大菩薩の託宣に関しては、『故蹟考』が、この巫女は実は娼妓で、将門が親王を名乗ったのも酒の席の余興・茶番狂言に過ぎず、将門は決して公に叛こうとしていないと主張しているぐらいで、「平将門」以前で興世王の勧めと託宣事件とを結びつけて語っているものは多くはない。だが「平将門」では、両者の言葉を受け入れた将門が同じく「酒に酔つた」と評し、この二つの事件を重視している。

まず興世王が将門のところへ逗留し、二人が親交を深めていく場面に関して、語り手は「二人で地酒を大酒盃《おほさかづき》かなんかで飲んで」暮していたと喩えている。もちろん、これは『将門記』にない記述である。ここで思い出したいのは、テクストの冒頭で挙げられていた「酒」と「書」すなわち〈言〉をめぐる発言である。先述した通り、テクストの冒頭では、「酒」と〈言〉（「書」）は魅力的ではあるが、ついつい人は飲まれてしまい、後悔を催す元となるものとして捉えられていた。将門はこの「酒」のような〈言〉

にまさに「飲まれた」人であり、言葉を上手く使いこなせずに滅びていった人である。

語り手が最初に「乱賊」の行為と意味づけた、藤原玄明をかばって行なった常陸国府襲撃に関して、『将門記』では「将門素済二佗人一而述レ気。顧二无便者一而託レ力」という性質から「乃有下可レ被二合力一之様上」と将門が玄明の頼みを積極的に承諾したと記している。それに対して、テクストでは、将門の「親分気のある」性質を認めつつも、「余り香《かん》ばしくは無い」と思いながら「仕方が無い」と引き受けたと捉えており、玄明を助けた背後に興世王の言葉があったことを想像している。(15) つまり、興世王との「酒」、すなわち興世王との言葉のやりとりの後、将門が玄明をかばい、乱賊の所業に手をそめ、さらには興世王の「一国を取るも罪は赦さるべくも無い、同じくば阪東を併せて取つて、世の気色を見んには如かじ」という言葉を合点し、将門が次第に罪を大きくしたというストーリーを語り手は展開していく。そして、このような将門の姿を語り手は「もういけない。将門は毒酒に酔つた」と解説する。

次に八幡大菩薩の託宣に関しても、「群衆」が無茶に歓び「将門は親皇と祭り上げられ」将門もそれを受け入れたことから「将門は毒酒を甘しとして其の第二盃を仰いでしまつた」とする。しかも、「此の仕掛花火は誰が製造したか知らぬが、蓋し興世玄明の輩だらう」と、群衆の狂乱の蔭に、興世王たちの煽動があることを推測している。

このように、テクストでは、従来の逆賊・将門とも、悲劇の英雄・将門とも、また武士の台頭を表す一例としての将門とも異なり、恩愛にひかれてやむを得ず私闘を続けていくうちに、ふとしたことから周囲の〈言〉に飲まれて乱賊となった、気の毒な将門像を提示していた。もちろん、このような将門像は、大岡昇平が「力はあるが、少し脳味噌の足りない馬鹿者」と痛烈に評した「ヒューマニズム的将門像」(「将門記」『展望』昭和四〇・二)に過ぎず、将門の再評価に繋がるようなものではない。しかし露伴が「平将門」で試みようとしたのは、おそらく将門の再評価などというものではなかっただろう。藤原忠平に宛てた将門の弁明書(将門書状)を全文引用して説明している箇所でも、語り手は「此書の末の方には憤怨恨悱《こんひ》と自暴の気味」があり、「少し無理があり、信じ難い情状」があると指摘し、将門が言葉を上手く使いこなせていないことを示唆する。しかしそれゆえ、かえって愛すべき存在であることを強調していた。ここで試みられていたのは、大岡がいうところの「ヒューマニズム的将門像」を提示することで、むしろそのような将門に乱賊の道を進ませる契機となった、「酒」のような〈言〉の危うい魔力こそを前景化させることだったのである。

四、「群衆」と〈言《ことば》〉

此時、此等の大変に感じて精神異常を起したものか、それとも玄明等若しくは何人かの使嗾《しそう》に出でたか知らぬが、一伎あらはれ出でゝ、神がゝりの状になり、八幡大菩薩の使者と口走り、多勢の中で揚言して、八幡大菩薩、位を蔭子将門に授く、左大臣正二位菅原道真朝臣之を奉ず、と云つた。〔…〕理屈は兎《と》もあれ景気の好い面白い花火が揚《あが》れば群衆は喝采するものである。群衆心理なぞと近頃しかつめらしく言ふが、人は時の拍子にかゝると途方も無いことを共感協行するものである。

〔…〕群衆心理は即ち衆愚心理なのであるから、皆自から主たる能はざるほどの者共が、相率ゐて下らぬ事を信じたり、下らぬ事を怒つたり悲しんだり喜んだり、下らぬ行動を敢てしたりしても何も異とするには足らない。〔…〕群衆は感の一致から妄従妄動するもので、〔…〕そこで衆愚心理を見破つて、これを正しく用ゐるのが良い政治家や軍人で、これを吾が都合上に用ゐるのが奸雄や煽動家である。八幡大菩薩の御託宣は群衆を動かした。群衆は無茶に歓んだ。将門は新皇と祭り上げられた。通り魔の所為だ、天狗の所為だ。衆愚心理は巨浪を猨島に持上げてしまつた。将門は毒酒を甘しとして其の第二盃を仰いでしまつた。

引用は、八幡大菩薩の託宣を将門が受けた時の場面である。ここで「群衆心理」「群衆（集）」という言葉がたびたび使用されていることは見過ごせない。語り手は「群衆心理なぞと近頃しかつめらしく言ふが」と、託宣騒ぎに見られる狂乱状態が、語りの現在でこそ話題となっていることに自覚的なのである。言い換えれば、将門を乱賊へと向かわせた、「群衆心理」に基因した「酒」のような魔力を持つ〈言〉は、語りの現在においてもその力を失っていない。

「平将門」が発表された大正九年前後は、「現代は群衆の世である。少くとも近代に於ける社会的現象は、群衆心理に依つて支配せらるゝ所が甚だ多い」（樋口秀雄『群衆論』大正二・九、中央書院）といわれるようになっていた。特に第一次世界大戦後の不景気から各地で米騒動などの暴動が多発し、連日報道される中で、集団の力の脅威が語られていた[16]。例えば、菊池寛の小説「群衆」[17]は、ロシア革命に付随した挿話だが、群衆が義憤にかられて、無実の青年を興奮して撲り殺すという小説である。この小説の末尾では、「茲に集つて居る群衆も決して悪い群衆ではない。不正に対し義憤を感じ、其犠牲に涙を注ぐ人達である。が夫等の人達によつて、耿々たる正義の言葉を吐いた勇ましい青年が、何うして豚のやうに殺され又は殺されかゝつたか。人は独りで居る時最も賢い。群衆すればするほど、本当の理智を失つてしまふのだ」という文章が添えられており、「群衆」がともすれば理智を失うことに警鐘を鳴らしていた。そして、このような「群衆」を正しく導くこと、具体的には、公民教育の普及徹底[18]や、人格的覚醒を促すこと[19]が指導者・知識人たちに求められ、逆に煽動者の警戒が呼びかけられていたのである。ただし、集団の力は、否定的にばかり捉えられていたわけではない。第一次世界大戦後の世界における社会的変動は、「今や全世界を挙げて、改造の機運にある[20]」と叫ばれ知識階級の欺瞞が指摘される一方で、新しき時代の代表として「民衆[21]」のエネルギーが渇望されてもいた。

テクスト内でも語り手は集団の力それ自体を否定しているわけではない。「民庶は何様《どん》な新政が頭上に輝くかと思つたために、将門の方が勝つて見たら何様《どう》だらうぐらゐに心を持つてゐたのであらう」とあるように、語り手は「民庶」という当時の文献に登場する言葉を使って[22]、民の思惑も見ている。彼らは単に意志を持たず流されたのではなく、将門の叛乱に期待し蔭から支えようとしていただろうことを推測している。「平将門」の語り手は、八幡大菩薩託宣事件の裏に、興世王のような煽動者がいた可能性を指摘し群衆心理の愚かさを語る一方で、したたかに世の中の動きを見つめる「民庶」の姿も指摘している。語り手は、集団の力それ自体を否定するというよりも、むしろ、混乱の中で発話者も発話者の意図も不明瞭なまま、しかし大きな力を持っていつの間にか影響力を発していく〈言〉というものの脅威と、〈言〉に「飲まれる」ことへの危険性を語っていたといえるだろう。

この時期、「デモクラシー」や「民主主義」という語は「五箇条御誓文に依て公認された我日本帝国の国是である[23]」といわれたり、釈迦の「衆生一切悉有仏性」に見ることができるとされたりするなど、都合よく解釈されながら流行語となっていた。有島武郎は、「デモクラシー」や「民主主義」という語を「モットーの如く」にいいふらす「猫の眼のやうに迅速な気の利いた変化をたゞ時世の加減とばかりは思つてゐられない不安を感ずるものだ[25]」と述べているが、露伴もまたそうしたデモクラシー熱からは距離を置こうとしていた。

実に何うもデモクラシーの勢ひは驚く可きものですね。少し勢ひが好過ぎるやうぢやありませんか。私も昨年頃は人よりも社会主義的な言説を用ひましたが、近頃は少しく反感を持つて来ましたね。勿論昨年頃のは私の考で今のは単に感じですから、その感じで自分の考を覆へす愚はしませんが、されぱと言つて大いにデモクラシーを主張する気にもなれません。まア黙つて見てゐるのです……。（幸田露伴「時局縦横談」『読売新聞』大正八・一一・一二）

「平将門」の語り手は、〈言〉が鵜呑みにはできないものであることを念頭に、将門に関する「書」の言葉に向き合いながら、言葉の背後にある書き手の思想や書かれた時代状況を一つ一つ類推し、自分なりの将門像を語ろうとしていた。このような作業こそが、実質的な中身を伴わないまま、どこからともなく標語のように言葉が飛び交う時代にあって、〈言〉に安易に飲まれないための有効な方法であることをテクストは示唆しているといえないだろうか。

五、〈言《ことば》〉との戯れ

テクスト内では、書の言葉、興世王とのやりとりに見られる言葉、そして、起源も意図も不明瞭なまま湧き起こる、群衆の中から出てくる言葉が同じく「酒」という比喩で表されている。これらは、本来、それぞれ性質の異なる言葉であることはいうまでもない。しかし、人を「飲む」という点では、どの言葉も一様に大きな力を持つものとして、語り手はそれぞれの言葉に区別をつけることはしない。発せられた言葉の背後に潜む話者もしくは書き手の状況や意図によって変わってくるもので、何を信頼するかは自分で判断していくしかない、という点では三者は変わらない。それが、たとえどのような権威ある書物に書かれた言葉であってもである。

語り手は、史料に直接記述はないが、自らが史料を読んで想像した事を語る時には、「こゝにも戯曲的光景がいろ〳〵に描き出さるゝ余地がある」や「戯曲はこゝにまた一場ある」など、「戯曲」という言葉を使って、史料に書かれた歴史とは区別していた。しかし語り手は「何様も戯曲には真の歴史は無いが、歴史には却つて好い戯曲がある」と、歴史書で語られる言葉が「戯曲」に接近する様も語り、さらには「歴史が書いてゐるのは確実で無い」と歴史への疑いも吐露している。また、先に確認した通り、貞盛と妻の再会場面で、語り手による戯曲的な想像が、あり得た可能性の一つとして仄めかされていたことを考えると、語り手は「戯曲」も「歴史」も同じ地平で捉えようとしていたことがわかるだろう。両者とも同じく、人を酔わす「酒」のような〈言〉となり得る。

　大正期の史学界では、大学のアカデミズム史学の考証第一主義にあきたらなくなって、考証第一主義から解放をもとめる傾向が強まり[26]「これまでの日本史学にはなかった新しい視角・方法が着実に芽生えつつあった[27]」。例えば従来の政治中心の歴史ではなく、「社会」に焦点を当てたという三浦周行『国史上の社会問題』（大正九・一二、大鐙閣）や、無味乾燥な専門家の歴史とは異なる「文学」のような歴史を提示した[28]西村真次『新国史観 努力の跡』（大正五・六、冨山房）などは、その一例といえる。また太田善男「歴史の贋造（上・下）」（『読売新聞』大正七・七・一七、一八）では、「歴史の議論は皆謂ゆる蓋然的推理である」として、「プロパビリチー」の歴史が追求されるなど、様々な形で「歴史」に迫ろうとする動きがあった。このような中、露伴は「平将門」で、考証第一主義的史学から離れて他の史伝物と同様に「イフの歴史」（川西前掲論文）を読者に見せようとしただけではなく、〈言〉との関わりの中で「歴史」を捉え返そうと試みたのである。

　とはいえ、〈言〉が危ういものである以上、「平将門」という書も、語り手の言葉もまた、人を酔わせる「酒」となり得る。「書かずともと思つてゐるほどだから、読まずともとも思つてゐる」「飲むも飲まぬも読むも読まぬも、人々の勝手」と冒頭で述べ、末尾でも「こんな事は余談だ、余り言はずとも「春は紺より水浅黄よし」だ」と放言する。語り手は、自らの〈言〉も決して例外ではないことに充分自覚的なのである。もちろん、だからといって語り手は語ることをやめようとはしない。語り手は、むしろ〈言〉の魔力を楽しみながら、種々の書の言葉と対峙し、時には「上戸《じやうご》も死ねば下戸も死ぬ風邪」「生きて居る間《ま》のおの〱の形《なり》」など軽妙な句を挟んで、あえて〈言〉と戯れ続ける。「平将門」というテクストは、言葉とどう向き合うかということを問い直した、まさに〈言《ことば》〉をめぐる物語なのである。

註

〔1〕歴史雑誌『中央史壇』「平将門号」（大正九・一二）の「巻頭言」では、「事蹟より心理を曲解するの非なるが如く、心理より事物を妄断するも亦非なり」という、明らかに露伴「平将門」内の言葉（「心理から事跡を曲解するのは不都合であるが、事跡から心理を即断するのも不都合である」）を下地とした発言がある他、同誌同号で取り上げられたり（「従来史家の称へ来つた所に慊らなかつた予の所信と合致する」水郷楼主人「幸田博士『平将門』論妄批」）、歴史学者大森金五郎に批評されたりしている（「人情味を以て見た『蒲生氏郷、平将門』」『東京朝日新聞』朝刊、大正一五・一・三一）。また、梶原正昭訳注『将門記（一、二）』（昭和五〇・一一、五一・七、東洋文庫）では、しばしば露伴「平将門」における『将門記』の解釈が紹介されている。

〔2〕露伴の史伝物に見られる手法に関して、出口智之の「史実や単一の物語世界にとらわれることのない、さらなる広がりを持った作品空間を生み出した」（『幸田露伴の文学空間』平成二四・九、青簡舎）という指摘や、川西元の「時間序列的な展開と連想派生的な雑談との一見異質の文脈が、読者の側で因縁和合的に

交叉・結合することで、時代の空気が行間に匂い立つような効果が狙われた言説構成」（「幸田露伴「蒲生氏郷」論」『国文論叢』平成一〇・三）との指摘がある。

〔3〕鈴木雄史「「将門」と「天皇様」を語る「文字」――幸田露伴『平将門』という「酒」」（『伝承文学論〈ジャンルをこえて〉――東京都立大学大学院国文学専攻中世文学ゼミ報告』平成四・三）は、「平将門」を中心に論じた数少ない論稿であるが、このテクストを天皇制イデオロギーと親近性のある論法で将門弁護をしたものと捉え、そこに日本語に固有の「（非）論理」を見ており、本書の論旨とは大きく異なる。

〔4〕『将門記』は「天慶三年六月中記文」という文中の言葉から天慶三年成立の可能性があるが正確には不明である。なおテキストとしては、楊守敬旧蔵本のものと真福寺宝生院蔵（真福寺本または大須本と呼ばれる）の書写本がある。

〔5〕現在、慶應義塾大学三田メディアセンター所蔵。

〔6〕幸田露伴『日本史伝文選（上）』（大正八・六、大鐙閣）収録の『将門記』抜粋（将門書状「上太政大臣藤原忠平書」）も露伴「平将門」での引用と異なる部分があるため、露伴がそれぞれ読み易さを考え校訂したと思われる。ただし、いずれも『群書類従』所収のものと細かい表現が異なるだけで、内容に大きな違いはない。

〔7〕明治四五（一九一二）年から大正九（一九二〇）年まで使用された『尋常小学日本歴史（巻一）』では、「中には朝威を軽んじて謀叛するものさへあらはれたり。紀元一千五百年代の末頃より一千六百年代の初頃にかけて、平将門は東国に、藤原純友は西国に、同時に乱を起したるが如きは其の著しきものなりとす」（『日本教科書大系　近代編（第一九巻）』、昭三八・三、講談社）とある。なお、将門像の変遷に関する研究としては梶原正昭・矢代和夫『将門伝説』（昭和五〇・一二、新読書社）、佐伯有清ほか著『研究史　将門の

乱』（昭和五一・九、吉川弘文館）、村上春樹『平将門――調査と研究』（平成一九・五、汲古書院）、岩井市史編さん委員会編『（新装版）平将門資料集』（平成一四・四、新人物往来社）などがあり、参考とした。

〈8〉例えば星野恒「将門記考」（『史学会雑誌』明治二三）や田口鼎軒「平将門」（『史海』明治二六・八）、三浦周行『歴史と人物』（大正五・四、東亜堂書房）など。

〈9〉「敢て将門を忠臣といふ、勤王家といふ、革命の先鞭をつけ、為めに犠牲となりし義士なりと云ふ」（内山正居「平将門」『史学界』明治三三・二～五）

〈10〉乱の原因として複数の要因を挙げているものもある。

〈11〉宮本仲笏の説は、「始末」の頭註にあげられている。露伴はおそらくこの部分は「始末」を参照して書いたのだろう。

〈12〉『群書類従』内の「将門記」の末尾に「右将門記。以二植松有信所レ刻本一書写。以二抄本及扶桑略記。古事談等一一校了」と掲げられている。

〈13〉「将門が源家の女を蔑視して顧みず、他より妻を迎へたとすると、面目を重んずる此時代の事として、国香も護の子等も、殊に源家の者は黙つて居られないことになる」（『平将門』）

〈14〉『将門記』では、良正に関しては「爰良正偏就二外縁愁一」とのみあり、妻の記述はない。また良兼に関してもこの時、妻が関与したという記述は一切ない。

〈15〉「面白づくに、親分、縋つて来る者を突出す訳にはいかねえぢや有りませんか位の事を云つたらう」（『平将門』）

〈16〉例えば「軍隊と群衆と／大阪は遂に流血／群衆は空砲の下を潜つて竹槍を揮ふ深夜の惨事」（『読売新聞』大正七・八・一四）では、「米、米、米、この食料の騒擾は警官の力を以てするも、更に軍隊の力を以てするも、鎮静すべき形勢なし、いよ〱拡大して、民衆は到る処に必死の叫びを挙ぐ」と報道されている。

〈17〉『雄弁』（大正六・一二初出、『心の王国』大正八・一、新潮社）

〈18〉大山郁夫「米騒動の社会的及び政治的考察」（『中央公論』大七・九）

〈19〉「補教と普選（巻頭言）」（『改造』大正八・一一）

〈20〉権田保之助「民衆の文化か、民衆の為めの文化か――文化主義の一考察」（『大観』大正九・六）

〈21〉島村輝は「群衆」とは「なんらかの非日常的な環境の下で、なんらかの志向や関心を共有している多数の人間の集合」であり、それに対して「民衆」とは「それほどはっきりした輪郭をもたない概念」であり、その時々で「群衆」「大衆」「公衆」と同様に使われる「都合のいい言葉であった」と指摘している。（「群衆・民衆・大衆」『編成されるナショナリズム（岩波講座　近代日本の文化史五）』平成一四・三、岩波書店）

〈22〉例えば「平将門」でも名前が挙げられている『日本紀略』（平安時代の史書）の延喜一七年七月の記事には「炎旱連月。民庶飢渇。群盗満二于巷一」（『国史大系（第五巻）』明治三〇・一二、経済雑誌社）とある。

〈23〉中田薫「デモクラシーと我歴史」（『中央公論』大正八・五）

〈24〉醍醐恵端「デモクラシーの先祖御釈迦様」（『改造』大正八・六）

〈25〉「自分に云ひ聞かせる言葉」（『改造』大正九・三）

〈26〉大久保利謙『日本近代史学の成立（大久保利謙歴史著作集七）』（昭和六三・一〇、吉川弘文館）

〈27〉永原慶二『歴史学叙説　20世紀日本の歴史学（永原慶二著作選集第九巻）』（平成二〇・三、吉川弘文館）。永原はこの時期、ちょうど吉田東伍、津田左右吉、柳田国男、伊波普猷らが活躍しだすことを挙げ、「官学アカデミズム歴史学が維新期以来ほとんど目を向けることのなかった、民衆的・在地的世界あるいは生活史的分野へのまなざし」が獲得されはじめたことを指摘している。

〈28〉　黒板勝美「序文」（『新国史観 努力の跡』大正五・六、冨山房）

第十章　香から広がる世界

――「楊貴妃と香」

前章では、「平将門」を取り上げ、「デモクラシー」という言葉が流行し、また新しい歴史学の方法が説かれるという時代状況の中で、そうした状況とは距離をとりつつ、言葉、特に書物の言葉と戯れる露伴の姿勢を見てきた。本章では、日中戦争を経て、太平洋戦争へと向かう状況下で、どのような形で書と戯れたのか、書と戯れるという方法を提示することの意味について考えてみたい。具体的には、昭和一六（一九四一）年三月に雑誌『知性』に掲載された随想「楊貴妃と香」でとられている先行テクストの引用方法の分析を試み、併せて『知性』という雑誌の中での位置づけについて確認する。

「楊貴妃と香」は、そのタイトルに表されるように、香に関する逸話を集めたものである。楊貴妃の領巾《ひれ》から漂う龍脳香に、亡き楊貴妃を想い涙する玄宗皇帝のエピソード等を交えながら、龍脳をめぐる話が展開されており、見えないからこそ、見えない存在への強い想いが「香」によって掻き立てられるという「にほひ」の世界への興味が書き込まれている。実際、露伴はこの時期、一色梨郷『香書』(昭一六・一〇)[1]の原稿に朱を入れて助言をし、出版の折には「題言」も書いたり、香を聞く会を自宅で行なったり、昭和一七(一九四二)年五月一〇日の句会でも香のことについて語ったりするなど香に強い関心を持っていた。[2]「楊貴妃と香」を発表した後では、主に日本の古典に見られる「か」に関する語義をめぐる考証を行なった「香談」(『中央公論』昭和一八・二)も発表している。「香談」では、執筆動機として、「人の眼・耳・鼻・舌・身・意に対する色・声・香・味・触・法」で世界は成立しているのに、「にほひ」に関する専門書が少なく、「人のにほひに心を用ゐ意に致すこと未だ博く深からず」うち捨てられているのを惜しんだことが冒頭で挙げられており、「楊貴妃と香」と同様に見えない世界への興味が語られている。しかし「楊貴妃と香」では、先の「香談」で挙げたような「にほひ」に対して世人の関心が薄いという一般的な状況を踏まえて、一石を投じるべく書いたというような発言はない。「楊貴妃と香」は次のようにはじまる。

此の数年来視力が大に衰へて、毛筆で細字を為すには堪へがたくなり、又地図の如き文字の意義の聯絡無きものを看ることは殆んど難くなつたので、眼鏡を屢々換へはしたが、それでも遂に思ふに任せなくなつた。〔…〕其時自分が既に白内障眼《しろそこひ》になりつゝあることを指摘されたので、それからは白内障眼といふものに心が惹かるゝやうになつた。〔…〕たゞ平生読書の際なんどに、白内障といふ語に出会つた折に心が留まるといふだけなのである。〔…〕其龍脳が内外障眼を主るとあつたので一寸心が留まつた。（「楊貴妃と香」）

ここでは、自身の白内障による視力の衰えについて触れられ、そこから「白内障眼」という語に心が惹かれたため、たまたま『続博物志』の龍脳という香の記述に注目したことが語られている。「楊貴妃と香」の執筆は、自身の眼病という個人的な関心を発端にしたものであったことが明示されている。また同時に、白内障を契機に文字を「意義の聯絡」として読み取ること。「意義の聯絡」としてしか読み取りづらいことも明かされていた。文字を「意義の聯絡」として読み取ること。考えてみれば、この文章では文字そのもののみならず、数々の書物の記事や逸話もまた語り手である露伴の「意義の聯絡」、イメージの連鎖として——眼病という個人的な話題から、龍脳、そして楊貴妃と玄宗の逸話へ——展開されている。

では、具体的にどのような形で意義の聯絡が付けられているのか。「楊貴妃と香」で試みられている方法を明らかにする上で、まずは典拠について確認していこう。

一、典拠について

「楊貴妃と香」では、李石の撰から成る『続博物志』から始まり、『西域記』『金光明経』など、様々な書が挙げられている。はたしてこれらの書を全て露伴は見たのか。もちろん、この中のいくつかを原典で見たことはあったかもしれない。しかし本文自体は、主に『香乗』の記述に拠っているといってもいいだろう。「楊貴妃と香」で直接、名前が挙げられている書は、『続博物志』『西域記』『金光明経』『酉陽雑俎』『香譜』『本草』『徒然草』『華夷続考』『一統志』『捜神記』『埤雅』『北戸録』『墨荘漫録』『梁四公記』『楊貴妃外伝』『独異志』である。このうち、後述するように、甲香に言及のある『徒然草』や麝香のことを記した『埤雅』、楊貴妃と寧王の関係を記した『独異志』の三つの書の記事のみ、『香乗』には見られない。また、『捜神記』の記事については、『香乗』の記事に加えて大幅に情報が追加されている（この点についても後述する）。その他の書物から紹介される話は全て『香乗』巻三「香品」の中の龍脳に関する記事の中に載せられており、内容もほぼ全て一致している。『香乗』は明の周嘉冑が編纂した二八巻から成る香に関する本で、「香品」「香事分類」「香爐類」などの分類をし、香に関わる記事を様々な書から抜粋、引用して掲載した書である。清の乾隆帝の勅命により編纂された漢籍叢書である四庫全書にも収録されている書だ。露伴が調査をする際に、その四庫全書の解題をまとめた『四庫全書総目』を参照し、そこから原典にあたって調査するなど活用していたことは、明治三六（一九〇三）年一一月四日付の内田魯庵宛の手紙内で、Lark Russelの海事に関する小説雑書のうちでどれがよいのか問い合わせた折、「泰西の四庫全書目なきには困りいり候」という言葉があることからも明白だ。[3] なお『香乗』は、「楊貴妃と香」と同年に露伴が発表した『連環記』(『日本評論』昭和一六・四、七)の典拠の一つでもあることが須田千里の研究[4]によって明らかにされている。

例えば、この随想の発端ともなっている『続博物志』の記事について「楊貴妃と香」本文と『香乗』の文章を見てみよう。なお『香乗』の本文については、『筆記小説大観[5]』所収のものをここでは用いる(理由については後述する)。

乾脂を香と為し、清脂を膏と為す、子は内外障眼を主《つかさど》る。又蒼龍脳有り、点眼すべからず、火を経るを熟龍脳と為す。これは続博物志の語であつて、龍脳のことを言つたのである。(「楊貴妃と香」)

乾脂為香清脂為膏子主内外障眼又有蒼龍脳不可点眼経火為熟龍脳〈続博物志[6]〉(『香乗』)

両者を比べてみると、本文と記事とが一致することがわかるだろう。また、次のように「楊貴妃と香」の本文では、特に出典が記されていない事柄であっても、『香乗』本文と一致する部分がある。この部分は『香乗』でも出典が記されていない。

相思子と糯米の炭とを合せて龍脳を貯へて置けば則ち耗らぬと言ひ、或は又鶏の毛と相思子とを同じく小瓷罐に入れて収め置けば龍脳は耗らぬといひ、〔…〕（「楊貴妃と香」）

龍脳香合糯米炭相思子貯之則不耗或言以鶏毛相思子同入小瓷罐密收之佳相感志言〔…〕（『香乘』）

ただし、これだけでは「楊貴妃と香」における『香乘』の引用の仕方がわかりにくいので、次の文章も例として挙げたい（『香乘』と一致する部分を破線と記号で示す）。

婆律樹は[A]樹高さ八九丈、大さ六七圍ばかり、葉円にして背白く、花実無し、と段成式は云つてゐる。段成式は唐の詩人で学者で、多く支那域外の事物を知つてゐることに於ては、此人ほどの人は無いかと思はれるほどの人であるが、無花実の三字は蓋し誤謬で、花もあり子もあるから、何様も不審である。[B]松身異葉、花果斯別の八字は、西域記の文、[C]其樹高大、葉は槐の如くにして小、皮理は沙柳に類すとは華夷続考の記、[D]樹は杉檜の如しとは一統志の説、土地が異なれば樹も異なるに、書が別なれば樹も別なのか、今日龍脳樹といふのは確定してゐるが、書斎の中からは植物学を収めぬものは判断を差控へるのが正当だから、古書善読は甚だ難いものだと、今は其儘返却して置くことにする。

『香乗』で該当する文章を以下、部分的に抜粋する。

A　樹高八九丈大可六七圍葉円而背白無花実其樹有肥有痩痩者有婆律膏香〔…〕〈酉陽雑俎〉

B　西方抹羅短吒国在南印度境有羯婆羅香樹松身異葉花果斯別初採既湿尚未有香〔…〕〈大唐西域記〉

C　片脳産暹羅諸国惟仏打泥者為上其樹高大葉如槐而小皮理類沙柳〔…〕〈華夷続考〉

D　渤泥片脳樹如杉檜〔…〕〈一統志〉

記事が一致することは一目瞭然だが、注意したいのは、それだけではない。語り手は、『香乗』で引用されている諸書の各記事から龍脳樹とされる婆律樹の特徴を抜き出して整理した上で、書によって龍脳樹に関する記事が異なっている点を指摘している。しかし、婆律樹とは正確にはどういうものなのか、どの記事が正しいのかという選別は行なわない。語り手は、龍脳樹が様々な形で多くの書に取り上げられているということ自体に興味を示しているのであり、植物学などにおける学問的な見地に基づいた正しさを求めようとはしていない。このことは、「楊貴妃と香」という文章が、あくまでも語り手の個人的な関心に基づいた事柄が興の向くままに披露された文章であるという性質をよく表している。

とはいえ、『香乗』自体が、様々な書から記事を抜粋し引用して編まれたものなので、『香乗』の引用元の記事と『香乗』本文、そして「楊貴妃と香」の本文を比較しても、一致するものがほとんどだ。そこで、「楊貴妃と香」本文と『香乗』本文との内容はほぼ一致するが、『香乗』の引用元になっている書の記事とは異なる部分をここで挙げたい。

まず、楊貴妃が安禄山に龍脳を与えたという「楊貴妃と香」中の次の記述に注目したい（破線部が「楊貴妃と香」本文と『香乗』本文および『香乗』の引用元の記事との三者全てが一致する部分で、波線部が「楊貴妃と香」本文と『香乗』本文の二者の記述のみが一致する部分である）。

楊貴妃が玄宗から賜はつた龍脳を、安禄山に三枚与へ、其余は壽王に餽つたので、楊国忠が愚癡をこぼした談は、楊貴妃外伝に出てゐる。（「楊貴妃と香」）

このように本文では「楊貴妃外伝」に載せられている逸話として紹介されている。「楊貴妃外伝」と一口に言っても色々あり、例えば、正史である『旧唐書』（後晋に成立）や『新唐書』（宋）の記事や、諸書の記事を抄録した『説郛』（元末・明初）や『類説』（南宋）の外伝がある。また、宋代の楽史の撰とされ、楊貴妃の逸話をまとめた伝奇『楊太真外伝』などがある。ここでは『国訳漢文大成』[7]にも収録され外伝として普及していた『楊太真外伝』での、次の記述と比べてみよう。

交趾《ち》より龍脳香、蟬蚕《せんさん》の状あるもの五十枚を貢す。波斯《ぺるしや》言ふ老龍脳樹節方《せつほう》あるもの禁中呼んで瑞龍《ずゐ》脳となす。上《しやう》妃に十枚賜ふ。妃私《ひそか》に明駝使を発し三枚を持して禄山に遺《おく》らしむ。（「交趾貢下龍脳香。有二蟬蚕之状一五十枚上。波斯言老龍脳樹節方有。禁中呼為二瑞龍脳一。上賜二妃十枚一。妃私発二明駝使一。持二三枚一遺二禄山一」塩谷温訳註『国訳漢文大成（第一二巻）』大正九・一二、国民文庫刊行会）

この部分は『類説』中の「楊妃外伝」でも同様に、「交趾進龍脳香有蟬蚕之状波斯言老龍脳樹節方有之禁中呼為瑞龍脳妃私発明駞使持三枚遺安禄山明駞者眼下有毛夜明日行五百里」[8]と、楊貴妃が龍脳を安禄山に与えたことしか書かれておらず、壽王へ贈ったことも、楊国忠がそのことについて何か言ったという記載もない。『説郛』の外伝等、この逸話を載せている記事も『類説』とほぼ同様である。しかし、『香乗』の「遺安禄山龍脳香」の文章では次のように、「楊妃外伝」の記事として、楊貴妃が安禄山だけではなく壽王へも龍脳を与えたことや、楊国忠の発言の記載がある。

貴妃以上賜龍脳香私発明駝使遺安禄山三枚余帰壽邸楊国忠聞之入宮語妃曰貴人妹得佳香何独吝一韓司掾也妃曰兄若得相勝此十倍〈楊妃外伝〉

さらに「楊貴妃と香」では、馮謐が周りを制し、自ら進み出て玄宗から龍脳をもらったという次のような逸話が特に出典が明かされないまま紹介されている。

玄宗の時、龍脳を群臣に賜はらんとするに当り、馮謐といふものが、臣請ふらくは陳平に倣つて宰と為らんと云つて、人々に跪受させた後、まだ半分ほど余つてゐたのを捧げ拝して、これはそれがしに勅賜、と云つて取つてしまつた談などは人を笑はせる。（「楊貴妃と香」）

この逸話については、『類説』等では「元宗夜宴以琉璃器盛龍脳数斤賜群臣馮謐曰請效陳平為宰自丞相以下皆跪授尚余其半乃捧拝曰勅賜録事馮謐元宗笑許之」となっており、「玄宗」が「元宗」となっている。しかし、『筆記小説大観』および『欽定四庫全書』に収録されている『香乗』では、「賜龍脳香」の項目で、「唐玄宗夜宴以琉璃器盛龍脳香賜群臣馮謐曰臣請效陳平為宰自丞相以下皆跪受尚余其半乃捧拝曰勅賜録事馮謐玄宗笑許之」と出典の記載がないまま紹介されている。ただし、同じ『香乗』でも、国立国会図書館所蔵の清代の刊本や早稲田大学所蔵（今泉雄作旧蔵）の写本では、「元宗」となっている。

これらのことから、露伴は「楊貴妃と香」を執筆するにあたっては、主に『香乗』、なかでも『欽定四庫全書』や『筆記小説大観』に収録されているものと同系統のものを参照したと考えられる。なお、『欽定四庫全書』収録の『香乗』と『筆記小説大観』収録の『香乗』では、本文の内容自体の違いは見られない。ただし、唐代の小説『梁四公記』の文章として、「楊貴妃と香」本文で掲載されている次の羅子春の逸話は、いずれの『香乗』とも少し異なっている（破線部は「楊貴妃と香」本文と『香乗』本文との二者が一致する部分。傍線部は「楊貴妃と香」本文と『香乗』本文との二者で異なる部分である）。

羅子春が梁の武帝の為に海に入つて珠を取らんと欲した時に、龍脳が無くては其事は諧ふまいと炎公といふ人が言つた談が、梁四公記に出てゐるのが古いらしい。（『楊貴妃と香』）

羅子春欲為梁武帝入海取珠杰公曰汝有西海龍脳香否曰無公曰奈之何御龍帝曰事不諧矣公曰西海大船求龍脳香可得〈梁四公記〉（『香乗』[9]）

図6　欽定四庫全書

図7　筆記小説大観

話の内容自体は大して変わらないのだが、比べてみればわかる通り、「杰公」が、「楊貴妃と香」では「炎公」となっており、また、珠を取ることができない（「事諧《かな》はず」）と言ったのが、『香乗』の記事では「帝」になっているのに対して、「楊貴妃と香」では「炎公」となっているという違いがある。「事諧《かな》はず」の主語については、『香乗』の短い文章だけ読んだため起きた誤解、あるいは、内容的には大きく変わらないので、あえてわかりやすく簡潔にしたための改変ともとれるが、「杰公」が「炎公」となっていることについては一考が必要だろう。〈図6〉は『欽定四庫全書』版の『香乗』[10]本文の「杰公」で、〈図7〉は、『筆記小説大観』版の『香乗』本文である。比べてみればわかる通り、〈図7〉『筆記小説大観』版の字であるならば、「炎公」と読み取ってもおかしくないのではないか。露伴の蔵書目録に「筆記小説大観　四函」

の名があることも考慮すると、[11] 露伴が参照した『香乗』に最も近いものとして、ここでは『筆記小説大観』収録の『香乗』と同系統のものを典拠として挙げたい。

二、意義の聯絡の付け方

前節で「楊貴妃と香」が『香乗』を典拠としていることを明らかにしたが、しかしこのテクストが『香乗』の記事をそのまま載せているわけではないことは、龍脳樹とされる婆律樹の特徴を抜き出して整理し、自らの見解を加えていた先の例からも明白だ。そもそも、この随想は、先述した通り、語り手の白内障を契機として繰り広げられていた。本文中では、『香乗』という書の名前は一切出されないまま、様々な書における龍脳をめぐる逸話（実際には『香乗』に記載されている記事）が「自分」の見解とともに提示されていく。そして最終的には「龍脳の談の圧巻」として玄宗が亡き楊貴妃を想う逸話へと展開していく。

そこで、今度は、この逸話の結び合わせ方、意義の聯絡の付け方を考えるために、『香乗』には記載がないが、別の書から選び取られ挿入された話について見ていきたい。『香乗』の記載にない事柄としては、大きく分けて次の三つが挙げられる。すなわち、一つ目は自らの病である白内障をめぐる記述、二つ目は「相思相宜の談」をめぐる記述、三つ目は、楊貴妃をめぐる記述である。

一つ目の自らの病である白内障をめぐる記述は、このテクストの発端となっており、この話があくまでも「今」の「自分」の個人的な興味によって貫かれていることを示すものとなっていることは述べた通りだ。ここでは二つ目の「相思相宜の談」について注目したい。この部分では、まず、いかに香気がとび散り消耗しやすいか、またそれを防ごうと注意が払われているかを表す例として、『徒然草』にある甲香の名が挙げられている。[12] また、先に例として挙げた、龍脳と相性がよく香りを引留めるものとして、糯米や杉の木、炭、相思子があるという『香乗』に記載の話を紹介する。さらにそれだけではなく、麝香と相性の良いものや悪いものについて『香乗』には記載のない『埤雅』[13]の逸話も引いている。また、龍脳をなげうち穢れを払うことについて「数年前我が汽車の中で緑色の塩様のものを撒いたと同じこと」といったり、「家猫が其主人の喘息の原因となる場合も有るといふアメリカ医説」に触れたりするなどテクスト発表時の現在にも引きつけながら、龍脳と鶏の毛が相引くことが信じられ、実際にも匂いが永く残るということは「有り得ること」「全然形無しのことではあるまい」という見解を加えていくのである。このように、語り手は「相思相宜の談」については、『香乗』の記事以外のことも積極的に取り入れながら、糯米や炭等と龍脳との相性は妄談かもしれないが、龍脳香の香が永く残ることがあり得ないことではないと説明し、後に紹介する、楊貴妃の領巾から玄宗が龍脳香の匂いを嗅ぐという逸話にも信憑性があることを示す布石としている。

さらに、『香乗』「相思子與龍脳相宜」中の『捜神記』（東晋の歴史家・干寶の志怪小説）の記事が、「相思子有蔓生者與龍脳香相宜能令香不耗韓朋拱木也〈捜神記〉」というごく簡単なものであるのに対して、次のように『捜神記』（巻一一第三二）の逸話[14]を詳細に紹介している点にも注意したい。

干寶は記して曰ふ、大夫韓馮の妻が美しかつたので、宋の康王が之を奪つた。そこで馮は自殺した、妻もこれを知つて身を台下に投じて死んでしまつた。王は失望の怒に燃えて、其塚をして相望ましめた。すると其後に梓の木があつて、二塚の端に生じ、根は下に交はり、枝は其上に錯はつた。宋王もさすがに哀れに思はざるを得なくなつて、其木を名づけて相思樹といつた。（「楊貴妃と香」）

ここで『捜神記』の逸話が詳しく紹介される意味について考える上で、本文中「龍脳の談の圧巻」といわれる楊貴妃と玄宗の逸話でも、『香乗』に記載のない事柄が加えられていることを併せて考える必要があるだろう。（破線部が「楊貴妃と香」本文と『香乗』本文とで一致する部分。傍線部が「楊貴妃と香」本文にあって『香乗』本文には記述のない部分である）。

夏とはいへど微涼を生ずるやうな広い宮殿の中で、玄宗は親王と碁を囲んで居られた。親王は誰かといふと、此談を美しく記した段氏の文には見えぬが、他の書の独異志といふものには寧王とある。寧王と貴妃との間には、かつて何かあつたのか、いや、知らぬとして置かう。（「楊貴妃と香」）

段氏の文すなわち、『香乗』でも引用されている段成式が書いた唐代の随筆『酉陽雑俎』の「上夏日嘗與親王奕碁令賀懐智独弾琵琶貴妃立于局前観之〔…〕上皇発嚢泣日此瑞龍脳香也〈酉陽雑俎〉」（『香乗』）という記事にはない、次のような『独異志』（唐代、李亢選）の逸話を引いて、寧王と楊貴妃の関係についてあえて言及している。

玄宗偶與寧王博召太真妃立観〔…〕上執之潸然而泣曰此吾在位時西国有献香三丸賜太真謂之瑞龍脳（『独異志』[15]）

『独異志』では、玄宗の碁の相手として寧王の名が挙げられている。ただし『独異志』では楊貴妃と寧王の関係について詳しくは書かれていない。しかし語り手が「寧王と貴妃との間には、かつて何かあったのか」という推測をしているのは、『類説』や『説郛』『楊太真外伝』などの楊貴妃外伝に見られる、楊貴妃と寧王に関する逸話を想起させるためであろう。すなわち、楊貴妃が寧王の笛を勝手に持ち出して吹いたことを知った玄宗が、嫉妬し憤激して楊貴妃を屋敷に送り返したが、楊貴妃が髪を切って詫びたことで許し、さらに寵愛を深めたという逸話である。[16] ここで語り手は、玄宗と楊貴妃の悲恋を詠った白居易「長恨歌」での、玄宗と楊貴妃が互いを「在レ天願作二比翼鳥一。在レ地願為二連理枝一」[17]と「比翼の鳥」「連理の枝」に擬えたという有名な逸話には一言も触れず、あえて『香乗』には記載のない、寧王とのエピソードを想起させ、二人の関係を仄めかす。

このことは、死しても枝と根を錯《まじ》え相思樹となったという、先に紹介した『捜神記』の韓馮とその妻の話とは対照的だ。語り手は、「相思相宜の談」については、龍脳香の匂いが永く続くということを印象づけるために、『香乗』に記載のない記事を取り入れ詳述し、「龍脳も極品になると、是の如く永く保つものもあつたのである」という結論を導き出して、玄宗の逸話が根も葉もない話ではないことを示したと推測できる。しかし同時に、夫婦の強い絆を表す韓馮たちの悲恋の伝説をあえて詳しく紹介することで、玄宗と楊貴妃との関係を対比させたのではないか。楊貴妃のまとっていた龍脳の余香を嗅いで玄宗が泣く逸話を、二人の強い絆を表した悲恋の物語として語り手は美化させはしないのである。

ここで先に三つ目として挙げた、楊貴妃をめぐる記述についても、語り手が『香乗』では記載がない話を紹介していたことを思い出したい。例えば本文には次のような文章がある。

楊貴妃といへば無類に美麗な人とのみ後の者は思つてゐるか知らぬが、何様して〳〵人形のやうな美しさのみを有つて居たんではない、何にも彼にも優れた人で、自分の飼つてゐた白鸚鵡にさへ、おはやうだの、お竹さんだのを言はせて喜んでゐるやうな平凡なのでは無い、唐の代になつて出来た経の中でも最も粋な般若心経を読ませた位の、至つた人である。（「楊貴妃と香」）

楊貴妃の白鸚鵡の話は、『楊太真外伝』をはじめとする外伝等で取り上げられる有名な話だが[18]、他にも本文では、多くの外伝で取り上げられている玄宗との痴話喧嘩の話や、故事として有名な、一捻紅という新種の牡丹を作り出させた話[19]など、楊貴妃についてよく知られている逸話を簡単に紹介している。その上で、語り手は、楊貴妃を「何にも彼にも優れた人」と捉え、「碁を打たせてもおそらくは人の好い天子などよりも一目や二目は強かつたらうと猜せられるのである」と推測する。つまり、優れた楊貴妃に対して、「人の好い」玄宗という人物像を提示し、香の匂いを嗅いで楊貴妃を想い泣く「人の好い」玄宗へ寄り添おうとしているのである。楊貴妃と寧王との関係を仄めかしていたように、楊貴妃と玄宗では『捜神記』の夫婦のような奇蹟は起こり得ない。そこにあるのは、残された玄宗の一方的な想いでしかない。

つまり、この「楊貴妃と香」というテクストでは、残された玄宗が、まさに香によって今、そこにいない、見ることがかなわない対象への想いを強く掻き立てられる有り様を、あり得そうな話として提示しているのである。残された者の記憶を呼び起こさせ、不在の者、見ることがかなわない者への想いを掻き立てるもの。それこそが「か＝香」なのである。

ただし、この話は、単に「か＝香」のそうした性質、「にほひ」の世界を伝えるエピソードとして終わらない。語り手は最後に次のように落ちをつける。

> 残香臍馥猶天子の眼中より涙をしぼり出したのである、ひよつとすると内障眼《そこひ》にきくかも知らぬ。ハ、、。（「楊貴妃と香」）

楊貴妃を失い二度と見ることがかなわず涙する玄宗の辛さが、目が見えなくなりつつあるという自身のどうにもならない身体へのもどかしさと結びつけられ、しかしそれらは全て、笑いの中で紛らわされてしまう――。植物学としての正しさ＝真相を龍脳樹について追究しなかったように、楊貴妃と寧王との関係を仄めかしつつも、「いや、知らぬとして置かう」と真相を追究しようとはしない語り手は、自身の極めて個人的な問題と結びつけ、その興味の中で楊貴妃と玄宗の話を処理していく[20]。

これまで確認してきたように、「楊貴妃と香」では、むしろあえて、真相から遠ざかる身振りが示されていた。露伴は『香乗』の記述に主に拠りながらも、『香乗』という書物の名を隠した上で様々な記事を自分なりに配置し繋ぎ合わせつつ、自身の見解を加え、また時には『香乗』以外の書の記事も取り入れながら、「にほひ」の世界を披露していった。そしてそれが、あくまでも個人的な興味のもとでなされた戯れであることが示されていた。なお、このように主として依拠した書物を隠しつつ、諸書の話題を結び合わせ展開させていくという方法は、この時期、露伴がしばしばとっていた方法でもある[21]。主として依拠した書を隠し、記事を繋ぎ合わせる方法をとることで、読者は、種々の記事の繋がりと広がり、またその飛躍を、単に一冊の書に収録されていたということにはとどまらず、楽しむことができるようになる。それぞれのエピソード同士の繋がりの意味を読者に考えさせる効果ももたらすことになるだろう。

三、「楊貴妃と香」と雑誌『知性』

最後にこれまで見てきたような叙述スタイルをとる「楊貴妃と香」が掲載誌『知性』でどのような位

置づけにあったのかについて確認しておきたい。

「楊貴妃と香」が掲載された号の雑誌『知性』を繙くと、まず、表紙に「楊貴妃と香　露伴道人」「論理と直感《ママ》　三木清」「特輯・科学する現場」という文字が記されていることに目がいく。この三つの記事がこの号の目玉であったといえるだろう。「楊貴妃と香」の取り上げられ方の大きさには、おそらく大家・露伴というネームバリュームと『知性』で露伴の文章が初めて掲載されたという珍しさにも起因しているいると思われるが、しかしこのように、目立つ形で取り上げられているがゆえにかえって、他の記事との違いが目につく。

巻頭論文の三木清「論理と直感」は、カントの思想を援用しながら「世界形成の論理」となる「構想力の論理」を説いたものだが、この論は、創刊当初から発表されていた三木の一連の論文と繋がるものであった。昭和一三（一九三八）年五月に河出書房から創刊された『知性』の巻頭論文も、三木清の「知性の新時代」となっており、三木は「歴史的社会的な人間」が「思索人として行動人の如く新しい世界を構想」するための「二十世紀の知性」（三木はこれを「構想的な知性」と呼ぶ）の「現代」における必要性を説いていた。「論理と直感」で説く、「構想力の論理」もそうした先行する三木の論の流れを汲むものであった。このような「二十世紀の知性」は、「日満両国を打つて一丸とする立場は、「生命線」の言葉によつて発見された。日満蒙支を一如とする一つの言葉は、未だ何処にも発見されない。／現代日本の知性はこの言葉を要求する」（Y「知性人」『知性』創刊号）という発言にも見られるように、ともすると時には日中戦争を経て太平洋戦争へと向かっていく情勢と結びつけられて求められていくことになる。また、もう一つの注目記事であった「科学する現場——第一線研究室よりの報告書」という特集は、「国防国家の高度性を維持するためには産業技術を新しい、より生産的な体制の上に置換へなければならない。この呼び声は漸く進展してゐるかの如きだが、これが真に実をあげるためには、まづ「科学する現場」よりこれをなさねばならない。この見地から技術者・研究者の第一線よりの報告をもつて今号の特輯とした」と「編輯後記」で記されているように、有益な現場の「知」を具体的に報告するものであった。

このような誌面の中で、露伴「楊貴妃と香」は異質なテクストであったといえる。変動する「現実」に即した新しい「知性」が求められていく、そのさなかで、個人的な動機のもと書物に載せられていた記事・知識を自由に聯絡させながら歴史上の人物の逸話を身近な事として披瀝し、自らのことも含めて笑いの中で終えてしまう。——「楊貴妃と香」は、『知性』で前面に押し出されていた語りとは距離をとっていた。

「楊貴妃と香」で繰り広げられた「知」は、現実を大きく動かすようなものでも、すぐに何かの役に立つようなものでもない。しかし、「楊貴妃と香」というテクストは、一つの真相を追究するようなあり方をむしろ拒む形で、書物との戯れの中で、様々な出来事、人物が結び合わされていく瞬間に読者を立ち会わせ、思考のパターンが決して一つではないということを伝えている。

註

〈1〉『香書』は昭和一八年にも石原求龍堂より再版された。露伴は初刊、再版それぞれに異なる題言を書いている。

〈2〉塩谷賛『幸田露伴（下の二）』（昭和五二・五、中公文庫）

〈3〉柳田泉「露伴先生蔵書瞥見記（二）」（『文学』昭和四一・四）にも「欽定四庫全書総目　揃」の名が見られる。

〈4〉須田千里「幸田露伴『連環記』と古典」（『高知大国文』平成二五・一二）

〈5〉『筆記小説大観』収録の『香乗』は、上海進歩書局石印本を用いたもの（一九八三・六、江蘇広陵古籍刻印社出版）や台北新興書局景印本のもの（民国七六（一九八七）・六、京都大学人文科学研究所蔵）等があるが、本文はほぼ同じである。ここでは上海進歩書局石印本を用いた江蘇広陵古籍刻印社出版のものを使用した。

〈6〉引用に際し、割註は〈　〉で示した。以下同じ。

〈7〉露伴は、『国訳漢文大成』の第一四巻から第一六巻（大正九・一二〜一一・七）で『紅楼夢』の訳註を、第一八巻から第二〇巻（大正一二・一一〜一三・一〇）で『水滸伝』の訳註をしている。

〈8〉『欽定四庫全書』（『景印文淵閣四庫全書』第八七三冊（子部）、一九八三〜一九八六、台湾商務印書館）。『類説』では「明駞使」としているものが見受けられる。

〈9〉『梁四公記』でも同様の文章となっている。

〈10〉『欽定四庫全書』（『景印文淵閣四庫全書』第八四四冊（子部）、一九八三〜一九八六、台湾商務印書館）

〈11〉柳田泉「露伴先生蔵書瞥見記（一）」（『文学』昭和四一・三）。ただし「四函」の具体的な中身は不明。須田千里「幸田露伴『暴風裏花』の原話」（『京都大学国文学論叢』平成二六・三）では、「暴風裏花」の原話が『虞初続志』であることが明らかにされている。須田は『虞初続志』が『筆記小説大観』に収録されており、露伴がこれを参照した可能性も指摘している。

（12）「甲香《かいかう》は、螺《ほらがひ》のやうなるが、小さくて、口の程の細長にして出でたる、貝の蓋なり」（第三四段『徒然草』／沼波瓊音『徒然草講話』大正三・一、東亜堂書房）。甲香は香具の一つ。なお、露伴は『徒然草講話』の「序」を書いている。

（13）『埤雅』は宋の時代に編纂された訓詁の書。『埤雅』の麝香をめぐる記事は、物集高見『広文庫（第一〇冊）』（大正六・七、広文庫刊行会）の「麝香」の項目にも見られるなど、よく知られていたものだったといえる。

（14）「捜神記云。宋大夫韓馮取妻而美。康王奪之。馮怨因。因之論城旦妻。密遺馮書。〔…〕俄而馮自殺。乃陰腐其衣王與之。登台遂投台下。左右攬之衣不中。手遺書於帯王。利生不利其死。願以尸骨賜馮而葬乎。王怒不聴。使里人埋之。叔相望曰。爾夫婦相愛不已。能使叔従。則吾不禁也。宿昔有又梓木。生於二家之端。日旬而大盈。抱屈体相就根於下枝錯於上。又有鴛鴦雌雄。右一樹上晨夕交頸。悲鳴音声盛人哀。号其木曰相思堀。相思之名起於此云々」（『香字抄』／『続群書類従』昭和三・七、続群書類従完成会）

（15）『叢書集成　初編』（二八三七）（民国二六（一九三七）、上海：商務印書館）

（16）「妃子何《いくばく》もなく寧王の紫玉笛を竊《ぬす》んで吹く。〔…〕此《これ》に因《よ》りて又旨《むね》に忤《さか》ひ放ち出《いだ》さる。〔…〕妃泣いて韜光《たうくわう》に謂つて曰く、請ふ妾の罪万死に合ふを奏せよ、衣服の外皆聖恩の賜ふ所なり、唯《ただ》髪膚は是れ父母の生む所なり、今当《まさ》に死に即くべし、以て上に謝するなしと。乃ち刀を引き其髪一縷《ひとすぢ》を剪《き》りて韜光に附して以て献ず。〔…〕自後《じご》ますます嬖《へい》す」（『楊太真外伝』前掲）

（17）『白氏文集』（明四五・四、菊地屋）

（18）「広南より白鸚鵡を進む。言語を洞暁《どうげう》す。〔…〕上《しやう》妃をして授るに多心経を以てせしむ。記誦精熟す」（『楊

太真外伝』前掲）

〈19〉一捻紅の話は『楊太真外伝』などの外伝には見られないが、『故事弁解』（明治一七・一一、山口銀造）や『漢詩大講座（第四巻）』（昭和一一・三、アトリヱ社）等でも故事として引かれており、広く知られていたといえる。

〈20〉奇しくも「楊貴妃と香」が発表されたのと同じ時期、田中克己が『コギト』で「楊貴妃伝」（昭和一五・一二～昭和一六・六）を連載していた。田中はまず、次のような推測を提示している。

楊貴妃に遇ふまでの玄宗が模範的な君主であつて、その後はじめて政に倦み国を傾けたやうに史家はいふけれど、私はさうは思はない。なるほど楊貴妃は傾国の美人であつたらう。しかし玄宗が還暦に近い年齢でなかつたならば、精神的にまた肉体的に衰への来かゝつたこの齢でなかつたなら、そして帝が政治を見はじめてからの三十年といふ長い太平な、それゆゑ退屈な歳月がたつてゐなければ、歴史はいくらか変つてゐたと思ふ。

田中の「楊貴妃伝」は、このような推測のもと、「君主として相当疑問の人物」である玄宗がその性格と年齢と状況といういくつもの事象が重なる中で、楊貴妃とともに必然的な「運命」として亡びへと向かっていった過程を史料を踏まえて解明し、歴史の真相に迫ろうとしたものであった。

〈21〉須田千里「幸田露伴『連環記』と『大日本史』」（『叙説』平成二三・三）では、「楊貴妃と香」と同時期に書かれた「連環記」（『日本評論』昭和一六・四、七）で『大日本史』の名前が伏せられたまま、『大日本史』に依拠して記事が引用されていることが指摘されている。

むすび

これまで見てきたように、本書では、明治二二（一八八九）年から昭和一六（一九四一）年に発表された幸田露伴のテクストの特色と同時代における位置づけについて検討してきた。

本書での分析を通して、変動する社会の中で、露伴が同時代の状況やメディアの性質を意識し、意欲的にその時々の話題を取り入れ、多種多様なテクストを読みかえながら、一つの思考パターンに偏ることを避けつつ作品を制作していたことが明白になったと考える。このような露伴の先行テクストの読みかえについては、露伴の博覧強記として、しばしば指摘されるが、しかしそれが単なる衒学趣味によるものではなかったことは、見てきた通りである。

本書のむすびにあたり、明治三一（一八九八）年一月から九月まで『少年世界』に掲載された「文明の庫《くら》」における文章を紹介し、こうした露伴の姿勢について補足しておきたい。

人の世にあるほどのものは、如何《いか》なる幺微《かすか》なるものも、所以《ゆゑ》無くして忽然《こつねん》と此《こ》の人の世に現れ出《い》で来《きた》れるものにはあらず。〔…〕造りはじめたる人は、譬《たと》へば苗の如《ごと》く、造りはじめんとしたる人は、譬へば種子《たね》の如し。造らんとしたる人は茎《くき》の如く、造りたる人は穂《ほ》の如し。種子より苗は出で、苗より茎は立ち、茎ありて後《のち》穂は生《な》るなり。〔…〕自己《おのれ》が身は彩糸《いろいと》をもて縢《かゞ》られたる毬子《まり》の如くに、多くの人々の頭《かしら》より出で手より出でたる恩恵《めぐみ》の糸によりて間罅《すきま》も無く縢られたるを覚ゆべし。

（「緒言」「文明の庫」）

「文明の庫」は、「人の世のもの」にまつわる話を「陶器の巻」「紙の巻」「銃器の巻」「仮名の巻」に分けてそれぞれの「もの」がどのような形で造られてきたのか、多様な書の記録を拾い上げ、時代を追って一つ一つ紹介したテクストである。一つの「もの」にも「造りはじめんとしたる人」「造らんとしたる人」「造りたる人」などの多数の存在があり、「多くの人々の頭《かしら》より出で手より出でたる恩恵《めぐみ》の糸によりて間罅《すきま》も無く縢られたる」中で「我等」は生きている。――露伴はそうした「もの」を介した人と人との繋がりに目を向けていた。「文明の庫」が発表された時期は、ちょうどパリ万国博覧会（明治三三）に合わせて、「大和民族」特有の体系的な美術史『稿本日本帝国美術略史』（「序論」『稿本日本帝国美術略史』[1]）の編纂が着々と進められていた時期でもあった。博覧会によって「もの」が作品として制作者の名とともに序列化され、さらには列国の競争という発想に基づき、「精神的及び物質的を全範囲に亙りて、社会発達の真相を究明せむことを企つる統一的歴史」（高山樗牛「文明史とは何ぞや」[2]）としての「文明史」や「美術史」が求められていた時、露伴は、「もの」の成り立ち自体には優劣がないこと、「もの」それ自体が有名無名にかかわらず多数の人から成り立ち「今」存在していることを強調していた。したがって、露伴は「たゞに文明史を説かんとするが如きは固《もと》より著者が願《ねがひ》にあらず」といって、自らの作品を「史」とせず、「人類《ひと》の功績《いさを》の記録」を編んだ「文明の庫《くら》と称《とな》ふる」と「庫《くら》」と呼び、「美術史」や「文明史」とはあえて異なる立場を選んだ。

この「庫」という発想は、露伴のテクストの性質をよく表していると思われる。のちに歴史上の人物の逸話を集め編纂した『日本史伝文選』（大正八・六、大鐙閣）の「序」でも、露伴は類似の発言をしている。そこでは、草が栄え、枯れ、風化し土となり、またたくさんの草が生えるように、過去の人も今の人もまた何らかの形で繋がっていることが説かれていた。[3] このようなさまざまな人の事跡が語られた言葉が連なり、そこにさらに自らが何らかの形で加わっていくことで形成されていく「歴史」が想定されていたといえる。

どこまでも尽きることなく広がる「庫」のような世界――それこそ露伴の追求し続けた世界だったのではないか。

学生時代、何気なく露伴の文章を読んだ時、ただただ衝撃を受けた記憶がある。その時、読んだ文章は「沙糖」（『雑談』昭和二一・五）というもので、日本に砂糖が入ってきたのは奈良朝の頃なのかという問いからはじまり、白糖や甘蔗、石蜜などが記載された文献の数々が挙げられ、どのように記載されているかが披瀝された短いものだった。砂糖という身近な、ごくありふれたものから話が広がり、書かれた時代も場所もまた性質も異なる様々な書の逸話が結びついていく様が魅力的だった。もちろん学生の私にとって、それは実用的で何かにすぐ役に立つような知識ではなかったが、しかし砂糖が日常の単なる甘味料から特別なものに変わった瞬間だった。どんなありふれたものにも背後にはたくさんの物語が広がっており、また見方によって「もの」の価値は変わる。いわれてみれば当たり前のことだが、これが、卒業論文の対象として私が露伴のテクストを選んだきっかけとなった。

しかし、一つのテクストを読み解く上で膨大な量の他のテクストと格闘することになり、露伴の「知」の世界に圧倒され研究自体はなかなか進まず、気づけば二〇年以上経ってしまった。ただ、その間、「はじめに」で紹介した露伴の「本箱退治」の文章を肝に銘じ、一つの「本箱」にとらわれないこと、何事にも興味を持って自分の固定化したものの見方や「知」の枠組みを打ち毀すべく挑戦することを心がけた。とはいえ、一つの「本箱」をきちんと築くこと自体、並大抵のことではないと実感し続けることになるのだが。

だが、一つの話題から連想ゲームのように次々と自分の知らない事柄が開かれていく楽しさとは、まさに読書の醍醐味だといえるだろう。特に露伴のテクストは、語り手が書の記事を読み、披瀝するのとともに、読者も同じく記事を読み、知るという体験ができるように仕掛けられているものが多い。新たなことを知る楽しさ、しかし、ただ知るだけではなく、いく通りもの形で言葉が繋ぎ合わされていくという、尽きることのない流動的な思考について考えさせられる。

情報が溢れ、ともすると受動的にインプットされがちになってしまう現代であるが、露伴のテクストは、読書行為の創造性——書を読み、他者の言葉として受けとめ、自らのイメージを編み、新たな思考を結ぶというプロセスを思い出させてくれる。

「本箱」を築いては打ち毀し、構築し続けるという行為に終わりはない。

註

〔1〕帝国博物館編『稿本日本帝国美術略史』（明治三四・一二、農商務省、フランス語訳版*Histoire de l'Art du Japon*は前年に出版）

〔2〕高山樗牛『世界文明史』（明治三一・一、博文館）

〔3〕「草栄え、草枯る。歳ただ是の如きのみ。人生じ、人死す。世亦ただ是の如きのみ。然も今の歳の草や、今にして忽生せるにあらず。〔…〕彼は此に資り、此は彼に資り、甲乙丙丁、輪廻環連して、冥加幽被し、隔歳異種、一気相通ずるものある也。人亦是の如し。前代の人、今に存せず、殊系の士、我に関せずと雖も、前代殊系の人士の、悲苦し、欣喜し、感慨し、謀慮し、憤怒し、憂恤し、思惟し、練磨し、考究し、信仰

し、之を言に発し、之を行に果せるもの、皆簇り来り、集り注ぎて、而して人の性情成り、心識立つ。〔…〕自他相通ずるあるや、争ふ可からざるありなり」(「序」『日本史伝文選』)

〔資料編〕

〈解題〉

「文学三題噺」は、大正一五（一九二六）年七月発行の『文藝春秋』に掲載された。『文藝春秋』本号は芥川龍之介「侏儒の言葉」（「追憶」中の「剝製の雉」「幽霊」「馬車」「水屋」）をはじめ川端康成「一流の人物」など、多くの小文が四段組で掲載されており、「文学三題噺」（p.77～p.81）もその中の一つであった。

ここで紹介する自筆原稿は、同志社大学文学部所蔵のものである。この原稿には紫色の「文藝春秋」

という判や青字で「285」～「308」の番号が押され、またポイントの指示等の手書きの朱入れがある(図8：原稿「No.1」参照)。ただし、その他は全て幸田露伴本人の手による書き入れだと推測できる。原稿を見ると、文章を全て完結させた後に手を入れたというより、文を書きながら手を加えていっている可能性が高いことがわかり、文の修正の過程が見え、貴重な資料になっている。

「文学三題噺」は、「枕の草紙と李義山と酒令」「勧進帳と東坡居士と新宮」「聊斎志異とシカゴエキザミナーと魔法」「紅楼夢と経学の功労者と珠」の四つの小文で構成されている。「三題噺」とあるように、どの話も語り手の自由な連想によって三つのものが繋げられ展開されている。なかでも注目すべきは、「聊斎志異とシカゴエキザミナーと魔法」だろう。これは、インドの魔術が実は催眠術であったことが写真機によって判明したという内容のシカゴエキザミナーの記事と「支那」でも同様のからくりの魔術が古くから取り沙汰されていたという、中国の蒲松齢(字は留仙)の小説『聊斎志異』(清代成立)のエピソード「偸桃」を取り上げたものである。『聊斎志異』では、白蓮教徒の術としてよく使われたものとされており、見物人からお金をもらうと自ら種明かしして落着する。ここでは類似点があげられ「おもしろくさへあれば虚談も生命の有るものである」とまとめられる。いつでも、そしてどこでも変わらない、不思議なものに惹かれる人のあり様が傍観者的な立場から語られている。

ところでこの文章は、自筆原稿を見ると、当初は「聊斎志異とシカゴエキザミナーと写真」というタイトルだったとわかる(図9：原稿「No.15」参照)。つまり「写真」という種明かしをした最近の「科学的器械」をタイトルにするのではなく、あえて「魔法」という古今東西に共通するものに変更している。

「魔法」「魔術」の具体的な中身ではなく、不思議を掻き立てるものの存在、そして掻き立てられてしまう人びとにむしろ重点が置かれていることがこのタイトルの変更からも読み取れるのではないか。橋本順光の調査[1]により、この話で言及されているコリントンとは、Hereward Carringtonのことで、このキャリントンが記した*Higher Psychical Development (Yoga philosophy): an Outline of the Secret Hindu Teachings*の内容を受けて文章が書かれていることが明らかになっている。橋本は、本文では「シカゴエキザミナー」と書かれているが、露伴はキャリントンが書いた記事しか読んでおらず、しかもキャリントンはインドの魔術が写真機によって暴かれたというのは捏造記事でこの魔術が本当に行なわれたのかどうか自体怪しいと書いているので、キャリントンの主張を露伴が歪曲している点、さらには『聊斎志異』が一八八〇年には英訳されており、『聊斎志異』の話に影響されて捏造記事が書かれていたのを露伴が知らなかった点を指摘し、「馬脚を露わにしてしまっている」と述べている。確かにキャリントンの主張の歪曲や『聊斎志異』の英訳の存在を知らなかったというのはその通りだと思われるが、しかし、あえて歪曲しているのだとしたら、この話の主眼が別にあったとも考えられないだろうか。すなわち、魔術の新しい情報や知識を伝えるということよりも、やはり魔術に惹かれる人のあり方に主眼があったと捉えられる。本書第八章で取り上げた「魔法修行者」とあわせて、露伴の怪異や不思議を取り上げたテクストを考える上で、見逃せない文章だといえよう。

また、この話は「写真機をむけたといふところが如何にも西洋らしいヨタで好い」という形で結ばれている。「西洋らしいヨタ」という言葉に表される通り、昔の「支那」と最近の西洋の違いが指摘され

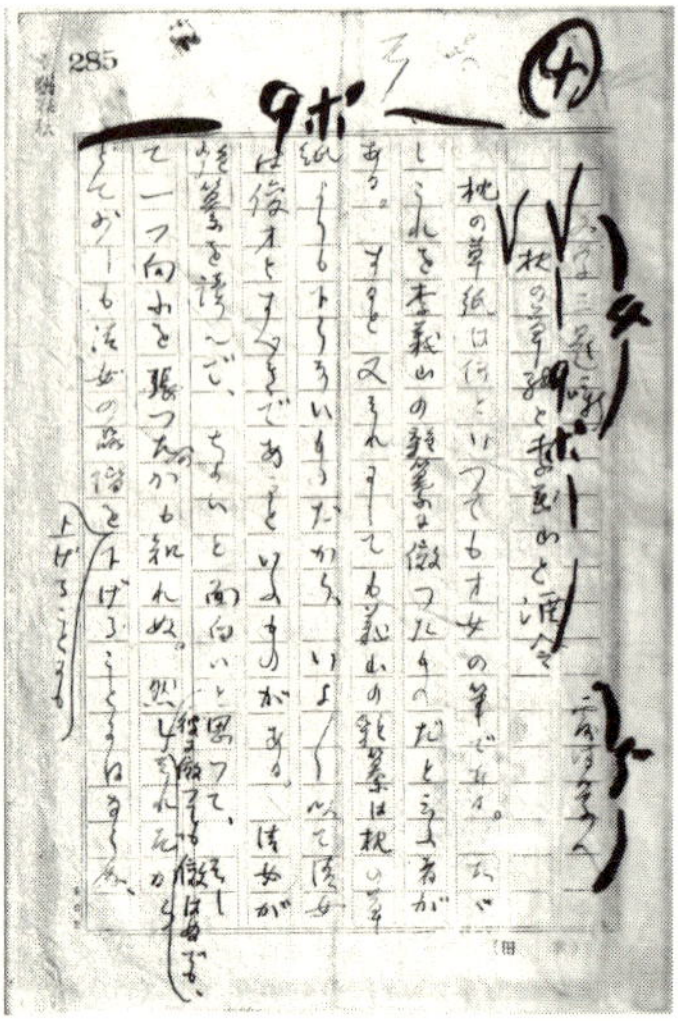

図8　文学三題噺（原稿No. 1）

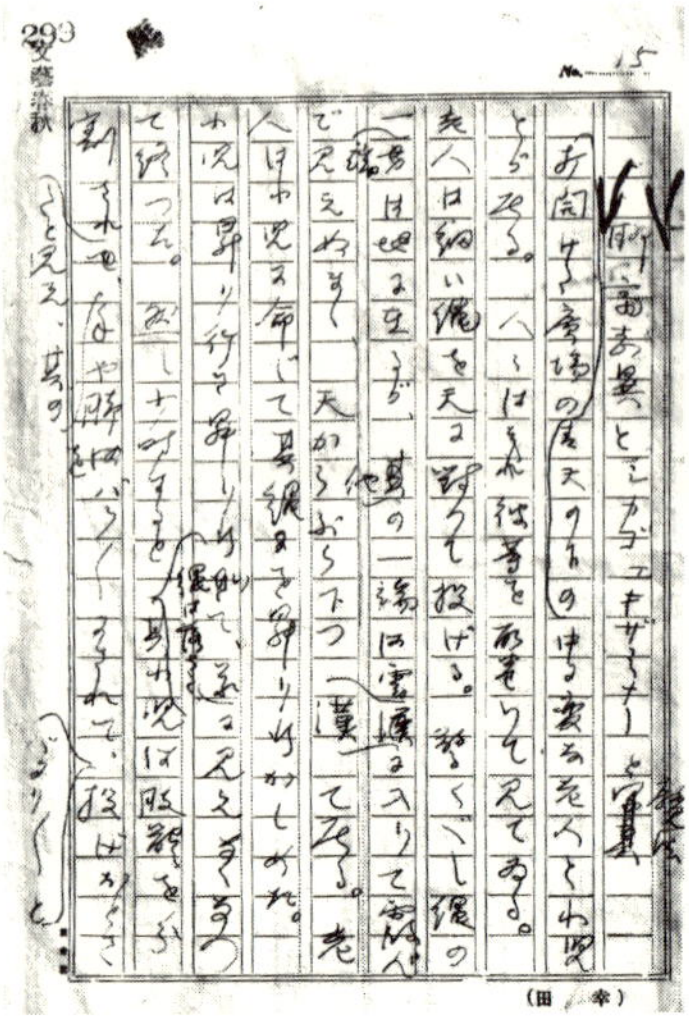

図9　文学三題噺（原稿No. 15）

ているのだが、しかしそれはあくまでも「ヨタ」であって科学技術の進歩の差とは捉えていない点も注意したい。両者の差異が指摘されるものの、ここで強調されているのは類似性である。このことは、例えば「枕の草紙と李義山と酒令」で、李義山の『雑纂』（唐代成立）に倣った『枕草子』の方が『雑纂』より優れているからといって、清少納言の方が李義山より優れているとはいえないと指摘している点にもよく表されている。李義山の『雑纂』は「酒令」という酒の席で用いられたという説を挙げ、書かれた目的も享受の場も『枕草子』とは異なる可能性を指摘し、そもそも「李義山と清女とを角力させるも野暮な談」だという。「文学三題噺」では、三つの話題から連想されるそれぞれの文献や逸話が、時も場も超えて繋がっている、その繋がり方の面白さに焦点が当てられている。その意味で、本書で提示した露伴テクストの特徴をよく表した文章である。

註 〔1〕 橋本順光「欧亜にまたがる露伴――幸田露伴の参照した英文資料とその転用」(『大阪大学大学院文学研究科紀要』平成三一・三)、「カーゴ・カルト幻想――飛行機崇拝の物語とその伝播」(一柳廣孝・吉田司雄『天空のミステリー』平成二四・一、青弓社)

〈書誌〉

・「文学三題噺」自筆原稿(『文藝春秋』大正一五・七掲載)(同志社大学文学部所蔵)
・原稿用紙(二二字×一〇行)、全ての用紙の下端右に「(幸田)」の印刷がされている。
・黒字ペン書き
・上端左に紫色で縦書きの「文藝春秋」の判があり、赤字で印刷の際の校正が記入されている。
・原稿には上端右に「No.1」~「No.24」までのペン書きの番号と上端左『文藝春秋』の編集で付けたであろう「285」~「308」の青字の印が押されている。

〈凡例〉

・変体仮名は現在通行の字体にあらためた。漢字については原文通りを原則としたが、手書きによる略字等、判別がつきにくいものについては通行の字体にあらためた。

・文字の削除に関しては二重線で示し、文字の挿入に関しては《　》で示した。挿入に関しては削除の後、横に並列されている場合も全て下に記した。
・┐└は文字の入れかえの記号を表す。
・修正前の文字で判読できないものについては□で示し、推定される文字がある場合には〔　〕内に「?・」を附し註記した。
・文字が塗りつぶされている場合は■で表した。
・〔　〕は翻刻者の註記である。

〈翻刻〉

No.1

文学三題噺〔「4」の朱入れ〕〔七字アキ〕露伴学人〔「5」の朱入れ〕
〔行頭に改行の印の朱入れ（以下〔改行の印〕）〕
枕の草紙と李義山と酒令〔「9ポ」と朱入れ〕
〔改行の印〕
枕の草紙は何といつても才女の筆である。たゞ〔この行からこの原稿最終行まで「9ポ」と朱入れ〕しこれを李義山の雑纂に倣つたものだと云ふ者がある。すると又それにしても義山の雑纂は枕の草紙よりも下らないものだから、いよ〳〵以て清女は俊才とすべきであるといふものがある。清女が雑纂を讀んで、ちよいと面白いと思つて、そして一つ向ふを張つた《の》かも知れぬ。然し《彼に倣つても倣はぬでも、》それだからとて少しも清女の品階を《上げることにも》下げることにはならぬ、

No.2

その俊才はやはりそれだけの價を以て認められるのに、誰が異論を立てるものが有らう。をかしいのは雑纂で、枕《の》草紙の本づくところで、そして出店よりも立派でない、本家がひも無いものだなどゝ云はれてゐる。少し気の毒みたやうなものだ。ところが雑纂《其物》が、贔負目に評しても枕の草紙より《も》好いものだとは、何様も言ひかねるのだから仕方が無い。然し李義山雑纂が香ばしいものでなくても、李義山が清女より低いものとは云へない。李義山と清女とを相撲角力させるも野暮な談だ

No.3

が、李と清とを比して論ずれば、それは何様も清の方に團扇をあげる譯にはゆかぬ。清は枕の草紙以外にはこれといふものが有るのでは無くて、李は雑纂などを勘定に入れないで立派な詩人で有るからである。雑纂なぞは李の集に入つて居ないで差支無いものである。と云つて雑纂は李の作として、むかしから云傳へられてゐる。李にしては詰らないものを遺したもので、李の一體の作風は、鏤金彫玉、象眼細工のやうな手のこんだものであるのに、雑纂はまるで雑談茶話、意を經

No.4

ずして吐出されものた、ざつなもので、《褒めて云つても、》たゞ一寸小利口なところがあるといふまでのものであるからである。そこで義山ともある者

が、なんで彼様なものをかくたらうといふ疑が起り、或は後の下らぬ奴が才子ぶつて彼様なものを撰して、名を義山に托して、どんなものだい、と竊に誇つたのではあるまいかといふ説も出るほどである。これに就てのおもしろい解釋は、元の陸友仁の説で、陸は「纂雜一巻は蓋し唐人酒令の用ゐるところな~~□~~〔り？〕らん」と云つてゐる。酒令といふ

No. 5

のは、最初は酒の席が亂れ~~せ~~〳〵不好の結果に終らぬやう、一座をうまく捌いて行くやうにしたのがそれである。詩に「現に之が監を立て、或は之が史を佐く」とある監は即ち~~酒令~~後世の酒席の令官、佐は其のすけである。漢の呂后なぞは、あゝいふ恐ろしい女だから、劉章といふものを酒吏として軍法を以て酒を行らせた、呂氏の一人が令を破つたから、章が斬捨てた、といふことがあるが、

古はそんな野暮なことも有つたので、酒令は先づ飲酒席の約束禮式なのであつた。それが後

No. 6

には進歩して、坐中の一人を令官にして、令官から或種類の問題のやうなものを出して、其の號令に~~□~~〔従?〕随つて、うまく應じ得たものは一座の歡を~~□□~~すゝめ、とんちきな答をしたり、答へ得なかつた者は罸せられるといふやうな《輕い詩的《文》学的等の》遊戯となつたのである。後漢の賈逵は何も東方朔のやうな滑稽家ではないが、酒令を作つたといふ、それは何様なものか、今~~□~~《想》ひ得ぬが、段々月日を經て、唐の頃にはもう大に酒落たものになり、そして流行したものであり、宋以後は愈々

No. 7

盛んになり、小説雑書にはおもしろい酒令~~の~~が行は

れて、才子佳人が打興じて歓楽にさゞめくところや、愚慢大人や半可通が《困苦したり》失敗□したりするところが滑稽材　興趣ある場面として描かれてゐる。今は知らぬが、我邦でも先達てまでは酒令の類の事を三味線入りなどでやつて打興じて酒をはずませたものだ。「問ひましょ、問ひましょ」「問はしやれ問はしやれ」「くろいものはオ《ア》く」と唄調子で問はれて、「白魚の眼ー、□白魚の眼めー」と答へれば、一座令官即ち問者も満足――、一座も面白い

No. 8

とするが、次席の頓馬が「エーエー炭團」なぞと答へれば笑はれて罰されるやうなものである。《義山の》雑纂を「酒令」だらうと云つた陸友仁は、何も義山を辯護した譯では無いが、《実は然様でないにせよ、》一寸おもしろいことを云つたものである。殺風景なものに、琴を焚いて鶴を煮るだ□の、山

に背いて樓を~~立てる~~《起す》だの、花の下の《干し》ふんどしだのは、なるほど酒令くさ~~□~~い。

〔改行の印〕

勧進帳と東坡居士と新宮

〔改行の印〕

紙魚のちら〳〵する中から引~~□~~〔ず?〕ぱり出したやう

No.9

な古い〳〵談だが、楚の公子が微服して~~門~~宋を過ぎつた。ところが宋の門者がすらりと通さなかつた。其時に公子の僕が、いきなり筆を~~取~~《操》つて罵つて、「隷や力めず」こいつめが何をぐつついてゐると叱つたので、門番が、ハ、ア此の若蔵は僕隷だナと思つて通してやつた。此事を東坡居士~~□~~〔の?〕《が》論じて、「事に倒行して逆施する者有り」と~~本~~《謂》つてゐる。勧進帳は佳作だ、辨慶が臣を以て君の義經を打つ、やはり倒行逆施である。宋の公子の

僕は辯慶ぢや無いか。晋の文帝が□□□だつた時、

No.10

河津にさしかゝつ《た》時、河の渡し場の見張り役人が、心得難き者と見て取つて止めて通さなかつた。そこへ従者の宋典が後れ少して遣つて来たが、此態を見ると、いきなり帝の馬を鞭うつて笑つて、「舎長、官は貴人を禁めるのである、汝も亦拘止され□たるか。」と曰つたから、役人も何でもない者だナと思つて通して終つた。宋典も亦辨慶ぢやないか。宋晋の時、王歛が王恭を討つたところ、王恭が却つて歛を破つて走らせた。歛の《少》子の華といふのが沙門の曇氷といふのに従□つて逃げた。《氷の》衣襆を□提げて後につかせたのだが、渡しの《見張り》役人が疑つて通さない。そこで氷が華を罵つて、「奴の怠るや、

No.11

行くこと我に及ばず」と云つて杖ふり上げて《捶つこと》數十
した。それで津吏も疑を霽らして
通した。曇氷は辨慶で、沙門は山伏ではないか。
同じ晋の世で、袁顗は《先づは忠義のため》大兵を襄陽に起したが、
儒雅なばかりで弱いので敗
れて死んだ。其子の昂といふのが沙門に助けて貰
つて関~~□~~を通らうとした。関守がたゞ者で無~~□~~いと
見て通さぬ。そこで沙門が丁々と《杖で》打つたので、通

No.12
とこそはといふ段取りになつた。《関は安宅の関では無いか、》昂は義經では無
いか。後周の宇文泰も《戰で負けて》馬から落ちて~~□□□~~危く
なつた時、李穆の機轉で貴人と
思はれずに逃げおふせた。皆倒行逆施の例だ。
此中、王華と袁昂との談は、其父の事は史上に~~□~~
チヤンとあるが、二人の事の出所は知らぬ、多分
雑書に見えてゐるのだらうが、~~わたし~~自分は元《の》陳世~~□~~《彦髙》

の筆記で讀んでゐるので、手製なぞではない。特
に此二條の談は、義經が子どもだけにウツリが甚
だ宜い。勧進帳も偏痴奇論をすれば、義經は

No.13

木曽や平家を對治した挙句なのであるから　堂々
たる儀表でなく□てはならぬが、子役みたやうな
ものになつてゐる。芝居としてはあれで無くては
好くあるまい。して見ると勧進帳の義經は作り義
經で、王華や袁昂の方がホントの義經だといふ
変痴奇論が出来上る。然しわたし自分は何も勧進
帳が支那輸入だなぞとは云はぬこと《は》、猶ほ《天一坊を取つて押へた》大岡
越前守は□〔名?〕昔の昔の名
奉行の雋不疑と同一人だなぞと謂はぬと同じ
である。一體山伏に化けて危地を通りぬける《といふ》のは、

No.14

義經の伯父の新宮十郎行家の方がさきにした事で、⎅以仁王の令旨を山伏姿で諸國へ傳へた、其方が事情も如何にも適應して居ることは、わたしの「頼朝」に書いた通りである。しかも《行家の居た》新宮は山伏に縁のあるところで、辨慶の《最初》居た⎅のは那智でも熊野でも芳野でも新宮でもなく、叡山なのであつた。曇氷と行⎅家を一つにすると、丁度弁慶が出来、王華と義經を一つにすると、丁度舞臺の義經が出来る。

No.15

〔改行の印〕

聊斎志異とシカゴエキザミナーと写眞魔法

〔改行の印〕

打開けた廣場の青天の下の中に変な老人と小児とが居る。人々は~~それ~~彼等を取巻いて見てゐる。老人は細い縄を天に對つて投げる。驚くべし縄の一~~方~~《端》は地に在るが、~~其~~《他》の一端は雲~~中~~《漢》に入りて霞んで見えぬまゝ、天からぶら下つて居る。老人は小児に命じて其縄~~中~~〔に？〕を昇り行かしめた。小児は昇り行き昇り行~~き~~いて、遂に見えなくなつて終つた。然し少時すると、《縄は落ちた、》其小児は肢體を分割されて~~て~~《たと見え、其の》手や脚~~は~~をバラ〳〵にされて、《バタリ〳〵と》投げおとさ

No. 16

れた。人々は驚いたが、やがて又老人の力によつて一切何事も起らなかつた様な状態で小児が《人々の前に》現はれて、愈々驚いて終つた。

此の不可思議な印度魔術の正體を知るべく、或人は事件の推移の過程中の~~中~~《或》部分々々を写

真機によつて捉へんとした。撮影し終つて後に現象して見たら、たしかにレンズの前に展開された筈の《天に掛つた》縄も無く、小児昇りゆいた小児の姿もなく、何も無かつた。人々は驚くべき催眠術にかゝつて、何も無いのに驚くべき現象を看視せられたのである。

No.17

かういふことを今より幾年か前のシカゴエキザミナーは書いたのである。で、それは科学的器械の写真機と神怪な魔術■の接觸といふことで特に興味を人々に惹かせた為でも有らう、心霊現象に研究心を有つて居るコリント□ンといふ者なぞは、果して然様いふことが事実行はれるものか何様かと、印度に長く居た人々に問糺しなどしたといふことを記してゐる。随分人を笑はせる話で、それは蒲留仙が既に清初に書いてゐる□ことで

No.18

あつて、もつと複雑な事象を伴なつて、非常に面白く、精彩ある筆に傳へられてゐるのである。して見ると此の魔術は支那にも中々古く噂されたことで、少くとも然様いふことが有るやうに取囃され《てゐ》た事であらう。おもしろくさへあれば虚談も生命の有るものである。然し凡そ二百年も古~~い~~~~ことに~~くから、今猶ほ然様いふことのあるやうに取扱はれたかと思ふと、をかしいものだ。写真機をむけたといふところが如何にも西洋らしいヨタで好い。

No.19

〔改行の印〕

紅樓夢と經学の功労者と珠

〔改行の印〕

紅樓夢はが清朝に於ける小説の拇指であることに誰も異論は有るまい。平岡龍城氏が譯したので、今は邦人にも其の面丰を領することが出来るやうになつたが、《原文は》可なり讀みにくいものだ。作者は《康熙中に》江寗の織造であつた曹練亭の子の雪芹といふものだといふことになつてゐる。それは袁隋園の詩話に出て居る。隋園は中才子に《は》相違無いが、人がらもは宜くない、弟子の《劉霞裳の》女房《曹氏》の女ぶりなどを評し《てゐ》たり、又銭《に》ばかり渇喉をかして居たり、子

No.
20

不語のやうな、文学的の價値も少いところの下らない妖怪談をゴテ〳〵と書いたりしてゐて、どうも感心出来ない人が、何も紅樓夢に就て中夕《虚談》を傳へる要は無かゆらうから、其言は信じて可い。然し八十回以後の文は、高蘭墅の作だ《にかゝる》といふことは、船山詩草の、《同人に贈る詩の中の》「艶情人自説紅樓」といふ一

句、及び其注に「傳奇紅樓夢、八十回以後、俱蘭野所レ補」とあるによつて明らかである。八十回以後が中々宜しい、随分おもしろいところがある。然しそれはまだ邦譯が《版には》出て居ら

№21

ぬ。さて紅樓夢中の主人公の賈寶玉は、玉を握つて生れて来る鍾情の才子で、《神経質的の■畸人で》あるが、それは全く空想のものか、依る所があつて作描き出されたものか。~~といふのも、~~俞曲園は小浮梅閒話の中に、「紅樓夢一書は、人口に膾炙す、世傳へて明珠之子の為にして作るとす、明珠の子は何人ぞや、」と自問して、「明珠子は名は成徳、字は容若、通志堂經解、一種ごとに納蘭成徳容若の序あり、即ち其人なり」と答へてゐる。そして成徳が挙人に中つた時は、たゞ十五歳で、紅樓夢

No.22

中に於て述ぶるところの賓玉の事と頗る合してゐるなど、~~□~~云つて居る。そして又成徳の飲水詞集中の満江紅の詞が有つて、それが曹子清の為に其の先人の構~~ふる~~へた所の棟亭に題してゐる、即ち曹雪芹の家の亭に題したのであることを将出して、雪芹と成徳とが懇意であ~~□~~〔る?〕つたことを明らかにしてゐる。納蘭成徳は貴族で、賈宝玉同様に早熟の人で《も》有つたらう。然し成徳が今若し を賓玉のモデルで有つたやうに早合点したらばそれは甚だ~~□~~〔今?〕現代人的早合点で危いものであり、曲

No.23

園も然様までは謂つて居らぬのである。却つて曹雪芹自身の上の方へ賓玉の事は持つていつた方が當ることらしい。納蘭成徳の人となりは手近なところでは清名家小傳などにも出て居たと記臆

する。通志堂經解は古い經解を蒐めたもので、經学に取つては《若干の》功労を立てゝゐるものである。寶玉が珠を握つて生れたといふのは、《物こそ異なれ、》古の鉤弋美人氏の事にも似てゐるし、ジンギス汗が血の塊を握つて生れたといふにも似てゐるし、類似の談はいくらもある。作者はいづれ

No.24

かゝらヒントを得たものであらう。然しジンギス汗が血塊を握つて生れたのが一番おもしろい。紅樓夢中で、珠の談の出て来るところは、作者に在つては意を用ゐてゐる□〔の?〕ところなのだらうが、讀者に在つては小うるさくて嬉しくない感がするのを免れない。

三題噺と云つてもサゲなどは《□け》《付けて》無い。《今日》マサカ■にサゲを求めるものもあるまい。

初出一覧

はじめに：書き下ろし
第一章：「「法」と「幽霊」――幸田露伴「あやしやな」考」（『同志社国文学』令和二・三）
第二章：「置き去りにされた〈身体〉――『風流仏』の世界」（『同志社国文学』平成一七・三）
第三章：「錯綜する「知」と「力」――幸田露伴「いさなとり」の可能性」（『藝文研究』平成一〇・一二）
第四章：「明治の浦島物語――幸田露伴「新浦島」試論」（『同志社国文学』平成二五・三）
第五章：「〈煩悶、格闘〉する「詩人」たち――日露戦争前後の「詩」及び「詩人」の考察」（『同志社国文学』平成一六・一一）
第六章：「「詩」という場《トポス》――「天うつ浪」試論」（『文学』平成一七・一）
第七章：「幸田露伴「観画談」試論――〈移動〉と〈境界〉」（『国語と国文学』平成一二・四）
第八章：「〈境界〉に挑む者たち――幸田露伴「魔法修行者」論」（小松和彦編『進化する妖怪文化研究』平成二九・一〇、せりか書房）
第九章：「〈言《ことば》〉をめぐる物語――幸田露伴「平将門」論」（『藝文研究』平成二七・一二）
第十章：「香を想う――幸田露伴「楊貴妃と香」の典拠と方法」（『同志社国文学』令和五・三）
むすび：書き下ろし
資料編：書き下ろし

※全てにおいて大幅に加筆修正を加えている。

あとがき

「誰しも知るように、むだで横道にそれた知識には一種のけだるい喜びがある」——これは、アルゼンチンの作家ボルヘスが、『幻獣辞典』（柳瀬尚紀訳、平成二五・一〇、晶文社）を編んだ際に書き残した言葉である。ボルヘスのいう「むだで横道にそれた知識」とは、効率性や利便性を重視したものではないということであろう。『幻獣辞典』は古今東西の人びとによって想像された「幻」の生きものの記述を集めたものだが、繙いていくと、その想像力の集積に感服させられる。想像力とは「現実」とまったく無関係ではない。「幻」の生きものを見ることで、それを生み出した人びとの「現実」もまた見えてくる。いったい「むだで横道にそれた知識」とは、どのようなものなのか。「一種のけだるい喜び」とは、何か――。私の研究の根底には、こうした疑問を解明したいということがあったのだと思う。私にとって露伴のテクストを読み解く作業は、そうした知識に目を向け、「幻」から「現実」を見据えることや、「むだ」と捉える規準自体を問い直すこととも通じていた。

本書は、二〇二三年度に慶應義塾大学大学院文学研究科に提出した博士論文「幸田露伴研究――近代日本の言説空間の中で」をもとに大幅に加筆・修正を施したものである。学位審査をしてくださった、小平麻衣子先生、栗田香子先生、松村友視先生からは、数々の有益なご指摘やご助言を賜った。

主査をお引き受けくださった小平麻衣子先生には、近代における露伴の位置づけをめぐる貴重なご助言をたくさんいただいた。また、ポモナ大学で教鞭をとられる栗田香子先生からは、日本文学研究を海外にどのように開いていくことができるのか、海外で日本文学を読むことの意義について教えていただいた。松村友視先生には、私が文学研究なるものに初めて触れた学部生の頃からご指導いただいている。先生から教えていただいたことは数えきれない。研究の手順や方法などの基礎的なことはもちろん、テクストと真摯に向き合うことの重要性や常に自身の研究に対して批評的な視点を持つことの大切さなど、研究の根幹に関わるあらゆることを学ばせていただいた。それらは私の研究の指針となっている。

先生方から頂戴した課題やあたたかい励ましにどれだけ応えられたのかは心許ないところであるが、このような形で成果をまとめることができたことをご報告申し上げるとともに、深謝申し上げたい。

今回、自分の研究を振り返り、ひとまず一区切りをつけることができたと思う。長い道のりとなってしまったが、これを新たな出発点として、また一歩一歩、進んでいきたい。

ここで全ての方のお名前をあげることはかなわないが、この長い道のりに至るまでに多くの方のお世話になった。学部生時代・大学院生時代にご指導くださった先生方、研究会で出会いご教導くださった先生方にも心より御礼申し上げたい。また、慶應義塾大学大学院の同窓の方たち、東京ならびに関西での読書会や研究会、科研の共同研究のメンバーの方たちからも数々の刺激とご教示を賜った。同志社大学の同僚や学生・院生からも多くのことを学ばせていただいている。感謝の言葉は言い尽くせない。

資料の調査に際しては、岩波書店や大学図書館をはじめ諸機関の方々にご協力いただいた。謝意を表したい。

本書の刊行を引き受けてくださった春風社の三浦衛氏には、一方ならぬお世話になった。拙稿を丹念に読み込み、初めての単著で右往左往する私に適切な御助言をくださり、大変ありがたかった。作業が遅れがちでご迷惑をおかけしてしまったが、本書を刊行できたのも三浦氏のお力添えのおかげである。また下野歩氏には本書出版の後押しをしていただいた。三浦氏の御助力と下野氏のお声がけがなかったら本書は存在しなかっただろう。記して厚く感謝申し上げる。

最後に、ずっと見守り応援しつづけてくれている父と母と姉に、そしていつも励まし支えてくれている伴侶の大橋真太郎に。改めて深い感謝の気持を捧げたい。

二〇二四年一二月

西川　貴子

＊本書出版にあたり二〇二四年度同志社大学研究成果刊行助成の補助を受けた。

人名索引

※小説中に登場する明らかな架空人物や伝説上の人物、書名・作品名としてのみ挙げられている者は割愛した。なお「資料編」の「翻刻」の文章は除いている。
※（　）は同一人物を示す。〈　〉は本書で明記されていないが、註記的に補った。

【か】

【さ】

【た】

【な】

【は】

【ら】

【わ】

西川貴子（にしかわ・あつこ）

東京都生まれ。慶應義塾大学大学院文学研究科博士課程単位取得退学。博士（文学）。同志社大学文学部教授。専門は日本近現代文学。

主な著書に『建築の近代文学誌――外地と内地の西洋表象』（共編著、勉誠出版、二〇一八年）、『日本文学の見取り図――宮崎駿から古事記まで』（共編著、ミネルヴァ書房、二〇二二年）など。論文に「紙上映画という試み――懸賞映画小説「霊の審判」を読む」（『人文学』二〇二二年）、「戦略としての「実話」――橘外男「博士デ・ドウニヨールの「診断記録」」に見る仕掛け」（『小説のフィクショナリティ――理論で読み直す日本の文学』高橋幸平・久保昭博・日高佳紀編、ひつじ書房、二〇二二年）など。

幸《こう》田《だ》露《ろ》伴《はん》の「知《ち》」の世《せ》界《かい》

二〇二五年二月一四日　初版発行

著者　西川貴子
発行者　三浦衛
発行所　春風社
横浜市西区紅葉ヶ丘五三　横浜市教育会館三階
〈電話〉〇四五・二六一・三一六八　〈FAX〉〇四五・二六一・三一六九
〈振替〉〇〇二〇〇・一・三七五二四
http://www.shumpu.com　info@shumpu.com

印刷・製本　モリモト印刷株式会社

装丁　毛利一枝
装画　伊藤若冲筆「象と鯨図屏風」部分（MIHO MUSEUM蔵）

乱丁・落丁本は送料小社負担でお取り替えいたします。
 ISBN 978-4-86110-987-4 C0095 ¥4800E